안나 카레니나

옮긴이 이길주

한국외대 러시아어과를 졸업, 동 통역대학원과 미국 몬테레이 국제대학에서 석사과정을 밟았으며, 다시 한국외대에서 문학박사 학위를 취득했다. 주요 저서로 『고급 러시아어 강독』 『러시아 : 상상할 수 없었던 아름다움과 예술의 나라』, 역서로 『도스토예프스키의 유럽 인상기』 『끄르일로프 우화집』 『작가의 일기』 『카라마조프가의 형제들』 『안나 카레니나』 등이 있다. 현재 배재대 러시아학과 명예교수로 있다.

안나 카레니나

—

초판 1쇄 2013년 3월 20일
초판 7쇄 2022년 11월 7일
지은이 톨스토이
옮긴이 이길주
펴낸이 김영재
펴낸곳 책만드는집

—

주소 서울 마포구 양화로3길 99, 4층 (04022)
전화 3142-1585·6
팩스 336-8908
전자우편 chaekjip@naver.com
출판등록 1994년 1월 13일 제10-927호

* 잘못 만들어진 책은 구입하신 서점에서 바꾸어 드립니다.

—

ISBN 978-89-7944-427-8 (04800)

안나 카레니나

톨스토이 지음 | 이길주 편역

책만드는집

| 차례 |

1부 • 7

2부 • 56

3부 • 96

4부 • 142

5부 • 185

6부 • 233

7부 • 280

8부 • 327

1부

 행복한 가정은 모두 비슷한 모양새지만, 불행한 가정은 그 불행의 이유가 저마다 다르다.

 요즘 들어 평온하던 오블론스키 집안 분위기가 심상치 않다. 아내인 돌리가 남편이 이 집 가정교사였던 프랑스 여자와 바람을 피웠다는 사실을 알고는 남편에게 한집에서 살 수 없다고 선언했던 것이다. 이러한 상태가 사흘째 계속되자 부부는 물론 가족이나 하인들까지도 괴롭기는 마찬가지였다.

 돌리는 자기 침실에 틀어박혀 지냈고, 남편인 스테판 오블론스키 공작은 사흘째 집에 들어오지도 않았다. 그들의 다섯 아이는 방치된 채 온 집 안을 헤집고 돌아다녔고 새로 온 영국인 가정교사는 가정부와 말다툼을 하더니 친구에게 새로운 일자리를 알아봐 달라는 편지를 써서 보냈다. 게다가 요리사는 말도 없이 어디론가 훌쩍 가버렸고, 찬모와 마부까지도 밀린 급료를 계산해달라고 졸라댔다.

부부 싸움이 있고서 사흘째 되던 날 아침, 스테판 아르카지치 오블론스키 공작(그의 친구들은 스티바라고 부른다)은 평소와 다름없이 아침 8시에 잠을 깼다. 커튼 사이로 새어드는 햇살에 그는 침실이 아닌 서재 소파에서 잤다는 사실을 깨달았다.

'아아, 이런!'

그는 지금까지 일어난 모든 일들을 기억해내고는 신음 소리를 냈다. 그의 머릿속에는 아내와 말다툼했던 모든 내용과 진퇴양난에 빠진 자신의 처지, 무엇보다도 자신이 저지른 죄가 하나하나 떠올랐다.

'아내는 절대 용서하지 않을 거야. 아니, 용서할 수 없을 거야. 그런데 더욱 끔찍한 건 일이 이렇게 된 건 내 탓이지만 나는 죄책감이 없다는 거야. 이게 문제인 거지.'

오블론스키는 자기 자신에 대해서 너무나 솔직한 사람이었다. 그는 자신을 속이면서까지 자기가 한 행위에 대해 후회한다며 뉘우치고 싶지 않았다. 오히려 서른네 살의 건장한 사내로서 충분히 그럴 수 있다고 생각했다. 더욱이 그는 잘생긴 데다가 타고난 바람기까지 있었다. 그러한 자신이 자기보다 겨우 한 살 아래이고 다섯 아이의 엄마인 아내에게만 빠져 있지 않았다고 해서 크게 잘못한 일도 아니라고 생각했다. 다만 아내를 좀 더 완벽하게 속이지 못한 것이 후회될 뿐이었다.

사실 이 일이 터지기 전까지 그는 아내가 자신의 부정에 대해 이미 알고 있는 줄 알았다. 아내가 남편의 부정을 알면서도 모르는 체하는 이유는 나이 든 여자들이 늘 그렇듯, 남편의 행동에 관대하기 때문이라고 생각했다. 심지어는 나이 들어서 이제는 예쁘지도 않은 평범한 가정주부는 당연히 그러려니 하고 넘어갈 줄 알았다. 그러나 현실은 그 반대였다.

"아, 미치겠군!"

오블론스키는 아무리 생각해도 해결책을 찾을 수가 없었다. 이 사건이 벌어지기 전까지만 해도 모든 일이 순조로웠다. 아내는 아이들만으로 충분히 행복해했고, 그는 가정에 관한 한 모든 것을 아내에게 맡겼다. 그런데 '그녀'가 가정교사로 들어온 것이 화근이었다.

'가정교사와 놀아나다니, 내가 생각해도 너무 저속했어.'

처음에 그는 그녀가 가정교사로 있는 한 절대로 건드리지 않으려고 했다. 그런데 일이 어쩌다가 그 지경이 되었는지 알다가도 모를 일이었다. 이 모든 일을 누군가 고의로 만든 것 같다는 생각에 이르자 그의 머릿속은 더 복잡해졌다.

오블론스키는 될 대로 되라는 심정으로 소파에서 일어나 크게 심호흡을 했다. 그리고 창가로 걸어가서 커튼을 젖히고 요란스럽게 벨을 울렸다.

벨 소리에 하인 마트베이가 옷과 전보 한 장을 들고 들어왔다. 마트베이가 주인의 주의를 끌어보려고 했지만 오블론스키는 모르는 척 전보를 읽기 시작했다.

"오, 내일 안나가 온다는군!"

"정말 잘됐군요!"

마트베이도 이 방문의 의미를 알아차렸다. 오블론스키의 여동생 안나라면 그들 부부의 화해에 큰 도움이 될 것이다.

이발과 면도를 마치고 정장까지 갖춰 입고 집을 나서면서, 오블론스키는 모자를 집어 들고 잠시 머뭇거리며 잊은 것이 없는지 주위를 둘러보았다. 잊은 것은 아무것도 없었다. 단지 잊어버리고 싶은 아내의 일이 떠올랐을 뿐이었다.

'아아, 어떻게 하나! 아내에게 가봐야 할까, 말아야 할까?'

오블론스키는 망설이다가 결심한 듯 빠른 걸음으로 아내의 침실로 통하는 문을 열었다.

오블론스키의 아내 다리야 알렉산드로브나(돌리-역주)는 숱이 빠져 볼품없는 머리카락을 뒤로 묶어 핀으로 고정시킨 채 옷장을 열고 짐을 챙기기 시작했다. 그때 등 뒤에서 남편의 발소리가 들렸다. 돌리는 애써 차갑고 경멸스러운 표정을 지었다.

"돌리……"

오블론스키가 낮은 목소리로 조심스럽게 불렀다.

"왜요?"

"안나가 내일 온다는군."

"그래서, 그게 나랑 무슨 상관이죠? 어차피 만날 일은 없을 거예요!"

"만나긴 해야지. 만나서……"

"나가요, 나가주세요!"

그녀는 그에게 눈길도 주지 않고 소리쳤다. 마치 육체적인 고통에서 터져 나오는 소리 같았다.

"돌리, 내가 무슨 할 말이 있겠어. 하지만 제발 용서해줘. 여보, 아이들을 좀 생각해봐. 아이들이 무슨 죄가 있어? 내가 잘못했으니 내게 벌을 주고 죗값을 치르게 해줘. 내가 할 수 있는 일이라면 무엇이든 하겠어. 제발 아이들한테만은……."

"내 남편이란 사람이, 내 아이들 아버지란 사람이 내 아이들의 가정교사와 불륜을 저지른 뒤에도……."

"그러면 어떻게 하면 좋겠어?"

그는 눈물을 보였다.

"난 당신이 더럽고 불쾌해요. 그까짓 눈물에 내가 넘어갈 것 같아요? 어림없어요. 당신 눈물 따윈 맹물만도 못해요. 당신은 비열하고 추잡한 남이에요. 그래요, 정말 남이에요!"

그때 옆방에서 자지러지는 듯한 아이 울음소리가 들려왔다. 돌리는 귀를 기울이더니 갑자기 벌떡 일어섰다. 그 모습을 보고 오블론스키는 아내가 아이들을 끔찍이 사랑하고 있다는 것을 깨달았다.

"돌리, 한마디만……."

오블론스키가 그녀의 뒤를 쫓으며 말했다.

"따라오지 마세요. 따라오면 아이들에게 당신이 얼마나 비열한 사람인지 다 말하겠어요. 난 오늘 떠날 거예요. 당신은 여기서 당신 정부와 살면 되겠네요."

그녀는 매몰차게 문을 꽝 닫고 나가버렸다. 오블론스키는 한참 동안 혼자 서 있다가 한숨을 내쉬곤 침실에서 나왔다.

아이를 달래고 있던 돌리는 마차 소리로 남편이 나간 것을 알고 다시 침실로 돌아왔다.

'그런데 그 여자와는 어떻게 끝낸 걸까? 지금도 만나고 있지 않을까? 왜 그걸 물어보지 못했을까? 아니지, 지금 그런 걸 알아서 뭐해. 어차피 우린 헤어질 건데. 우린 남이야, 영원히 남이야!'

그녀는 다시 들리기 시작한 이 말을 되풀이했다.

학창 시절 오블론스키는 재능은 타고났으나 노력을 하지 않는 학생이었다. 운 좋게 대학은 들어갔지만 장난을 좋아하고 성실하지 못한 탓에 졸업을 할 때의 성적은 꼴찌에 가까웠다. 하지만 사회에 나와서는 매력적인 외모와 밝은 성격, 솔직한 태도로 사교계의 수많은 사람과 어울릴 수 있었다. 물론 사교계의 인맥을 유지하려면 만만치 않은 비용이 들었기에 그의 씀씀이는 헤펐다. 다행히 누이동생 안나의 남편, 알렉세이 알렉산드로비치 카레닌이 마련해준 자리 덕에 모스크바의 한 관청의 기관장으로서 6천 루블이란 연봉을 받아 그럭저럭 생활을 꾸려가고 있었다.

모스크바와 페테르부르크의 상류사회 절반이 그와 인맥이 닿았다. 지위나 이권 등 지상의 행복을 분배하는 자들이 하나같이 그와 친분이 있었기에 그는 굳이 높은 자리에 오르기 위해 노력할 필요가 없었다. 그는 남을 거부하거나 질투하지 않았으며 남에게 화를 내는 행동을 하지 않을 뿐이었다. 그는 자신의 직무에 대해서도 전혀 관심이 없었다. 그래서 실수를 범하는 일도 없었다.

오블론스키는 대단한 야망을 품은 사람이 아니었고 일을 열심히 하지도 않았다. 그럼에도 그는 관청에서 기관장으로 있는 3년 동안 동료, 부하, 상관 등 그와 관계하는 모든 사람에게 아낌없는 사랑과 존경을 받았다. 탁 트인 성격과 남을 배려하는 화술, 이해관계를 완전히 초월한 듯한 그의 태도 등은 사람들의 호감을 사기에 족했다. 여기에는 그 자신의 결점을 자각한 데서 오는 관용에 힘입은 바 크다.

오블론스키가 사무실에 도착하자마자 휴식 없이 회의가 진행됐다. 보고서 낭독이 끝나자 오블론스키는 비서관에게 서류를 넘겨주고 2층 자기 집무실로 올라갔다. 그때 그의 시야에 돌계단을 가볍게 뛰어오르는 사람이 들어왔다. 곱슬곱슬한 턱수염에 체격이 건장하고 어깨가 딱 벌어진 사내였다.

"콘스탄틴 드미트리치 레빈!"

계단 위에 있던 오블론스키는 올라오는 사내가 누구인지 알아차리자 소리쳤다. 가까이 다가오는 레빈을 보고 그는 친숙하면서도 놀리는 듯한 미소를 머금었다.

"자네가 이런 소굴까지 나를 찾아오다니, 언제 왔나?"

"이제 막 도착했네. 자네하고 꼭 할 이야기가 있는데."

"그럼 나가세. 식사나 하면서 얘기하자고. 3시까지는 나도 한가하니까."

"아냐, 난 또 들를 데가 있어. 그냥 몇 마디만 하면 돼. 긴 애긴 다음에 하기로 하지."

"무슨 얘긴데?"

"별건 아니고······."

수줍음을 감추려고 너무 애쓴 탓에 레빈의 낯빛은 화난 표정이 되었다.

"쉐르바츠키 집안사람들은 어떻게 지내는지 알고 있나? 다들 여전하신가?"

그 말에 오블론스키의 얼굴에 웃음이 번졌다. 그는 레빈이 이 모스크바에 돌아온 이유를 바로 알아차렸다. 레빈은 자신의 처제인 키티를 오래전부터 사랑하고 있었던 것이다.

"모두들 잘 있네. 자네가 너무 오래 방문하지 않아서 문제지."

"무슨 일이라도 있었나?"

"그 얘긴 천천히 하도록 하세. 그런데 자네 이곳엔 무슨 일로 왔나?"

"아, 나도 뭐 그다지 큰일이 생겨서 온 것은 아니네만······."

"그래, 실은 자네를 우리 집으로 초대해야 되는데, 아내가 몸이 좀 안 좋아서 말이야. 그렇지, 쉐르바츠키 집안사람들을 만나고 싶으면 동물원으로 가보게. 요즘 그 집 사람들 4시에서 5시까지 으레 그곳에 있어. 키티도 거기서 스케이트를 타거든. 나도 나중에 갈 테니까, 그때 어디 가서 저녁이나 같이하세."

"알았네. 그럼 이따가 보세."

오블론스키와 헤어져 밖으로 나온 레빈은 마차를 탔다. 그리고 오블론스키를 통해 알아낸, 키티를 만날 수 있는 장소, 동물원으로 향했다.

오블론스키가 무슨 일로 왔느냐고 물었을 때 레빈이 얼굴을 붉혔던 이유는 '자네 처제에게 청혼하려고 왔네'라고 딱 부러지게 대답하지 못했기 때문이었다.

레빈 집안과 쉐르바츠키 집안은 모두 모스크바의 전통 있는 귀족 가문으로, 오래전부터 가깝게 지내왔다. 두 집안의 관계는 레빈의 학창 시절에 더욱 굳어졌는데, 그가 돌리와 키티의 오빠인 젊은 쉐르바츠키 공작과 함께 입시 준비를 하고 대학에 갔기 때문이었다. 그때 레빈은 쉐르바츠키의 집을 자주 방문했고, 쉐르바츠키 공작 집안의 여자들한테서 풍기는 신비하고도 서정적인 느낌을 좋아했다. 레빈은 어머니에 대한 기억이 없었고 또 하나뿐인 누이와는 나이 차이가 많이 났다. 그는 자기 집안에서 느끼지 못했던, 교양 있고 명예로운 옛 귀족 가문의 분위기를 쉐르바츠키가에서 처음으로 접했다. 그는 이 집 사람들, 특히 여성들을 어떤 신비롭고 시적인 베일에 싸인 존재처럼 여겼다.

왜 쉐르바츠키의 세 자매는 프랑스어와 영어를 격일로 번갈아 가며 쓰는지, 왜 정해진 시간에 교대로 피아노를 치는지, 왜 문학, 음악, 미술, 무용 등을 가르치는 교사들이 드나드는지…… 이러한 신비에 싸인 모든 일과 그 밖의 많은 일을 그는 전혀 이해할 수 없었다. 그러나 그에게는 그러한 일들이 모두 시적으로 느껴졌다.

레빈은 세 자매 가운데 한 사람을 사랑해야 한다고 생각했다. 그러나 어느 아가씨를 선택할지 얼른 결정을 내리지 못했다. 대학에 다닐 때는 맏딸 돌리에게 관심을 가졌으나 그녀가 이내 오블론스키한테 시집가 버렸다. 그다음 그는 둘째 딸인 나탈리에게 마음을 쏟기 시작했다. 그런데 나탈리마저 외교관 리보프와 결혼해버렸다. 막내딸인 키티는 레빈이 대학을 졸업할 때까지도 어린 소녀였다. 그 뒤 해군에 입대한 젊은 쉐르바츠키가 발트 해에서 익사하자 레빈은 쉐르바츠키 집안을 거의 찾지 않았다. 그러다 1년 만에 다시 방문했을 때 그는 누구와 사랑에 빠질 운명인지를 확실히 깨달았다. 그사이에 키티가 훌쩍 큰 것이었다.

집안 좋고 재력 있는 서른두 살의 레빈이 쉐르바츠키 가문의 딸에게 구혼하는 것은 그리 문제 될 것이 없었다. 그러나 키티에 대한 사랑의 감정이 커지면 커질수록 레빈에게 키티는 모든 면에서 완벽하고 이 세상에서 가장 거룩한 존재처럼 보인 반면에 그 자신은 그녀에게 결코 인정받을 수 없는 저속한 존재처럼 느껴졌다. 그는 자신이 없었다. 키티의 부모가 자신을 내켜하지 않고 그녀 또한 자신을 남편감으로 절대 인정하지 않을 것이라고 생각했다.

날이면 날마다 키티를 만나기 위해 모스크바의 사교계를 드나들던 레빈은 그래서 겨우 두 달 만에 모든 것을 포기하고 시골로 내려갔던 것이다.

레빈이 이런 행동을 취한 데에는 서른두 살 먹은 자신이 할 줄 아는 것이라고는 오직 사냥밖에 없다는 데 이유가 있었다.

부모의 눈으로 보자면 그는 사회적으로 내세울 만한 경력도 지위도 없는 사내였다. 그런 무능한 남자를 어여쁜 키티가 무슨 이유로 사랑하겠는가. 그러나 시골에서 혼자 시간을 보내는 동안, 레빈은 자신의 감정이 사춘기의 열정과 같은 사랑이 아니라는 것을 알았다. 또한 그의 절망은 단지 그가 만든 상상에 불과할 뿐, 그가 구혼에 실패하리라는 근거는 어디에도 없다는 점을 확신하게 되었다. 그리하여 그는 모스크바로 다시 돌아온 것이다.

레빈이 동물원 입구에 도착한 때는 4시쯤이었다. 레빈은 두근거리는 가슴을 안고 스케이트장으로 가는 길을 따라 걸었다. 날씨는 맑았지만 제법 쌀쌀했다.

'당황해선 안 돼. 침착해야지. 도대체 무엇을 두려워하는 거야? 바보 같으니라고.'

걸어가는 동안 그는 자기 가슴에다 속삭였다. 그러나 막상 스케이트장이 보이자 심장이 쿵쿵 방망이질을 하기 시작했다. 키티는 평범한 복장으로 사람들 틈에 섞여 있었다. 그러나 레빈은 그녀를 가시덤불 속에 핀 장미처럼 멀리서도 한눈에 알아볼 수 있었다.

레빈은 그녀를 알아본 순간 그대로 돌아갈까 생각했다. 그 정도로 그는 두려웠다.

그때 마침 키티의 사촌 오빠인 니콜라이 쉐르바츠키가 그를 발견하고 큰 소리로 외쳤다.

"오, 러시아 제일의 스케이터! 얼음판이 무척 좋네요. 어서 스케이트로 갈아 신으시지요."

그 소리를 듣고 구석에 있던 키티가 가느다란 다리를 조심스럽게 떼며 미끄러져 왔다. 그녀의 스케이트 자세는 불안해 보였다. 그녀는 레빈을 알아보고는 반가움과 부끄러움이 섞인 미소를 싱긋 지어 보였다. 그 미소는 늘 레빈의 마음을 마술의 세계로 이끌어 갔다. 그가 어린 시절에도 거의 느끼지 못한 감동적이고 평안한 기분을 맛보게 했다.

"언제 오셨어요?"

활짝 웃으며 손을 내미는 키티의 모습에 레빈은 정신이 아찔했다.

"얼마 안 됐습니다. 어제…… 아니 오늘이구나……. 방금 전에 도착했습니다."

레빈은 가슴이 두근거려서 그녀가 묻는 말을 제대로 이해하지 못하고 대답했다.

"전 당신이 이렇게 스케이트를 잘 타는 줄 몰랐습니다."

"칭찬을 듣다니 영광이에요. 당신은 스케이트 명수라면서요. 어서 스케이트를 신고 오세요. 그리고 함께 타요."

'함께 타요'라는 말에 레빈은 가슴이 터질 듯 벅차올랐다. 지금 당장 키티에게 청혼이라도 하고 싶었지만 어쩐지 두려웠다.

레빈은 스케이트로 갈아 신고 매끄러운 얼음판에서 마음대로 속도를 조절하고 이리저리 방향을 바꾸며 키티에게 달려갔다. 그녀가 레빈에게 손을 내밀었다. 손을 잡은 채 두 사람은 조금씩 속도를 내면서 나란히 나아갔다. 속도가 빨라질수록 키티는 레빈의 손을 더욱 힘주어 잡았다. 그들은 한참 동안 스케이트를 탔다.

"당신과 함께 타니까 선수가 된 것 같아요. 당신이 믿음직스러워요."

"나도 당신이 몸을 기대어 오니까 훨씬 자신감이 생기는데요."

레빈의 말에 키티는 미간을 찌푸렸다. 좀 전까지 보여주던 상냥함이 얼굴에서 사라졌다.

'뭐지? 내가 그녀를 실망시켰나? 아아, 하느님, 도와주소서!'

"시골에서 겨울을 나려면 지루하지 않으세요?"

키티가 말을 돌리려는 듯 물었다.

"전혀요. 제가 워낙 바쁘게 살거든요."

"이곳에는 오래 머무르실 건가요?"

"저도 잘 모르겠습니다."

"왜요?"

"왜냐하면…… 그건 당신에게 달려 있으니까요."

그의 말을 못 들은 것인지 아니면 듣고 싶지 않았던 것인지 그녀가 그에게서 멀어져 갔다.

'아, 맙소사! 내가 무슨 말을 한 거지? 하느님, 저를 도와주소서. 저에게 방법을 가르쳐주소서.'

레빈은 이렇게 기도하고는 갑자기 격한 운동을 하고 싶은 사람처럼 넓게 원을 그리며 스케이트를 타기 시작했다. 그때 멀리 떨어진 곳에서 키티가 사랑하는 오빠를 바라보듯이 친근한 미소를 지어 보였다.

'멋진 사람이야. 사랑하진 않아도 저 사람과 함께 있으면 즐거워. 그런데 아까 그 말은 무슨 뜻일까?'

키티는 돌계단까지 마중 나온 어머니한테로 가더니 돌아갈 준비를 했다. 레빈은 스케이트를 벗고 동물원 입구까지 그들을 따라갔다.

"오랜만이군요, 레빈."

레빈을 보고 공작부인이 인사했다.

"우리 집은 예전처럼 목요일에 손님을 맞아요."

"그렇다면 오늘 가야겠군요."

"그래요, 꼭 오세요."

공작부인이 차갑게 말하자 키티가 민망해하며 대신 따뜻한 미소를 지어 보였다.

이때 오블론스키가 개선장군처럼 당당하게 동물원으로 들어섰다. 그러다 장모인 공작부인을 보고는 아내 돌리가 생각났는지 금방 움츠러들었다. 그는 공작부인과 몇 마디 나눈 뒤 레빈의 팔을 잡아끌었다.

"자, 슬슬 저녁 식사를 하러 가보자고. 자네를 만나서 얼마나 기쁜지 모르겠네."

오블론스키는 레빈의 눈을 들여다보며 의미심장하게 말했다.

호텔 식당에 들어서자 머리가 허연 웨이터가 두 사람을 안내했다. 오블론스키는 자리에 앉아 거리낌 없이 고급 음식을 시켰다. 아쉬운 부탁을 해야 하는 레빈은 스케이트를 타서 그런지 자신도 시장하다며 오블론스키가 선택한 메뉴를 골랐다. 음식을 주문한 지 5분 정도 지난 후 웨이터가 진줏빛 껍데기 위에 얹은 굴 한 접시와 포도주 병을 손가락 사이에 끼고 들어왔다. 오블론스키는 냅킨을 조끼에 끼우고 두 손으로 굴을 들어 먹기 시작했다.

식사를 하면서 두 사람의 대화는 도시인과 농촌인을 비교하는 쪽으로 흘렀다. 농촌에서 사는 레빈은 시골 사람들이 일하기 편하도록 손톱도 짧게 깎고 소매도 걷어붙이기도 하는 반면 도시 사람들은 일부러 손톱을 기르고 접시만 한 소매 단추까지 달아서 그 손으로 아무것도 할 수 없게 하는 것을 못마땅하게 보았다. 이에 오블론스키는 거친 노동을 할 필요가 없다는 증거라며 가볍게 받아넘겼다.

"그나저나 이제 어떻게 할 건가. 오늘 저녁에 쉐르바츠키 댁으로 갈 건가?"

오블론스키가 굴 껍데기를 옆으로 밀어놓으며 의미심장한 눈빛으로 물었다.

"응, 갈 거야. 공작부인은 형식적으로 초대한 것 같지만."

"그게 무슨 소린가? 그건 그분 버릇이야. 그분은 귀부인이잖아."

오블론스키가 수프를 떠먹으며 말했다.

"나도 갈 거네. 그런데 그 전에 바니나 백작부인 댁에 합창

연습을 하러 가야 해. 그건 그렇고, 자넨 정말 야만인이야. 작년에 갑자기 모스크바에서 자취를 감춘 일에 대해선 뭐라고 설명할 건가? 쉐르바츠키 사람들은 내가 그 이유를 알고 있으리라고 생각하지만 내가 알고 있는 건 한 가지뿐이지. 자네는 늘 남들과 전혀 다른 짓을 한다는 것."

"자네 말이 맞을지 몰라. 난 야만인이야. 하지만 내가 야만인인 이유는 이곳을 떠나서가 아니라 다시 이곳에 왔기 때문이네."

"아아, 자넨 정말 행복한 사내야."

오블론스키가 레빈의 눈을 바라보면서 말을 받았다.

"준마는 낙인으로 알고, 사랑에 빠진 젊은이는 그 눈을 보면 알 수 있지. 지금 자네의 눈빛이 바로 그렇다네. 그런데 자네, 모스크바엔 무슨 일로 왔나?"

"자넨 이미 눈치채고 있지?"

레빈은 심각한 표정으로 친구의 얼굴에서 시선을 떼지 않고 말했다.

"짐작은 하지만 내가 먼저 말을 꺼낼 수는 없잖은가."

"그렇다면 말해보게나. 자네 생각에는 어떻게 될 것 같은가?"

레빈은 얼굴에 경련이 이는 것을 느끼면서 떨리는 목소리로 물었다.

"나로선 이보다 더 좋을 순 없다고 생각하네."

"솔직히 말해주게. 만일 거절당한다면…… 난 꼭 그렇게 될 것만 같아. 어쨌든 나나 그녀나 두렵긴 마찬가지일 테니까."

"왜 그렇게 생각하나? 젊은 처녀에겐 두려운 일이 아닐 걸세. 어느 아가씨든 청혼을 받는다는 것은 기쁜 일이니까."

그러나 레빈의 생각은 달랐다. 그에게는 이 세상의 모든 여자가 두 부류로 나누어지고 있었다. 인간적인 온갖 약점을 지닌 평범한 처녀들과 오직 그녀 한 사람이었다.

"내게 이 일은 일생일대의 문제야. 이 일은 자네 외에는 누구와도 상의할 수 없었네. 우리 둘은 여러모로 다르지. 취미나 관점도 말이야. 하지만 나는 자네가 나를 아끼고 이해해준다는 걸 알아. 그러니까 제발 솔직하게 말해주게."

"솔직하게 말하고 있는 걸세. 그리고 한마디 더 해줄 것은, 내 아낸 정말 놀라운 여잔데……."

여기서 오블론스키가 잠시 말을 중단했다. 아내와의 사건이 떠올랐기 때문이다.

"아내는 선견지명이 있어. 특히 남녀의 결혼 문제에 대해선 더욱 그래. 전에 그녀가 샤호프스카야와 브렌첼른의 결혼을 예언했지. 그때는 아무도 안 믿었지만 둘은 결국 결혼했잖은가. 그런데 지금 아내가 자네 편이란 거야."

"그건 왜지?"

"말하자면 자네에게 호감을 가지고 있다는 거지. 아내는 틀림없이 자기 동생이 자네와 결혼할 것이라고 믿고 있네."

레빈은 감격해서 눈물이 나올 뻔했다.

"아, 이건 사랑이 아냐. 어떤 외부의 힘이 날 정복해버린 거야. 내가 갑자기 떠난 건 불가능한 일이라고 단정했기 때문이야. 하지만 난 깨달았네. 그녀가 아니면 내 삶은 있을 수 없다는 것을."

"그런데 왜 떠났나?"

"아아, 가만 좀 있게. 난 지금 여러 가지로 착잡하다네. 자네에게 듣고 싶은 말도 많고. 지금 자네가 내게 해준 말이 얼마나 큰 힘이 되는지 아나? 이건 일종의 광기야. 한 가지 두려운 것은 나처럼 나이 많은 사람이, 이미 과거를 가진 사람이 그렇게 순결한 처녀에게 접근한다는 것이……. 아, 난 그녀에게 접근해서는 안 되는 인간처럼 느껴진다네."

"그건 죄가 아냐."

"아니, 난 내 과거가 저주스럽고 통탄스럽다네. 정말이야."

"하지만 어쩔 수 없지 않나. 세상이 그렇게 돌아가는걸."

오블론스키는 대단하지 않다는 듯 말했다.

"위안이 되는 것이 있다면, 내가 늘 애송하는 '공적에 따라 나를 용서하지 마시고 자비로 용서하소서' 하는 기도라네. 그런 뜻이라면 그녀도 나를 용서할 수 있을 거야."

레빈은 단숨에 샴페인 잔을 비웠다. 그리고 두 사람은 말없이 앉아 있었다.

"자네 혹시 알렉세이 키릴로비치 브론스키 백작이라고 아나?"

오블론스키가 물었다.

"그가 누군데?"

레빈의 질문에 오블론스키는 얼른 대답하지 않고 잠시 뜸을 들이더니 포도주 한 병을 더 주문했다.

"왜 그런 걸 묻지? 내가 브론스키라는 사람을 알아야 하나?"

"자네 경쟁자 중 한 사람이니까 자네도 알아야 해."

"어떤 사람인데?"

레빈은 조금 전 어린애처럼 기뻐하던 표정에서 굳은 표정으로 바뀌었다.

"키릴 이바노비치 브론스키 백작의 아들로 페테르부르크의 젊은 귀공자들 가운데 가장 모범적인 청년이지. 부자인 데다 미남이고 연줄 많고 교양 있고 똑똑한 시종무관이라네. 자네가 모스크바를 떠난 직후에 이곳에 왔어. 내 짐작으로는 키티를 무척 좋아하는 것 같아. 더구나 그녀의 어머니가……."

"그만하게."

레빈은 침울한 목소리로 오블론스키의 말을 끊었다. 의자 등받이에 몸을 기댄 그의 얼굴이 창백해졌다.

"한마디 충고하겠는데, 이런 문제는 될 수 있는 대로 빨리 해결하는 게 좋아."

레빈은 아무런 대답도 하지 않고 한숨만 내쉬었다. 그때 갑자기 두 사람은 느꼈다. 식사를 같이하고 술을 함께 마시는 친구 사이이긴 하지만 두 사람이 더 친밀해지진 못하리라는 것을. 오블론스키는 이런 경우 어떻게 대처해야 하는지를 너무나 잘 알고 있었다.

그는 "계산!" 하고 소리치고는 홀 쪽으로 나갔다. 그리고 잠시 후 웨이터가 팁을 더한 계산서를 레빈에게 내밀었다. 다른 때 같으면 엄청난 금액에 얼이 빠졌을 레빈이지만 지금은 자기

운명을 결정지을 일을 생각해야 하기에 전혀 개의치 않고 선뜻 돈을 지불했다. 그리고 쉐르바츠키 댁으로 가기 위해 옷을 갈아입으러 숙소로 돌아왔다.

키티는 올해 열여덟 살이 되었다. 그녀는 올겨울 처음으로 사교계에 진출해, 두 언니를 능가할 만큼 성공하여 공작부인을 기쁘게 해주었다. 모스크바 곳곳의 무도회장에서 그녀와 같이 춤을 추어본 젊은이들 대부분이 키티의 매력에 흠뻑 빠져들었다. 사교계에 진출한 첫해에 벌써 두 명의 구혼자까지 나타났다. 바로 레빈과 브론스키 백작이었다.

겨울 내내 레빈이 집으로 찾아오자 공작 부부는 그가 키티를 사랑하고 있다는 것을 눈치챘다. 공작은 레빈을 마음에 들어 했으나 공작부인은 그의 편이 아니었다. 키티가 너무 어리고 레빈도 아직 결혼 의사를 표시하지 않았다는 등의 구실을 붙였지만, 사실은 더 좋은 혼처가 나타나기를 바라고 있었던 것이다. 그러다 레빈이 시골로 떠나버리자 그녀는 보란 듯이 기세가 등등해졌다.

"거봐요, 내가 뭐라고 했어요? 레빈의 사랑은 믿을 수 없다고 했죠?"

그리고 곧바로 브론스키가 나타나자 공작부인은 말할 수 없이 기뻤다.

공작부인은 레빈의 이성적인 사고방식과 서툰 사교 능력, 그리고 시골 생활 등이 마음에 들지 않았다. 게다가 한 달 반이나 과년한 처녀의 집을 드나들면서 눈치만 살필 뿐 아무런 말이 없는 점도 못마땅했다. 공작부인의 눈에는 그런 레빈이 마치 자기가 먼저 청혼하면 명예가 손상될 것처럼 두려워하는 것으로 보였다. 그런데 갑자기 그가 아무런 언질도 없이 모스크바를 떠나버렸던 것이다. 그러니 공작부인이 레빈을 좋게 생각할 리가 없었다.

반대로 브론스키는 여러 가지로 마음에 들었다. 재산도 많고 총명하고 미남이고 명문가의 자제에다 장래가 촉망되는 시종 무관이니 더 바랄 게 없었다.

브론스키는 무도회 때마다 키티에게 접근했으며, 키티와 함께 춤을 추었다. 또 집에도 자주 드나들었다. 이제 공작부인은 브론스키가 키티를 쫓아다니다 그만둘까 봐 몹시 불안해하는 지경이 되었다. 그처럼 성실한 사람이 그러지는 않으리라 생각하면서도 백 퍼센트 안심할 수 없었다. 특히 요즘 같은 자유연애 시대에 연애 경험쯤은 문제 삼지 않는 젊은이들이 많아 더욱 걱정되었다.

키티에게 들은 바에 의하면, 브론스키 형제는 모든 일을 어머니와 상의하고 어머니 말에 복종한다고 했다.

"그래서 전 지금 페테르부르크에서 어머니가 오시기를 행복한 마음으로 기다리고 있습니다."

그 말은 어머니와 상의하려고 청혼을 미루고 있다는 뜻이었다. 공작부인은 그런 그를 이해할 수 없었지만 어쨌든 하루빨리 혼사가 이루어졌으면 싶었다. 그렇지 않아도 큰딸 돌리 때문에 심란한데 갑자기 레빈이 나타나 거의 다 된 혼사를 망치지나 않을까 걱정되었다. 한때 레빈에게 호감을 가졌던 키티가 브론스키가 미적거린다는 이유로 브론스키를 거절하면 어떡하나 싶기도 했다.

공작부인은 집에 도착하자마자 키티에게 물었다.

"애야, 레빈은 언제 모스크바에 왔다니?"

"오늘 왔다고 하던데요."

키티의 말에 공작부인은 굳은 표정으로 말했다.

"키티, 한 가지 말해둘 게 있구나……."

공작부인의 긴장된 표정을 보고 키티는 어머니가 무슨 이야기를 하려는지 짐작했다.

"엄마가 무슨 말씀을 하시려는지 저는 벌써 다 알고 있어요. 그러니 이제 그만하세요."

"내가 말하려는 것은 레빈에게만 기회를 주지 말고……."

"엄마, 알았으니까 제발 그 얘기 좀 그만하세요."

"그래, 알았다. 안 하마."

딸의 눈에 눈물이 고인 것을 본 공작부인이 말했다.

"딱 하나만 말하마. 키티, 넌 나에게 아무것도 숨기지 않기로 한 걸 잊어선 안 된다. 알았지?"

공작부인의 말에 양 볼이 붉어진 키티는 재빨리 자기 방으로 가버렸다.

야회가 시작되기 전, 키티는 마치 전투를 앞둔 사병처럼 심장이 세차게 고동치고 도무지 아무것에도 집중할 수가 없었다. 그녀는 레빈과 브론스키가 처음으로 마주칠 저녁의 야회에서 자신의 운명이 결정될 것으로 믿었다.

레빈을 생각할 때는 죽은 오빠와 레빈과의 우정이 떠올라 시적인 아름다움이 느껴졌다. 반면에 브론스키는 더없이 사교적이고 신사적이지만 어떤 거짓이 내재되어 있는 것 같았다. 그러나 브론스키와의 장래를 생각하면 행복하고 빛나는 것이 느껴지는 반면 레빈과 함께하는 장래는 흐릿하고 애매하게 느껴질 뿐이었다.

7시 반에 키티가 객실로 내려가자 하인이 레빈이 왔다고 알려주었다. 공작과 공작부인은 아직 나와 있지 않았다. 그녀는 잠시 동안 혼란에 빠졌다.

레빈이 이토록 일찍 온 이유는 청혼하기 위해서일 것이다. 그녀는 그제야 비로소 모든 일을 전혀 새로운 측면에서 보게 되었다. 이것은 자기 혼자만의 문제가 아님을 지금에야 깨달은 것이다. 자신을 사랑하는 사람에게 지금이라도 당장 모욕을 주어야 한다는 생각에 그녀는 마음이 무거웠다.

'내가 그 얘길 직접 하지 않으면 안 될까?'

그녀는 생각했다.

'아, 도대체 무슨 말을 어떻게 해야 하나? 그를 사랑하지 않는다고? 아냐, 그건 거짓말이야. 그럼 다른 사람을 사랑하고 있다고? 아, 차라리 도망쳐 버리고 싶어.'

생각에 잠긴 키티가 문 앞에서 서성거리고 있을 때 밖에서 발소리가 들렸다.

'그래, 두려워할 것 없어. 난 나쁜 짓을 하는 게 아냐.'

그녀는 용서를 비는 마음으로 그의 두 눈을 똑바로 보며 손을 내밀었다.

"제가 너무 일찍 방문한 건 아닌지요?"

텅 빈 객실을 둘러보며 레빈이 물었다.

"아니, 그렇지 않아요."

키티가 탁자 앞에 앉으며 말했다.

"사실은 당신 혼자 있을 때 오려고 했습니다……"

그는 용기를 잃지 않으려고 선 채로 말을 꺼냈다.

"어머니가 곧 오실 거예요. 어제 너무 힘드셨거든요. 어제는……"

그녀는 자신이 무슨 말을 하는지도 몰랐다. 그러다 레빈이 자신을 뚫어지듯 쳐다보자 얼굴을 붉히며 입을 다물었다.

"제가 말씀드렸지요. 이곳에 오래 머물지 어떨지 모르겠다고, 그것은 전적으로 당신에게 달려 있다고요."

그녀는 대답 없이 고개를 숙였다.

"전 이 말을 하려고, 이 말이 하고 싶어서 모스크바에서 온 겁니다. 저……, 제 아내가 되어주셨으면 합니다."

마침내 그는 말해버렸다. 가장 하고 싶은 말인 동시에 가장 두려워했던 말을 단숨에 해버리고 만 것이다.

키티는 레빈에게서 고개를 돌린 채 한숨을 내쉬었다. 사실 그녀는 황홀했고 행복했다. 그의 고백이 이처럼 큰 감동을 주리라고는 꿈에도 생각하지 못했다. 그러나 감동은 오래가지 않았다. 그녀는 곧 브론스키를 떠올렸다.

"그럴 수 없어요…… 용서하세요."

조금 전만 해도 그녀는 얼마나 가까운 사람이었던가. 그의 생애에서 얼마나 중요한 사람이었던가!

"알겠습니다."

레빈은 그녀를 쳐다보지도 않고 말했다. 그때 공작부인이 객실로 들어왔다. 순간 공작부인은 모든 것을 눈치챘다. '잘됐어, 거절했구나' 하고 생각한 공작부인은 환하게 미소를 지으며 레빈에게 이것저것 묻기 시작했다. 할 수 없이 그는 손님이 오면 슬쩍 빠져나갈 생각으로 자리에 앉았다.

조금 뒤 다른 손님들이 줄지어 들어오고 이어서 한 부인을 따라 군인이 들어섰다.

'저 사내가 브론스키 백작인 모양이군.'

레빈의 짐작대로 브론스키를 바라보는 키티의 눈이 반짝 빛났다. 그것을 보고 그는 그녀가 브론스키를 깊이 사랑하고 있음을 알았다. 그는 브론스키가 어떤 사람인지 알아보고 싶었다. 그녀가 사랑하는 남자가 어떤 사람인지 알고 싶어서 그 집에 잠시 더 머물러 있기로 했다.

"잠깐, 소개해드리죠. 이분은 콘스탄틴 드미트리치 레빈 씨입니다. 그리고 이분은 알렉세이 키릴로비치 브론스키 백작입니다."

공작부인이 두 사람을 소개했다. 브론스키가 일어나 레빈을 다정하게 바라보며 손을 내밀었다.

"실은 지난번에 당신과 함께 식사하고 싶었습니다만, 당신이 갑자기 시골로 가버리시는 바람에 뵙지 못했지요."

브론스키가 시원스럽게 웃으며 말했다. 그런 다음 브론스키는 레빈이 사는 시골 이야기를 꺼내면서 대화를 이끌었다. 사람들은 모두 즐겁게 대화에 참여했지만 레빈은 물 위의 기름처럼 겉돌았다. 레빈이 그 집을 떠나면서 마지막으로 본 것은 브론스키 옆에서 웃고 있던 키티의 행복한 얼굴이었다.

그날 밤 키티는 오랫동안 잠을 이루지 못했다. 아버지의 이야기를 들으며 침울하게 서 있던 레빈의 얼굴이 자꾸 떠올랐기 때문이다. 또 자신을 다정하게 보던 브론스키의 얼굴도 떠올랐다.

'안됐어. 하지만 어쩔 수 없어. 내가 나쁜 게 아니야.'

그녀는 수없이 되뇌었지만 후회하는 마음이 없지 않았다. 그러나 자신이 후회하는 것이 레빈의 사랑을 얻었기 때문인지, 아니면 청혼을 거절했기 때문인지 도무지 알 수 없었다.

이때 아래층에서는 공작 내외가 말다툼을 벌이고 있었다.

"당신은 그 천박하고 어리석은 혼인으로 키티를 망신시키고 그 애의 인생을 망치려 하고 있단 말이오!"

"내가 무슨 잘못을 했다고 이러시는 거예요?"

공작부인은 울음을 터뜨릴 것 같은 얼굴로 항변했다.

그녀는 키티가 레빈의 청혼을 거절했다는 말을 듣고, 서재에 들러 공작에게 브론스키의 어머니가 도착하면 혼사가 결정될지도 모른다는 말을 했던 것이다. 그 말을 듣자마자 공작은 흥분하여 점잖지 못한 말까지 내뱉었다.

"무슨 잘못을 했는지 모른다고? 그럼 가르쳐주지. 첫째, 당신은 신랑을 유혹하고 있소. 사람들이 알면 얼마나 욕하겠소. 욕먹어도 싸지만. 둘째, 당신은 키티의 마음을 들뜨게 만들었소. 레빈은 그 페테르부르크 녀석보다 천 배는 낫소. 브론스키 같은 녀석은 쓰레기란 말이오."

"내가 뭐 그 사람에게 아부라도 했다는 말이에요? 난 다만 그 젊은이가 키티를 좋아하고 또 키티도 좋아하는 것 같아서……."

"당신한테는 그렇게 보일 거요. 그런데 그 녀석도 결혼 생각이 있을까?"

"왜 그렇게 생각하세요?"

"생각하는 게 아니라 뻔한 거요. 남자들은 그런 일을 꿰뚫어 볼 수 있는 눈을 가지고 있단 말이오. 특히 난 진실한 사람을 볼 줄 아는 눈이 있소. 바로 레빈 같은 청년이 진실한 사람이지. 브론스키인가 하는 녀석은 그냥 노는 것에만 관심이 있는 허영꾼밖에 안 되오."

"아아, 난 모르겠어요."

"언젠간 알 날이 있겠지. 하지만 그땐 이미 늦는다는 걸 알아두시오."

침실에 돌아오자 공작부인은 불안해서 견딜 수가 없었다. 남편 말이 옳을 수도 있기 때문이었다. 그녀는 미래에 대한 공포에 짓눌려 마음속으로 수없이 기도하고 또 기도했다.

'하느님, 도와주소서. 제발 도와주소서!'

브론스키에게는 '행복한 가정'에 대한 경험이 없었다. 그의 어머니는 젊은 시절 소문난 사교계의 꽃이었다. 남편이 살아 있을 때는 물론, 죽은 후에도 숱한 스캔들로 물의를 일으킨 부인으로 유명했다. 브론스키는 새파랗게 젊은 나이에 앞날이 유망한 청년 사관으로 학교를 졸업하고, 곧 페테르부르크의 부유한 군인 사회에 발을 들여놓았다. 그리고 얼마 후, 모스크바에 와서 처음으로 순수하고 귀여운 키티를 만나면서 사교계를 들락거리게 되었다.

그는 결혼할 생각도 없이 키티와 친하게 지내는 것이 잘못이라는 것을 알지 못했다. 결혼에 대해 진지하게 생각해보지 않았고, 가정생활이라는 것도 별로 좋아하지 않았다. 게다가 그의 아버지는 일찍 돌아가셨기 때문에 아버지에 대한 기억도 거의 없었다.

야회가 있던 다음 날, 브론스키는 페테르부르크 역으로 어머니를 마중하러 나갔다. 그곳에서 그는 오블론스키를 만났다.

"자네는 누굴 기다리나?"

"어머니를 마중하러 나왔네. 자네는?"

"굉장한 미인을 맞으러 왔지."

"미인?"

"내 동생 안나 말일세."

"아, 카레닌 부인."

"그래, 자네도 내 동생을 알고 있지?"

"아, 그게 잘 기억이 나지 않는군."

카레닌 부인이라는 말에 답답하고 지루한 느낌이 떠올라 브론스키는 겸연쩍은 얼굴로 말했다.

"그렇다면 그 애 남편인 알렉세이 알렉산드로비치는 틀림없이 알 걸세. 세상 사람들이 다 알고 있으니 말이야."

"물론 명성은 들어 알고 있지. 머리 좋고, 학식도 있고, 괴상한 성격으로 유명한 사람이지?"

"그래, 그는 아주 유명하지. 좀 고리타분하지만."

"딱 맞는 표현이군."

브론스키는 웃으며 말했다. 키티 때문인지 요즘 들어 그는 오블론스키에게 친근감이 들었다.

"그런데 레빈과는 좀 사귀었나? 좋은 친구인데."

"글쎄, 잘 모르겠던데. 좀 날카로워 보이고……."

"그런 점이 있지."

오블론스키는 껄껄 웃었다. 그때 기적 소리가 들려왔다.

"자네는 레빈을 제대로 보지 못했어. 그는 매우 솔직하고 좋은 친구라네. 어제저녁에는 그럴 만한 이유가 있었지. 행복과 불행의 기로에 서 있었거든."

"왜, 키티에게 청혼이라도 한 건가?"

"아마 그랬을 거야. 왠지 그 친구가 안됐다는 생각이 드는군."

"그랬군. 하지만 키티 정도라면 더 좋은 상대를 원하는 게 당연하지. 아무튼 나는 그를 잘 모르니까. 그건 그렇고, 기차가 도착한 모양이네."

그때 기적 소리를 울리며 기차가 들어왔다.

브론스키는 차장의 안내를 받아 어머니가 타고 있는 객차 안으로 들어갔다. 그때 객실 입구에서 나오는 한 귀부인에게 길을 비켜주기 위해 발을 멈췄다. 그는 사교계에서 익힌 감각으로, 이 부인의 외양을 보고 한눈에 그녀가 최고 상류사회에 속하는 사람임을 간파했다. 순간 짜릿한 전율이 스쳤다. 객차 안으로 들어가던 그는 다시 한 번 그 귀부인이 보고 싶어졌다. 그것은 그녀가 특별히 미인이어서도 아니고, 귀티가 나서도 아니었다. 그저 스쳐 지나칠 때 느꼈던 매혹적인 표정 때문이었다. 그가 뒤돌아보았을 때, 그녀 역시 고개를 돌려 이쪽을 보고 있었다. 이 짧은 순간에 바라본 그녀의 빛나는 두 눈과 엷게 미소 짓는 붉은 입술에서 브론스키는 억눌린 듯한 생기를 느꼈다.

"전보 받고 나와주었구나. 별일 없었지?"

객차 안으로 들어가자 검은 눈에 곱슬머리 노부인이 알은체를 했다.

"오시느라 힘드셨죠?"

브론스키는 어머니 옆에 앉으며 밖에서 들려오는 여인의 목소리에 귀를 기울였다. 조금 전 그 귀부인의 목소리라는 생각에서였다. 귀부인이 다시 객차 안으로 들어왔다.

"어떻게 됐어요, 오빠는 만났어요?"

브론스키 백작부인이 귀부인에게 물었다. 브론스키는 그제야 그녀가 카레닌 부인이라는 것을 알았다.

"부인의 오빠는 저와 함께 있었습니다. 부인을 얼른 알아보지 못하다니 실례를 범했군요."

브론스키가 일어서서 인사했다.

"아녜요. 오히려 제가 죄송해요. 오면서 계속 당신에 대해 들었으면서도 못 알아봤으니까요. 그런데 오빠가 아직도 안 오네요."

"알료샤('알렉세이', 즉 브론스키의 애칭-역주), 네가 가서 찾아보렴."

브론스키는 플랫폼으로 나가 오블론스키를 향해 소리쳤다. 안나는 오블론스키가 오기를 기다리지 않고 자리에서 벌떡 일어나 플랫폼으로 야무지고 경쾌하게 걸어 나갔다. 브론스키는 안나와 오블론스키가 만나는 모습을 보고, 다시 어머니가 있는 객차로 돌아왔다.

"정말 사랑스러운 부인이야. 참, 네게도 연인이 생겼다는 소문이 있던데……"

백작부인이 물었다.

"아니에요. 그만 가세요."

그때 안나가 부인에게 작별 인사를 하러 다시 들어왔다.

"안나 아르카지예브나에게는 여덟 살 먹은 아들이 있는데, 아직 한 번도 떨어져서 지낸 적이 없다고 하는구나. 그래서 걱정을 많이 하고 있어."

백작부인이 아들에게 설명했다. 안나는 노부인의 얼굴에 입을 맞추고는 브론스키와도 악수를 했다. 그러고는 다시 빠른 걸음으로 기차 밖으로 나갔다.

"자, 우리도 가요. 이젠 사람들이 거의 다 나갔어요."

브론스키가 말했다. 대동해 온 하녀가 가방과 강아지를, 그리고 하인이 짐꾼과 함께 큰 짐을 들었다. 브론스키는 어머니의 팔을 잡고 부축했다. 그들이 객차 밖으로 나왔을 때 갑자기 사람들이 술렁거렸다. 기차 앞쪽으로 역장이 뛰어가고 객차에서 내린 사람들도 그들의 뒤를 따라 달려갔다.

"무슨 일이야?"

"사람이 치어 죽었대!"

사람들의 말에 부인네들은 다시 열차 안으로 들어가고, 오블론스키와 브론스키는 사고 현장을 보기 위해 사람들의 뒤를 따라갔다.

두 사람은 참혹하게 죽은 시체를 보았다. 오블론스키는 충격을 받은 듯 얼굴을 찡그리면서 금방이라도 울 것 같은 표정이 되어 안나와 백작부인의 객차로 돌아왔다.

"정말 끔찍해! 그 남자의 아내가 남편의 시체를 끌어안고서……."

오블론스키는 안나에게 말하다가 백작부인을 향했다.

"사람들이 그러더군요. 딸린 식구도 많다고……."

"그 부인에게 뭔가 도움을 줄 만한 게 없을까요?"

안나의 말에 브론스키가 그녀를 한 번 쳐다보더니 갑자기 객차 밖으로 나갔다.

"금방 돌아올게요, 어머니."

잠시 후 그가 다시 돌아왔을 때, 역장이 급히 뒤쫓아 와 브론스키에게 물었다.

"실례지만 방금 전 제 조수에게 2백 루블을 주셨는데, 그 돈을 누구에게 줘야 하나요?"

"오늘 사고로 죽은 이의 부인에게 주세요. 물어볼 필요가 있습니까?"

브론스키가 아무렇지도 않게 대답하자 주변 사람들이 놀라서 그를 쳐다보았다.

"2백 루블을 주었다고? 정말 잘했어. 정말 인정 있는 행동이야. 훌륭한 친구야, 그렇지 않니?"

뒤에서 오블론스키가 소리를 지르더니 안나의 손을 꼭 잡았다. 그리고 그 자리를 떠나는 브론스키 모자에게 작별 인사를 했다.

"브론스키 백작과는 오래전부터 아는 사이인가요?"

마차가 한참 달렸을 때 안나가 오블론스키에게 물었다.

"응, 우린 그 친구와 키티가 결혼했으면 하고 생각하고 있어."

"그래요?"

안나가 보일 듯 말 듯 고개를 끄덕였다.

"그건 그렇고, 이제 오빠 얘기 좀 해봐요."

그녀는 쓸데없는 생각을 털어버리기라도 하듯 머리를 흔들면서 말했다.

"그래, 난 네게 모든 희망을 걸고 있으니까."

오블론스키는 한숨을 쉬고는 그간의 일을 모두 말하기 시작했다.

안나가 집에 들어섰을 때, 돌리는 아들의 프랑스어 공부를 도와주고 있었다. 그녀는 시누이가 오건 말건 알 바 아니라고 말했으나 그래도 준비는 해놓고 있었다. 지금 시누이를 기다리는 그녀의 가슴은 두근거렸다. 정말이지 돌리는 남편에게 배신당한 자신의 처지가 너무나 기막혀 아무 생각도 할 수가 없었다. 그러나 시누이 안나가 페테르부르크의 유명 인사 아내이며 귀부인이라는 사실을 염두에 두고 있었다.

'어쨌든 안나는 아무 죄가 없으니까.'

요 며칠 동안 돌리는 누구하고도 말을 하지 않았다. 자신의 고통을 아무에게도 말하고 싶지 않았던 것이다.

'위로나 충고 따위는 소용없어!'

그러면서도 그녀는 안나에게 자신의 마음을 털어놓게 되리라는 것을 알고 있었다. 누군가에게 모든 것을 다 털어놓을 수 있다는 생각에 한편으로는 기뻤지만, 또 한편으로는 판에 박힌 빤한 위로의 말을 들어야 한다는 것이 자존심 상했다.

돌리는 이런저런 생각을 하느라 미처 초인종 소리를 듣지 못했다. 그러다 옷자락 스치는 소리와 함께 들어온 안나를 보고 재빨리 일어나 그녀를 끌어안았다.

"언니! 이렇게 만나서 정말 반가워요!"

돌리는 안나의 얼굴에서 동정의 빛을 감지했다. 그리고 그녀는 안나가 자신의 처지를 알고 있다는 것을 간파했다.

"아가씨는 정말이지 행복해 보이는군요."

안나는 밝은 얼굴로 자기가 묵을 방으로 가다가 조카들을 보았다.

"어머, 귀여워라. 내 사랑스러운 조카들!"

안나는 아이들의 이름과 생일, 성격, 그동안 앓았던 병까지도 모두 기억해내어 일일이 인사를 건넸다. 돌리는 그런 안나에게 감동하지 않을 수 없었다.

조카들을 만나본 후에 안나와 돌리는 객실로 나와 단둘이 커피를 마셨다.

"언니, 오빠가 내게 다 얘기했어요."

먼저 안나가 말문을 열었다. 순간 돌리의 얼굴이 굳어졌다. 안나가 동정의 말을 하리라 생각했기 때문이다. 그러나 안나는 그러지 않았다.

"난 오빠 편을 들거나 언니를 위로하고 싶지 않아요. 그렇지만 언니가 가여워서 정말이지 가슴이 너무 아파요."

안나가 눈물을 글썽이며 돌리의 손을 잡았다.

"나를 위로할 필요 없어요. 다 끝났으니까요. 아이들 때문에 헤어지기 어렵다는 건 알아요. 어쨌든 오빠와 같이 살진 않을 거예요. 난 그이가 여자라고는 나밖에 모르는 줄 알았어요. 그렇게 믿고 8년간 살았어요. 이렇게 배신당하리라고는 꿈에도 생각하지 못했어요. 그런데 이렇게 배신을……. 그동안 행복하다고 믿었는데……."

돌리는 울음을 참으며 간신히 말을 이었다.

"어느 날, 그이가 우리 아이 가정교사로 있던 여자에게 보낸 편지를 찾아냈어요. 아, 너무나도 고통스러웠어요. 순간적인 실수라면 이해할 수 있어요."

그녀는 잠시 말을 끊었다가 계속했다.

"그러나 계획적이고 교활하게……. 더구나 상대가 누군가요? 그녀와 관계하면서도 아, 생각만 해도 소름 끼쳐요. 아가씨는 내 마음 이해 못 할 거예요."

"아니, 언니의 괴로움을 잘 알아요. 오빠도 지금 무척 후회하고 있어요."

"그이가 후회를 해요? 천만에요. 그이는 후회 같은 건 절대 하지 않아요."

돌리가 고개를 저었다.

"언니, 오빠는 지금 완전히 풀이 죽었어요. 두 가지 일로 괴로워하고 있어요. 먼저 아이들 보기가 부끄럽고, 무엇보다 사랑하는 언니에게 상처를 주어서 더 괴롭대요. 오빠는 언니가 죽을 때까지도 용서해주지 않을 거라는 말만 되풀이했어요."

"아무리 그래도 용서할 수 없어요."

말은 그렇게 했지만 돌리의 마음은 한결 누그러져 있었다. 안나는 돌리의 마음을 확실하게 돌려놓으려 애썼다.

"언니 기분은 충분히 이해해요. 하지만 지금 오빤 자신이 어떻게 그런 짓을 저질렀을까 후회하고 있어요."

"하지만 이런 일이 또 일어난다면……?"

"그런 일은 두 번 다시 없을 거예요."

"아가씨 같으면 용서할 수 있겠어요?"

"글쎄요……. 아니, 용서할 수 있어요. 나라면 용서해버리겠어요."

"그렇지요. 용서하는 수밖에 없을 거예요……."

돌리가 무엇인가 생각하는 듯하더니 갑자기 안나를 끌어안았다.

"아가씨, 고마워요. 아가씨가 와줘서 얼마나 좋은지 몰라요. 마음이 개운해졌어요."

그날 안나는 하루 종일 오블론스키의 집에서 시간을 보냈다. 오빠에게도 일찍 들어오라고 연락했다. 오블론스키가 저녁 식탁에 앉자, 돌리는 전과 달리 남편을 친근하게 부르며 대화를 이어나갔다. 그들 부부 사이에는 아직 어색한 점이 많았으나 오블론스키는 곧 아내에게서 화해의 가능성을 보았다.

저녁 식사를 막 끝낼 무렵, 키티가 찾아왔다. 키티는 안나를 얼굴만 아는 정도였기 때문에 어떻게 대해야 할지 몰라 퍽 걱정스러워했다. 그리고 유명한 페테르부르크의 귀부인이 자신을 어떻게 생각할지 몰라 불안해했다. 다행히 안나는 키티를 마음에 들어 했다. 특히 미모와 젊음에 호감을 보였다. 키티 역시 안나의 매력에 이끌렸다. 안나는 사교계의 귀부인 같지도, 여덟 살짜리 아이를 둔 어머니 같지도 않았다. 그녀는 성격이 소박하고 솔직했다.

"이번 무도회는 언제 열리죠?"

안나가 키티에게 물었다.

"다음 주예요. 멋진 무도회가 될 거예요. 이번 무도회에는 꼭 나오셔야 해요."

"난 당신이 왜 무도회에 참석해달라는 건지 알고 있어요. 그 무도회에서 당신은 무언가를 기대하는 거죠? 그래서 될 수 있는 한 많은 사람이 참석해주기를 바라는 거죠?"

"어머, 그걸 어떻게 아셨어요?"

키티가 얼굴을 붉히며 말했다.

"아, 정말 좋은 나이예요. 나도 스위스 산에 걸려 있는 안개 같은 기분을 기억해요. 그 안개는 내 소녀 시절의 마지막을 행복한 기운으로 덮어주었지요. 하지만 그 행복은 생각만큼 오래가지 않고 행복을 기대했던 그 길은 점점 좁아지지요. 그 길을 지나오지 않은 사람이 어디 있겠어요!"

키티는 안나의 이야기를 들으면서 그녀가 걸어온 그 길이 궁금해졌다.

무도회가 시작되었다. 키티는 화려한 꽃들로 장식된 큰 층계에 빨간 제복의 하인들이 늘어서 있는 무도회장을 어머니와 함께 들어섰다. 홀 여기저기에서 드레스 자락이 스치는 소리가 들려오고, 다른 홀에서는 첫 번째 왈츠를 연주하는 오케스트라의 흥겨운 선율이 들려왔다. 향수 냄새를 짙게 풍기는 백발의 늙은 문관이 계단에서 키티와 마주치자 처음 보는 그녀에게 길을 비켜주었다. 키티는 이 무도회를 위해 화장에서부터 머리

모양과 옷차림까지 온갖 준비를 하느라 꽤 많은 공을 들였다. 오늘 키티는 일생에서 가장 행복한 날이 되리라 생각했다. 레이스로 장식한 드레스에 탐스러운 금빛 가발은 마치 제 머리카락인 양 어울렸고 목이 긴 장갑의 단추들도 보기 좋게 채워져 있었다.

그녀는 무도회장에 들어서자마자 왈츠를 추자는 제의를 받았다. 그것도 모스크바 제일의 신사이며 악단 지휘자이고 무도회의 중심인물이라 할 만큼 춤을 잘 추는 의전관 예고르슈카 코르순스키였다. 키티는 첫 춤을 브론스키와 추기 위해 거절하려는데 코르순스키는 그녀의 의사와는 상관없이 꾸벅 인사를 하곤 그녀의 가느다란 허리에 팔을 둘렀다. 이 남자에게 끌려 나온, 장밋빛 구두를 신은 그녀의 조그마한 발이 음악에 맞추어 경쾌하게 움직이기 시작했다.

"왈츠를 아주 잘 추시는군요."

이 말은 예고르슈카가 친한 사이면 어김없이 던지는 말이었다. 키티는 그의 찬사에 방긋 웃어 보이곤 어깨 너머로 무도회장 안을 둘러보았다. 그녀는 무도회에 참석한 사람들의 얼굴을 동화 속 한 장면처럼 매혹적으로 볼 만큼 신출내기도 아니었고, 어딜 가나 같은 얼굴이라 흥이 나지 않을 정도로 무도회에 이골이 난 베테랑도 아니었다. 그녀는 딱 그 중간 수준이었다. 그래서 그녀는 흥분해 있으면서도 주변을 둘러볼 만큼 여유와 냉정을 가지고 있었다. 사교계의 인기인들이 무도회장의 왼쪽 구석에 모여 있는 것이 그녀의 시야에 들어왔다. 그들 가운데 안나를 발견한 키티는 같이 춤을 추는 예고르슈카에게 안나가 있는 쪽으로 데려가 달라고 부탁했다. 그러자 그는 안나가 있는 쪽으로 레이스와 망사와 리본의 물결 사이를 능숙하게 헤치며 빙글빙글 나아갔다. 키티는 현기증을 느끼며 안나를 찾아 주위를 두리번거렸다. 안나는 여러 사람에게 둘러싸여 담소를 나누고 있었다.

안나는 키티가 상상했던 라일락 빛깔이 아닌 가슴이 깊게 팬 검정색 벨벳 옷을 입고 있었다. 머리는 수수하게 묶었으나 머리와 관자놀이에 자연스럽게 흘러내린 곱슬머리가 특별한 분위기를 자아냈다. 키티의 눈에 비친 안나는 지금까지 생각하지 못한 아주 새로운 모습의 아름다움을 지니고 있었다. 그녀의 매력은 꾸밈을 초월해 있었으며 그녀에게 화장이나 몸치장은 그다지 의미가 없어 보였다. 그녀는 소박하면서도 자연스럽고 우아함이 드러나도록 차려입었으나 동시에 쾌활하고 발랄한 모습을 보여주었다. 그 모습에서 키티는 안나의 새로운 모습을 발견한 듯했다.

"당신은 무도회장에 들어올 때도 춤을 추면서 들어오는군요."

키티가 다가가자 안나가 웃으며 말했다.

"이 아가씬 저의 훌륭한 파트너 중 한 분입니다. 무도회를 즐겁게 하거든요. 안나 아르카지예브나, 왈츠 한 곡 어떠십니까?"

예고르슈카가 이번에는 안나에게 허리 굽혀 춤을 청했다.

"전 그다지 춤을 추지 않는데요."

"그렇지만 오늘은 춤을 추셔야 할 겁니다."

예고르슈카가 정중하게 대꾸했다. 그때, 브론스키가 다가와 안나에게 인사를 하려는데 안나가 브론스키의 인사를 알아차리지 못한 것처럼 얼른 한 손을 예고르슈카의 어깨에 올렸다.

'저분은 브론스키가 마음에 들지 않는 걸까?'

키티는 의아하게 생각하며 브론스키에게 다가갔다. 그러곤 사랑스러운 표정으로 첫 번째 카드리유를 함께 추기로 한 약속을 상기시켰다. 브론스키는 건성으로 고개를 끄덕였다. 그 모습을 본 키티는 마음이 아팠다.

브론스키와 키티는 왈츠와 카드리유를 함께 추었다. 춤을 추는 동안 그들은 특별한 이야기를 하지 않았다. 그래서 키티는 마주르카를 추는 동안 모든 것이 결정될 거라고 믿었다. 브론스키가 함께 마주르카를 추자고 청하지는 않았지만 당연히 그렇게 되리라 생각했던 것이다. 때문에 다섯 사람이나 키티에게 마주르카를 신청했지만 그녀는 아무에게도 응하지 않았다.

마지막 카드리유를 출 때였다. 키티는 너무 많은 사람이 춤을 신청해 와 차마 거절하기 어려워 그중 한 청년과 춤을 추었다. 그러다가 우연히 브론스키와 춤을 추는 안나를 보았다. 안나의 얼굴은 환희에 도취되어 있었다. 안나의 타오르는 듯한 눈빛, 흥분에 찬 미소, 격렬하고 우아한 몸짓……. 그것은 남자의 마음을 사로잡은 여인의 자신감에서 나오는 것들이었다. 브론스키가 무슨 말인가 할 때마다 그녀의 눈은 더욱 빛났고 표정은 자신감으로 넘쳐흘렀다.

브론스키에게 눈을 돌린 키티는 순간 가슴이 철렁 내려앉았다. 평소에 침착하고 태연했던 그는 도대체 어디로 사라진 것일까. 브론스키는 안나와 눈이 마주칠 때마다 마치 무릎이라도 꿇는 듯한 복종의 표정을 짓고 있었다. 키티는 다른 사람을 보는 것만 같았다.

키티는 무도회장뿐 아니라 그녀를 둘러싼 온 세계가 희미한 안개에 덮여 있는 것 같은 기분이 들었다. 그녀가 그 순간을 참고 넘길 수 있었던 것은 가정교육의 덕이었다. 그녀는 그 덕에 가까스로 춤을 추고, 질문에 대답하고, 웃는 얼굴로 말할 수 있었다.

마주르카를 시작하려고 의자들이 재배치되었다. 몇 쌍의 남녀가 작은 홀에서 큰 홀로 옮겨 갔다. 그러나 브론스키는 마주르카를 청하지 않았다. 키티는 완전히 절망에 빠졌다. 이미 다섯 번이나 거절했기 때문에 이제 그녀는 춤출 상대가 없었다. 그렇다고 다시 신청을 받을 수도 없었다. 그녀는 몸이 불편하다는 핑계를 대고 집으로 돌아가고 싶었지만 그럴 만한 힘도 남아 있지 않았다.

키티는 객실 구석의 의자에 파묻혀 마주르카를 추는 브론스키와 안나를 바라보았다. 그녀는 조금 전에 보았던 그의 표정을 생각하고 또 생각했다. 그때 친구인 노르드스톤 백작부인이 근심스러운 얼굴로 다가왔다.

"무슨 일이니? 왜 마주르카를 추지 않는 거야?"

키티의 아랫입술이 파르르 떨리기 시작했다.

"몰라!"

"그 사람은 그분에게 마주르카를 추자고 청하더라."

노르드스톤 백작부인은 키티가 '그 사람'과 '그분'이 누구인지 알 거라고 생각했다.

"그러니까 그분이 이러는 거야. '어째서 쉐르바츠키 공작 따님과 추시지 않으세요?' 하고 말이야."

"난 아무렇지도 않아."

키티는 억지로 태연한 척했다.

노르드스톤 백작부인은 예고르슈카에게 가서 키티와 마주르카를 추어달라고 부탁했다. 키티는 첫 번째 조에 섞여 춤을 추었다. 다행히 예고르슈카가 지휘를 맡아 바빴기 때문에 키티는 아무 말 없이 춤을 추어도 되었다.

브론스키와 안나는 그녀의 반대편에 있었다. 그들은 그 큰 무도회장에 자신들만 존재하는 것처럼 행동했다. 브론스키는 여전히 그 표정, 영리한 개가 잘못을 저질렀을 때 보이는 순종적인 표정을 짓고 있었다. 그는 안나가 미소를 지으면 따라서 미소 지었고, 안나가 생각에 잠기면 따라서 진지해졌다.

검은색의 수수한 옷을 입은 안나는 매력이 넘쳐 보였다. 흐트러진 듯 자연스러운 머리카락, 우아하고 경쾌한 동작, 생동하는 아름다운 얼굴. 그런데 그 매혹 속에 무언가 잔인한 면이 엿보였다.

마주르카를 추면서 키티는 브론스키와 딱 한 번 마주쳤다. 그러나 그는 그녀를 알아보지 못했다.

안나는 원의 한가운데로 나가 키티를 불렀다. 키티가 놀라

다가가자 안나는 보일 듯 말 듯 미소 지으며 키티의 손을 잡았다. 그러다 키티가 절망과 놀라움이 한데 섞인 표정으로 바라보자 곧바로 얼굴을 돌려 다른 부인과 이야기했다.

'저분은 아름답긴 하지만 악마적인 데가 있어.'

키티는 부르르 몸을 떨었다.

안나는 만찬에 참석하지 않았다. 주인이 한사코 붙들었으나 기어이 거절하고 말았다. 나서기 전에 그녀는 브론스키에게 작별 인사를 했다.

"모스크바를 떠나기 전에 조금이라도 쉬어야겠어요."

"내일 떠나실 생각입니까?"

"그럴 생각이에요."

안나는 생긋 웃으며 대답했다. 그 웃음이 그의 마음에 불을 질렀다.

'이젠 다 끝났어!'

안나 아르카지예브나는 열차에 오르며 생각했다.

'내일은 세료자와 남편을 만나겠군. 그럼 다시 이전의 멋진 생활로 돌아가겠지.'

의자에 앉자마자 안나는 가방에서 영국 소설을 꺼내 읽기 시작했다. 머리가 어수선해서인지 처음에는 내용이 통 머릿속에 들어오지 않았다.

그녀는 의자에 몸을 기댄 채 모스크바에서의 일들을 되새겨 보았다. 여러 가지 일 가운데 특히 브론스키와 있었던 일이 떠올랐다. 이글이글 타오르는 듯한 그의 눈길. 그러나 자신이 부끄러워해야 할 일은 아무것도 없었다. 그런데도 불쑥불쑥 올라오는 이 죄책감은 뭘까? 모든 신경이 현악기 줄처럼 팽팽하게 조여오더니 나중에는 숨쉬기조차 거북해졌다. 기차가 전진을 하는지 후진을 하는지 분간도 되지 않았다.

 기차가 정거장에 멈춰 섰다. 안나는 하녀에게 망토를 달라고 해 밖으로 나왔다. 밖에는 눈보라가 휘몰아치고 있었다. 안나는 가슴 깊이 찬 공기를 들이마시며 불빛에 비친 정거장을 둘러보았다. 그리고 다시 한 번 크게 숨을 쉬었다. 그때 군복을 입은 한 사내가 옆에 와 섰다. 알렉세이 키릴로비치 브론스키였다.

 그는 모자챙에 손을 대고 허리를 굽혔다. 그러고는 필요한 것은 없는지, 도울 일은 없는지 물었다. 안나는 그의 얼굴을 뚫어지게 쳐다보았다. 그런 부류는 언제 어디서든 만날 수 있었다. 그런데도 그를 보자 가슴 가득 자만심이 올라오는 건 뭘까? 그에게 무슨 일로 왔는지 물을 필요조차 없었다.

 "당신이 타고 계신 줄 몰랐어요. 여긴 웬일이세요?"

 그녀가 반가움을 감추지 못하고 물었다.

 "웬일이냐고요?"

 브론스키가 안나를 빤히 보며 되물었다.

 "그건 당신이 더 잘 아실 겁니다. 당신이 가는 곳에 내가 가는 것, 그건 운명이니까요."

 순간 안나는 가슴이 철렁, 내려앉았다.

"안 돼요, 이러시면 안 돼요. 지금 하신 말씀은 안 들은 걸로 할게요. 당신도 다 잊어주세요."

"아뇨, 전 당신의 한 마디 한 마디, 행동 하나하나까지 몽땅 기억할 겁니다."

"그만, 그만하세요."

안나는 브론스키의 타는 듯한 눈길을 애써 외면하고는 재빨리 계단으로 올라갔다. 그러다 승강구에 멈춰 서서 방금 전의 일을 하나하나 되새겨보았다. 그 짧은 시간 동안에 그와 가까워졌다는 것이 느껴졌다. 안나는 그 사실이 놀랍고도 행복했다.

그날 밤 그녀는 한숨도 자지 못했다. 가슴이 벌렁벌렁 뛰고 순간순간 무엇인가가 터져버릴 것만 같았다. 그러다 새벽녘이 되어서야 깜빡 잠이 들었는데, 다시 눈을 떴을 때는 이미 날이 훤히 밝아 있었다. 기차는 페테르부르크에 거의 닿아 있었다.

승강장에 내리자 가장 먼저 남편의 얼굴이 눈에 띄었다.

'어머, 저이 귀는 어째 저렇게 생겼을까?'

남편을 보자마자 안나는 대뜸 짜증이 났다. 남편은 특유의 비웃는 듯한 표정을 지으며 그녀에게 다가왔다. 그 집요하고도 피로한 눈길이 불쾌하고도 서글프게 느껴졌다. 그녀는 자신이 남편에 대해 불만스러워한다는 사실에 놀랐다. 그러나 생각해보니 그러한 감정이 처음은 아닌 것 같았다. 다만 이제까지 깨닫지 못하고 있었을 뿐이다.

"어떻소? 이만하면 성실한 남편 아니오? 당신이 보고 싶어 애타게 기다렸소."

"세료자는 잘 있나요?"

안나는 대답 대신 아이의 안부를 물었다.

"내 애타는 마음에 대한 답이 고작 이거요? 세료자는 물론 잘 있소."

남편이 성의 없이 말했다.

그날 밤 브론스키는 잠을 이루지 못했다. 밤새도록 사람들이 오갔지만 그의 눈에는 아무도 보이지 않았다. 그는 지금 마치 왕이라도 된 것처럼 가슴이 벅차올랐다. 안나에게 받은 감동과 흥분 때문이었다. 거기에 따른 결과가 어떤 것인지는 생각하지도 않았으며 생각하고 싶지도 않았다. 한숨도 자지 못했지만 페테르부르크에 도착했을 때는 마치 냉수욕이라도 한 듯 개운했다.

브론스키는 기차 옆에 선 채로 안나를 기다렸다. 역에서 나가기 전에 그녀를 다시 한 번 보기 위해서였다. 그런데 안나를 보기 전에 먼저 카레닌을 보고 말았다.

'남편이구나!'

그제야 그는 안나에게 남편이 있다는 사실을 의식했다.

페테르부르크 사람 특유의 당당하고 위엄 있는 모습을 갖춘, 둥근 모자를 쓴 카레닌을 보고 브론스키는 불쾌감을 느꼈다. 특히 허리 전체와 두 다리를 끌고 다니는 듯한 걸음걸이가 눈에 거슬렸다.

카레닌은 이등칸에 탔던 독일인 하인에게 짐을 들려 보낸 다음 안나에게 향했다. 그들 부부가 만나는 것을 지켜보면서 브론스키는 남편을 대하는 안나의 태도에서 권태를 직감했다.

'그래, 그녀는 남편을 사랑하지 않아.'

브론스키가 다가오는 것을 느꼈는지 안나가 뒤돌아보았다. 그러다 얼른 남편에게 얼굴을 돌렸다.

"어젯밤은 편히 주무셨습니까?"

브론스키가 카레닌 부부를 향해 고개를 숙였다.

"덕분에요."

안나가 짧게 대꾸했다. 그녀의 얼굴에 피로한 기색이 역력했다.

그녀는 남편을 흘끗 쳐다보곤 브론스키를 소개했다.

"우린 아는 사이지요?"

카레닌이 손을 내밀며 무표정하게 말했다.

"휴가차 다녀오신 모양이죠?"

카레닌은 한 마디 한 마디 분명하게 말하곤 곧바로 아내에게 고개를 돌렸다.

"어때, 모스크바를 떠날 때 많이 울었소?"

카레닌이 부부만의 시간을 원하는 듯했지만 브론스키는 자리를 비켜주지 않았다.

"댁을 방문할 수 있다면 저로서는 더없는 영광이겠습니다."

"아, 그렇게 하시지요."

카레닌은 피곤하다는 듯이 건성으로 대답했다.

"우린 늘 일요일에 손님을 맞습니다."

그러고는 다시 아내를 향해 돌아섰다.

"30분 정도 시간이 있어서 나왔소. 어쨌든 내가 자상하다는 걸 증명하게 되어 얼마나 다행인지 모르겠소."

"당신은 본인이 자상하다는 걸 너무 강조하고 있군요. 마치 제가 고마워해야 한다는 말투로요."

그녀는 계속 쫓아오는 브론스키를 의식하며 말했다. 그러고는 자신이 없는 동안 세료자가 어땠는지를 물었다.

"마리에트가 무척 얌전하다고 그러더군. 그리고…… 안됐지만 녀석은 나보다 당신을 그리워하는 마음이 좀 덜한 것 같던걸. 아, 오늘부터는 혼자 식사하지 않아도 되겠군."

카레닌은 더 이상 빈정거리는 말투로 말하지 않았다.

2부

 겨울이 끝날 무렵, 키티는 몸이 점점 쇠약해졌다. 쉐르바츠키 공작 부부는 키티의 건강에 대해 의사와 상의했다.
 "우리 애는 어떻게 될까요? 사실대로 말씀해주세요."
 공작부인은 딸이 살 희망이 있냐고 묻고 싶었지만 가슴이 떨려 차마 물어보지 못했다.
 "글쎄요, 결핵 초기 증상이 아닌가 싶습니다만……. 이런 증세에는 심리적 정신적 요인이 있기 마련인데……."
 의사가 시계를 들여다보며 대답했다.
 "지금으로써는 영양분을 충분히 섭취하면서 병이 악화되는 걸 막는 길밖에는 없습니다. 무엇보다 신경을 안정시키는 것이 중요합니다. 이 두 가지는 서로 밀접하게 연관되어 있기 때문에 모두 염두에 두어야 합니다."

"그러면 외국으로 요양을 보내는 건 어떨까요?"

"외국 요양이 효과적이지 않을 수도 있지만 심리적 안정을 위해, 이를테면 추억을 생각나게 하는 주변 환경으로부터 탈피하는 것도 좋을 수 있지요."

의사가 돌아간 다음 공작부인은 홀가분한 듯 웃음 지었고, 키티 역시 기분이 좋아진 것처럼 가장했다.

"전 건강해요. 하지만 어머니가 원하신다면 언제든지 가겠어요."

그러고는 여행에 대해 이야기하기 시작했다.

의사가 왔다는 소리를 듣고 돌리가 찾아왔다. 그녀는 아프다는 키티가 걱정되어 젖먹이와 앓고 있는 딸까지 떼어놓고 일부러 찾아온 것이었다.

"기분이 좋은 걸 보니 결과가 좋았나 보군요."

가족들은 돌리에게 의사가 키티를 외국에 요양 보낼 것을 권했다고 전했다.

돌리는 한숨을 내쉬었다. 하필이면 이렇게 심란할 때 가장 좋은 친구인 동생이 떠나다니…….

오블론스키와 화해는 했지만 그녀는 조금도 편하지 않았다. 바쁜 일이 없는 데도 남편은 집에 붙어 있지 않았고 생활도 계속 쪼들렸다. 그러나 가장 괴로운 것은 남편이 자신을 또 속이고 있을지 모른다는 끊임없는 의혹이었다.

돌리가 키티의 방으로 갔을 때 키티는 소파에 앉아 눈 한 번 깜빡이지 않고 방 한구석만 바라보고 있었다.

"난 이제 한동안 못 올 거야. 너도 쉽게 오지 못하겠지?"

동생 옆에 다가앉으며 돌리가 말했다.

"그래서 할 얘기가 있어."

"무슨 얘기?"

키티가 눈을 동그랗게 뜨며 물었다.

"네가 가슴 아파하는 거. 키티, 넌 내가 아무것도 모르는 줄 아는구나. 하지만 난 다 알고 있어. 사람은 누구나 크고 작은 일을 겪으면서 성숙해지는 법이야. 하지만 그 사람은 가슴 아파할 만큼 가치 있는 사람이 아냐."

"듣기 싫어, 그런 동정의 말 따위는!"

키티가 화를 내며 소리쳤다.

"대체 언니는 내게 뭘 말하려는 거야? 날 알은체도 않는 사람에게 반해서, 상사병에 걸려 죽게 된 일을 말하려는 거야?"

"키티, 오해하지 마! 난 네가 괴로워하는 게 너무 딱해서……."

돌리가 키티를 진정시키려고 했으나 이미 감정이 격해진 키티에게 돌리의 말이 들어올 리 없었다.

"난 슬프지도 않고 위로받고 싶지도 않아. 나도 자존심이 있어. 날 사랑하지도 않는 사람을 사랑하진 않는다고."

"내 생각도 너와 같아. 하지만 한 가지만 물어보고 싶어."

돌리가 키티의 손을 잡았다.

"사실대로 말해줘. 레빈이 네게 청혼했니?"

레빈의 이야기가 나오자 키티는 마지막 자제력까지 잃고 말았다. 그녀는 의자에서 벌떡 일어나 쥐고 있던 버클을 홱 내던지며 소리쳤다.

"왜 그 사람까지 들먹거리는 건지, 언니가 왜 날 괴롭히는지 이유는 모르겠지만 다시 한 번 말하겠어. 난 자존심이 강해. 언니처럼 바보짓은 하지 않아. 나를 배신하고 다른 여자를 사랑한 남자는 절대 받아들이지 않는다고!"

키티는 단숨에 말해버리고 돌리를 노려보았다. 돌리는 고개를 숙인 채 묵묵히 앉아 있었다. 돌리는 서글펐다. 그렇지 않아도 자신의 굴욕적인 처지가 몸서리쳐지도록 싫은데, 동생 입을 통해 그 소리를 듣고 나니 견딜 수가 없었다. 키티가 그토록 가혹한 말을 할 줄이야!

"미안해! 언니, 난 정말 불행해!"

갑자기 키티가 돌리의 목을 끌어안았다. 돌리도 동생을 끌어안고 한참 동안 울었다.

"이제 난 슬프지 않아."

한참 만에 키티가 말했다.

"언니는 이해할 수 없을 거야. 요즘 내 눈에는 모든 게 추잡하고 천박해 보여. 특히 나 자신이."

"네가 왜 추잡한데?"

"내게 있던 좋은 건 다 사라지고 속물스러운 것만 남았다는 생각이 들어서. 그동안 어머니가 날 무도회에 데리고 다닌 건 하루빨리 결혼시켜서 걱정거리를 없애려 했기 때문이라는 생각이 들었어. 그래서 신랑감 따윈 보기도 싫었어. 모두들 요리

조리 내가 가진 것만 재는 것 같았거든. 야회복을 입는 것이 재미있기 했지만 그것도 이젠 부끄럽고 거북하게 느껴져."

키티는 언니의 마음에 상처를 입혔지만, 이미 언니는 자신을 용서했다는 것을 알았다. 돌리는 돌리대로 자기의 추측이 틀리지 않았다는 것을 알았다. 키티가 안고 있는 슬픔의 원인은 레빈의 청혼을 거절했다는 것과 브론스키에 대한 실망이었다. 또 한 가지는 지금 그녀가 레빈을 사랑하고 있다는 것이었다.

한편 페테르부르크로 돌아간 안나는 사교계의 모임에 자주 모습을 나타냈다. 당시 페테르부르크의 상류사회는 세 개의 모임이 큰 축이 되어 돌아가고 있었다. 그중 하나는 안나의 남편인 카레닌이 속해 있는 직장 동료와 부하들로 구성된 모임이고, 다른 하나는 남편의 출세의 발판이 된 '페테르부르크의 양심'이란 모임이고, 또 다른 하나는 벳시 공작부인을 중심으로 돌아가는 무도회와 의상과 만찬이 펼쳐지는 모임이었다.

안나는 이 세 모임에 다 속해 있었다. 상류사회라는 것은 마치 시골 마을 사람들처럼 서로 속속들이 알고 있는 사회로, 누구의 구두 어디가 꽉 끼는지조차 알 정도였다. 처음에는 당연히 첫 번째와 두 번째 모임이 안나의 주무대였다. 그러나 모스크바에 갔다 온 뒤로는 이러한 모임에는 나가지 않았다. 대신 교제하려면 필요 이상으로 돈을 써야 해서 될 수 있으면 기피했던 화려한 사교계에 드나들었다.

브론스키도 페테르부르크에 와 있었기 때문에 두 사람은 자주 만날 수 있었다. 브론스키는 안나가 있는 곳이면 어디든지 얼굴을 내밀었다. 그리고 기회가 있을 때마다 사랑을 고백했다. 그녀는 냉정한 척했지만 속으로는 가슴이 불타올랐다. 처음에는 대담하게 나오는 그가 불쾌하기도 했지만 그가 아무런 반응을 보이지 않으면 힘이 빠지고 서운했다. 안나는 점점 자신을 속일 자신이 없어졌다. 시간이 지나면서 점점 안나는 자신도 브론스키를 사랑하고 있음을 깨달았다. 그러나 남편이 있는 부인으로서 다른 사람을 사랑하는 것은 옳지 않다는 것 또한 잘 알고 있었다.

"안나가 모스크바에 다녀오더니 좀 이상해졌어요."

어느 날 저녁 모임에서 영사 부인이 흥미로운 이야기를 꺼냈다. 바로 카레닌 부부에 관한 것이었다.

"더 이상한 것은 알렉세이 키릴로비치 브론스키라는 그림자를 달고 왔다는 거예요."

"그래도 카레니나는 정숙한 부인이에요. 남편은 별로지만요."

"제 남편은 늘 그분을 칭찬하는데요. 그만한 정치가도 없다고요."

"제 남편도 그렇게 말하긴 해요. 하지만 전 잘 모르겠어요."

그때 브론스키가 들어왔다. 이어 문 쪽에서 발소리가 들리더니 안나 카레니나가 들어왔다.

"모스크바에서 편지가 왔어요. 키티가 많이 아픈가 봐요."

"그래요?"

브론스키는 무표정하게 대답했다. 그러자 안나는 브론스키를 훑어보며 말했다.

"당신은 아무렇지도 않아요?"

"아무렇지 않은 건 아닙니다. 그래, 뭐라고 쓰여 있던가요?"

"전부터 이 얘기를 해주고 싶었어요. 그건 나쁜 짓이었어요."

그녀는 앨범이 올려져 있는 탁자 근처로 걸어갔다.

"당신은 내가 그 정도도 모르고 있다고 생각하십니까? 도대체 내가 누구 때문에 그랬는데요."

브론스키가 안나에게 찻잔을 주며 말했다.

"그걸 왜 내게 말하는 거죠?"

그녀는 브론스키를 뚫어져라 쳐다보았다.

"그 이유는 당신이 더 잘 아실 텐데요."

브론스키가 대담하게 대답했다. 당황한 사람은 그가 아니라 그녀였다.

"그건 당신에게 사랑이 없다는 걸 증명할 뿐이에요."

그러나 안나는 그에게 정열이 있다는 것을 알았고, 그 때문에 두려워하고 있었다.

"난 당신을 만나려고 여기 왔어요. 이젠 끝내야겠다는 생각으로요. 나는 지금까지 누구 앞에서도 얼굴을 붉혀본 적이 없어요. 그런데 당신은 내가 무슨 큰 잘못이라도 저지른 사람처럼 느껴지게 해요."

브론스키가 그녀를 똑바로 보았다.

"당신은 내가 어떻게 하기를 원하십니까?"

"모스크바로 가서 키티에게 사과했으면 좋겠어요."

"진심으로 원하시는 건 아니겠죠?"

"당신이 정말 날 사랑한다면 그렇게 해서라도 제발 내 마음을 안정시켜줘요."

안나가 속삭이듯 말했다. 순간 그의 얼굴이 빛났다.

"당신은 내 삶의 전부라는 걸 모르십니까? 나는 마음의 안정이라는 것이 무엇인지 잘 모릅니다. 그래서 그것을 당신에게 드릴 수가 없습니다. 하지만 사랑이라면 얼마든지 드릴 수 있습니다. 난 당신과 나를 따로 떼어서 생각할 수 없습니다. 당신과 나를 하나로 생각합니다. 앞으로도 당신은 마음의 안정이란 걸 바랄 수 없을 겁니다. 불행 아니면 행복, 두 가지 가운데 하나만 가능할 겁니다."

안나는 아무 말도 못 한 채 애정이 가득한 눈길로 그를 보았다. 그 눈길을 보고 그는 심장이 터질 듯 기뻤다.

'이 여잔 날 사랑하고 있어.'

"날 위해 다시는 그런 말을 하지 마세요. 그냥 좋은 친구로만 지내요."

"당신도 아시겠지만 우린 친구가 될 수 없습니다. 이제 우린 이 세상에서 가장 행복하든지, 아니면 가장 불행하든지 둘 중 하나일 겁니다."

안나가 무어라 말하려 하자 브론스키가 가로막았다.

"나 때문에 괴로우시다면 다시는 당신 앞에 나타나지 않겠습니다."

"나는 당신을 쫓아버리고 싶진 않아요."

그때 카레닌이 들어왔다. 그는 아내와 브론스키 쪽을 흘끗 보더니 곧장 여주인에게 다가갔다. 카레닌은 아내가 브론스키와 단둘이서 이야기한 것에 대해 기분 나쁘게 생각하지 않았다. 다만 사람들이 이상한 눈으로 봤기 때문에 충고해주어야겠다고 생각했다.

먼저 집으로 돌아온 카레닌은 평소처럼 1시까지 책을 읽었다. 안나는 아직 귀가 전이었다. 그는 결코 질투심이 많은 사람이 아니었으나 문득 아내가 다른 남자를 사랑할지도 모른다는 생각이 들었다.

'아내가 그와 단둘이서 얘기한 것이 그토록 잘못된 걸까? 사교계의 부인이 다른 사람과 대화하는 건 이상한 일이 아니지 않은가.'

그는 잠옷 차림으로 집 안을 서성거렸다.

'그래, 오늘은 이 문제를 해결하자. 그런데 어떻게 해결하지?'

그는 처음으로 아내의 삶에 대해 곰곰이 생각해보았다. 아내에게도 나름의 삶이 있을 수 있으며 당연히 그래야 한다고 생각했다. 그러나 그것이 브론스키와 관계된 것이라면······.

'그 사람의 내부에서 일어나고 있는 일은 양심의 문제이며 종교의 범주에 속하는 거야. 하지만 나는 한 집안의 가장으로서 아내를 바르게 인도할 책임이 있어. 따라서 이 위험한 상황을 지적하고 상황에 따라서는 내가 가진 힘도 이용해야 해.'

카레닌은 아내에게 해주어야 할 충고의 말을 정리했다. 사소한 가정 문제로 시간과 정력을 소비하는 것이 못내 아쉬웠지만 어쩔 수 없었다.

'첫째로 사람들의 눈과 예의라는 것에 대해 설명하고, 둘째로 결혼의 의미를 종교적으로 설명하며, 셋째로 아들에게 일어날 수도 있는 불행에 대해 지적하는 거야. 그리고 넷째로 그녀 자신의 불행에 대해서도 설명해야지.'

마침 현관 밖에서 마차 소리가 들렸다. 카레닌은 갑자기 맞닥뜨려진 현실에 두려워지기 시작했다.

안나의 얼굴은 눈부시게 빛나고 있었다. 그러나 그것은 밝은 빛이 아니라 음산한 빛이었다.

"어머, 아직 안 잤어요?"

안나가 남편을 보고 방금 깨어난 사람처럼 웃었다. 그러곤 곧장 화장실로 들어갔다.

"잘 시간이에요, 알렉세이 알렉산드로비치."

"당신과 할 얘기가 있소."

남편의 심각한 말투에 안나가 놀란 표정으로 화장실에서 나왔다.

"무슨 얘긴데요. 지금 꼭 해야 해요? 난 그냥 잤으면 좋겠는데."

그녀는 말을 하면서도 스스로 내뱉은 거짓말에 놀랐다.

"당신에게 충고할 게 있소."

"무슨 충고요?"

그녀는 지극히 자연스러워 보였다. 그러나 남편이 5분만 늦게 자도 이유를 캐묻고, 사소한 일까지 시시콜콜 이야기해주던 예전의 태도와는 분명히 달랐다.

"당신 행동이 사람들 입에 오르내리고 있소. 오늘 당신은 브론스키 백작과 지나치게 친근하게 이야기를 나누었지. 그 때문에 여러 사람이 이상하게 생각했소."

그는 말하면서 아내의 표정을 살폈다. 아내는 차갑게 웃고 있었다. 그 웃음이 그를 더욱 두렵게 했다.

"당신은 내가 무료하게 있는 걸 싫어하는 줄 알았는데 그게 아니었나 봐요. 난 오늘 밤 재미있었어요. 그게 불쾌한 건가요?"

카레닌은 몸을 부르르 떨고는 손가락을 꺾었다.

"제발 그 손가락 꺾는 소리 좀 내지 마세요. 질색이에요."

그녀가 신경질적으로 말했다.

"당신 왜 그래?"

"내가 뭘 어쨌다고요?"

카레닌은 당황했다. 그는 아내가 양심을 저버린 것만 같아 흥분이 되었다.

"내 말을 끝까지 들어주시오. 당신도 잘 알겠지만 난 질투라는 감정을 수치스럽고 천하게 생각하오. 그래서 절대로 그 감정에 휩싸이지 않으리라 생각해왔소. 그러나 예의라는 것이 있소. 오늘 밤 난 그렇게 생각하지 않았지만 거기 모였던 사람들은 당신의 행동을 몹시 이상하게 여겼소."

"이해할 수가 없군요. 그러니까 당신은 아무렇지도 않은데 사람들의 눈치가 보이니 조심하라 그건가요?"

안나가 그만 나가려 하자 카레닌이 막아섰다.

"좋아요, 계속해요."

"나는 당신 마음까지 간섭할 권리가 없소."

카레닌은 낮은 목소리로 말했다.

"이건 당신의 양심 문제이지. 하지만 내겐 당신과 나, 그리고 하느님에 대한 당신의 의무를 가르쳐줄 책임이 있소. 우리는 사람이 아닌 하느님에 의해서 맺어진 관계요. 따라서 이 관계를 파괴하는 것은 죄악일뿐더러 그런 종류의 죄악에는 반드시 무거운 벌이 뒤따르오."

"무슨 말인지 한마디도 알아들을 수가 없네요. 어쩌죠, 졸려 죽겠는데?"

"안나, 제발 그러지 마오. 내가 뭔가 잘못 생각한 것일 수도 있소. 하지만 내가 이런 말을 하는 건 당신을 위해서요. 나는 엄연한 당신 남편이며 당신을 사랑하오."

사랑한다는 말에 안나는 피식 웃었다. 남편에게도 사랑이라는 것이 있을까. 아니, 사랑이 무엇인지 알기나 할까.

"알렉세이 알렉산드로비치, 난 당신이 무슨 말을 하는 건지 도무지 모르겠어요. 할 말도 없고요. 게다가 이젠 정말 잘 시간이에요."

카레닌은 길게 한숨을 쉬더니 말없이 침실로 갔다.

'늦었어, 이미 늦어버렸어……'

남편의 뒷모습을 보며 안나가 고개를 저었다.

그날 밤 이후 카레닌 부부의 생활은 예전과 달라졌다. 특별한 일이 일어난 것은 아니었다. 안나는 전과 다름없이 열심히 사교계에 드나들었고, 브론스키를 만났다. 카레닌은 그 사실을 알았지만 막을 방법이 없었다. 몇 번이나 진지하게 대화를 해보려고 했지만 그때마다 아내가 지나치게 쾌활한 모습을 보여 말을 꺼낼 수가 없었다.

마침내 브론스키가 절대적인 희망이라고 생각했던 것, 그러나 안나가 두려워했던 일이 이루어졌다.
"안나, 제발 그만……."
브론스키가 아래턱을 덜덜 떨면서 애원했다. 그럴수록 안나는 점점 더 깊이 고개를 숙였다. 그러다 그의 발밑으로 떨어지고 말았다.
"하느님, 용서해주세요!"
그녀는 흐느끼며 그의 손을 끌어다 가슴에 올려놓았다. 그녀는 너무 큰 죄를 지어 벌을 받을 것이라고 생각했다.
브론스키는 자신이 살해한 시체를 보는 심정이었다. 자신에 의해 목숨을 잃은 이 시체야말로 그들의 사랑이었고, 사랑의 첫 단계였으며, 수치심이라는 대가를 치르고 얻은 것이었다. 그는 마치 살인자가 시체를 끌고 다니는 것처럼 그녀의 얼굴과 어깨에 입을 맞췄다.
'이 입맞춤이 수치라는 대가를 치르고 얻은 것이구나.'
그는 꿇어앉은 채 그녀의 얼굴을 들여다보았다. 그녀는 여전히 아름다웠으나 왠지 처량해 보였다.
"이제 당신은 내 모든 것이에요. 당신 말고는 아무도 없어요.

그 점을 잊어서는 안 돼요."

"내 생명을 어찌 잊을 수 있겠습니까, 행복한 이 순간을……."

"행복이라고요?"

그녀가 갑자기 벌떡 일어나더니 절망적인 표정으로 뛰쳐나갔다.

새로운 세계가 열리면서 느꼈던 수치심과 두려움을 그녀는 말로 표현할 수가 없었다. 굳이 말로 표현해서 속되게 하고 싶지도 않았다.

'지금은 아무 생각도 하지 말자. 나중에 마음이 가라앉으면 그때 생각하자.'

그러나 마음은 쉽게 가라앉지 않았다.

그날 이후로 그녀는 매일 밤 같은 꿈을 꾸었다. 카레닌과 브론스키가 동시에 애무하는 꿈이었다. 남편은 그녀의 손에 입을 맞추며 말했다.

"우린 지금 행복하잖아!"

브론스키 역시 만족스럽고 행복하다고 했다. 그 꿈은 악몽처럼 그녀를 짓눌렀다.

모스크바에서 돌아온 레빈은 슬픔에 싸여 있었다. 한동안 키티에게 거절당한 일 때문에 괴로워하며 혼자 이렇게 중얼거리곤 했다.

'시험에 낙제했을 때도 지금처럼 얼굴을 붉혔었지. 또 누이가 부탁한 사건을 망쳐놓았을 때도 그랬어. 그렇지만 몇 년이 지난 지금에 와서는 그 정도의 일로 괴로워했다는 것이 우스울 뿐이야. 이번 일도 시간이 지나면 아무렇지 않게 될 거야.'

그러나 벌써 석 달이나 지났건만 레빈은 여전히 괴로웠다. 그날 일만 생각하면 얼굴이 붉어지고 힘이 빠졌다. 그런데도 그는 차차 생활에 적응해갔다. 키티에 대한 기억도 희미해졌다. 그는 키티가 이미 결혼했거나 곧 결혼할 것이라고 생각했다. 그것을 확인하는 날, 그는 앓던 이를 뺀 듯 고통에서 벗어나리라.

봄은 활짝 피지 못한 채 지나가고 있었다. 밤에는 영하 7, 8도까지 내려가고, 부활절은 눈 속에서 지나갔다. 그러나 부활절 다음 날은 모처럼 활짝 갠 하늘이 펼쳐졌다.

레빈은 큼직한 장화를 신고 농장을 둘러보았다. 털갈이를 한 암소들이 들판으로 내보내주기를 애원하듯 음매음매 울어댔다. 레빈은 암소들을 풀어 들판으로 내보내고 송아지는 그대로 우리에 남겨두도록 지시했다. 그러곤 시렁을 수리하려고 목수를 불러오게 했다. 자신의 명령대로 탈곡기를 만들고 있어야 할 목수는 사육제 주간에 수리하기로 했던 써레를 이제야 수리하고 있었다.

레빈은 화가 났다. 요 몇 해 동안 정력을 쏟아가며 개선하려 했던, 노동자들의 게으름이 되풀이되고 있었던 것이다. 시렁이 망가진 데에도 이유가 있었다. 겨울에는 필요가 없다고 노동마들이 있는 마구간에 아무렇게나 내던져 둔 때문이었다. 게다가 이 일로 일부러 목수를 세 명이나 고용해서는 써레질을 해야 할 시기에 농기구를 수리하고 있었던 게 밝혀졌다.

레빈은 당장 집사를 불렀다. 집사는 가죽 외투를 입고 두 손으로 지푸라기를 잡으며 창고 쪽에서 어슬렁어슬렁 걸어 나왔다.

"목수는 왜 여태 탈곡기를 만들지 않았지?"

"그게 실은 어제 말씀드렸어야 하는 건데……. 경작기가 되었기에 우선 써레를 고쳐야 했습니다."

"겨우내 뭘 하고!"

"그런데 목수는 왜 찾으십니까?"

"시렁은 어디 있나?"

"제자리에 가져다 두라고 말했는데……. 아무튼 그 녀석들에겐 그 어떤 말도 소용없습니다."

집사가 손을 내둘렀다.

"난 그 녀석들에게 말한 게 아니라 자네에게 말한 거야!"

레빈은 버럭 소리를 질렀다.

"이봐, 내가 왜 자네를 공용했는지 모르겠어!"

그러나 그는 곧 아무리 소리를 질러도 소용이 없다는 것을 알고는 한숨을 내쉬었다. 이처럼 농장을 경영하는 일에는 레빈의 뜻이 통하지 않았다. 일꾼들은 눈이 있을 때 뿌려야 하는 토끼풀 씨앗도 제대로 뿌리지 않았고, 귀리 씨앗을 썩히지 않으려는 노력도 소용이 없었다.

레빈은 화가 났지만 참았다. 그는 집사에게 농사일에 대해 여러 가지 새로운 일을 지시했다. 집사는 주인의 계획에 찬성하는 것처럼 보이려고 애를 썼다. 하지만 그의 표정은 '좋은 생각이십니다만 제대로 실행이 될지는 모르겠습니다'라고 말하는 것처럼 보였다. 레빈은 그런 태도가 싫었다. 그래서 몇 번이나 집사를 바꿔보았지만 매번 마찬가지였다. 레빈은 마침내 집사의 의견대로 사람을 더 구하기로 했다.

집사와 이야기를 끝낸 후 레빈은 작년에 파종한 토끼풀밭 쪽으로 향했다. 봄기운이 가득한 숲 속을 지나자 나무껍질에 이끼가 되살아나고 가지에 싹이 튼 것이 보였다. 토끼풀 싹은 놀라울 정도로 잘 나오고 있었다. 보리를 심기 위해 쟁기질이 되어 있는 밭에도 가보았다. 쟁기질도 잘되어 있었다. 이틀쯤 뒤에는 써레질을 하고 씨앗을 뿌려도 될 것 같았다. 레빈은 만족해하며 서둘러 집을 향해 달렸다.

그가 집에 도착해보니 현관에 썰매가 서 있었다. 뜻밖에도 썰매에는 오블론스키가 타고 있었다.

"자네가 웬일인가!"

레빈은 반가워서 두 손을 번쩍 쳐들었다.

"어때, 깜짝 놀랐지?"

오블론스키는 쾌활하고 건강해 보였다.

"자네도 보고 철새 사냥도 하고 예르구쇼보의 산도 팔려고 왔지."

레빈과 오블론스키는 함께 2층으로 올라갔다.

오블론스키는 모스크바의 여러 소식을 가지고 왔다. 그 가운데 형 세르게이 이바노비치가 여름에 방문할 것이라는 소식도 있었다. 그러나 쉐르바츠키 집안에 대해서는 한마디도 하지 않았다.

레빈은 친구의 방문을 기뻐하면서 그동안의 일에 대해 많은 이야기를 나누었다. 봄에 대한 느낌이며, 농사일에 관한 자기의 저술 등의 이야기였다.

식사를 끝내고 그들은 사냥을 하기 위해 말을 타고 숲으로 갔다. 회색빛 늙은 사냥개 라스카도 그들을 따라갔다.

저녁 하늘에 독수리 한 마리가 하늘 저편으로 날아갔다. 그러자 귀를 쫑긋 세우고 있던 라스카가 몸을 떨며 일어서더니 조심스레 앞으로 걸어갔다. 시내 저편에서 뻐꾸기 울음소리가 들려왔다.

검푸른 하늘 위를 날고 있던 작은 새들이 곧장 그들의 머리 위로 스쳐 지나갔다. 곧 덤불 속에서 빨간 불빛이 빤짝이더니 새가 내려왔다가 날아올랐다. 다시 불빛이 반짝이며 총소리가 났다.

"빗나간 거 아냐?"

오블론스키가 물었다.

"아니, 여기 있잖아."

레빈은 라스카를 가리켰다. 라스카가 한쪽 귀를 세우고 꼬리를 흔들며 천천히 걸어왔다. 그리고 총에 맞아 죽은 새를 주인의 발밑에 내려놓았다.

사냥 결과는 만족스러웠다. 오블론스키는 두 마리를 더 잡았다. 레빈도 똑같이 두 마리를 쏘았으나 한 마리는 잡지 못했다. 날이 점점 어두워지기 시작했다.

"그만 돌아가야 하지 않나?"

오블론스키가 물었다.

"조금만 기다려보세."

두 사람은 열다섯 걸음 정도 떨어져 앉았다.

"스티바!"

갑자기 레빈이 오블론스키를 불렀다.

"왜 자네 처제에 대해 말해주지 않나? 언제 결혼했는지, 아니면 앞으로 언제 할 건지 말이야."

레빈은 어떤 대답에도 동요하지 않을 자신이 있었다. 하지만 오블론스키의 대답은 너무 뜻밖이었다.

"키티는 결혼할 마음도 없었거니와 생각하고 있지도 않네. 결혼은커녕 건강이 너무 나빠져서 미국으로 요양을 갔어. 살 수 있을지 걱정할 정도라네."

"왜, 무슨 일이 있었나?"

오블론스키는 그동안 키티에게 벌어졌던 일을 상세히 이야기해주었다.

'키티가 몸이 안 좋다고. 참으로 안됐군.'

오블론스키가 병의 원인이 브론스키라는 말을 하려는 순간 레빈이 얼른 말했다.

"참, 랴비닌과 거래한 건 완전히 끝냈나?"

오블론스키는 땔감으로나 쓰일 나무밖에 없는 산을 좋은 가격에 팔았다고 자랑했다. 그러나 레빈이 생각했을 때는 그건 산림의 경제적 가치와 현지 사정을 모른 채 헐값에 팔아치운 것이나 다름없었다. 게다가 전에 랴비닌과 거래한 경험이 있었던 레빈은 그가 장사꾼이 아닌 중개업자라는 것을 알고 있었다. 레빈은 싼값에 산을 차지한 랴비닌이라는 사람이 마음에 들지 않았다.

"내가 자네라면 서두르지 않을 거야."

레빈이 말했다.

"하는 수 없지, 이미 계약을 끝냈으니……."

산림을 판 3개월 선불 어음 덕분에 주머니가 두둑해진 오블론스키가 위층으로 올라왔다. 산림에 대한 거래도 모두 끝났고, 주머니 속에 돈이 들어온 데다가 사냥 실적도 아주 좋았으므로 오블론스키는 기분이 더없이 좋았다. 그래서 그는 레빈의 불쾌한 기분을 전환시켜주기로 마음먹었다. 그는 저녁을 먹으면서, 오늘 하루가 유쾌하게 시작되었던 만큼 끝도 유쾌했으면 좋겠다고 생각했다.

사실 레빈은 기분이 좋지 않았다. 키티가 결혼하지 않았다는 사실에 마음이 혼란해진 것이다. 키티는 브론스키에게 거절당하고, 그는 그녀에게 거절당했다. 거기에 오블론스키가 어이없이 사기를 당한 것 따위가 모두 화가 났다. 지금 그는 자기의 기분을 상하게 한 일뿐만 아니라, 눈앞에 있는 모든 것에 대해서 기분 나빠 하고 있었다.

"이제 끝났나? 저녁 식사를 해야지."

레빈은 일을 마치고 돌아온 오블론스키를 맞이했다.

"먹어야지. 시골에 오면 왜 이리 시장기가 도는지 모르겠어. 그런데 자넨 왜 랴비닌에게 식사 대접을 하지 않나?"

"그 사기꾼 녀석에게 내가 왜?"

"아무리 그래도 그를 대하는 자네 태도는 너무 심했어. 악수까지 거절했잖은가?"

"그건 하인과는 악수하지 않는 것과 같아. 차라리 하인들하고 악수하는 게 낫지."

"알고 보니 자넨 놀랄 만한 보수주의자로군. 자넨 계급 타파를 어떻게 생각하나?"

"계급 타파를 좋아하는 사람들은 그렇게 하라고 해. 나는 내가 보수주의자인지 뭔지 생각해본 적도 없어. 나는 그냥 콘스탄틴 드미트리치 레빈일 뿐이라네."

"그렇다면 매우 불쾌한 콘스탄틴 드미트리치 레빈이겠지."

오블론스키가 웃는 얼굴로 말했다.

"맞아, 난 지금 몹시 불쾌해. 그 어리석은 거래 때문에……."

"그만하게. 사람들은 늘 누가 무엇을 팔면 싼값에 팔았다고 하지. 하지만 팔기 전까진 아무도 돈을 내려고 하지 않아. 내 생각엔 자네가 랴비닌에게 편견을 가지고 있는 것 같아."

오블론스키는 기분 좋게 식사를 시작했다. 레빈의 기분이야 어떻든 간에 그는 무척 행복했다. 레빈은 자신을 극복하려고 무진 애를 써보았지만 자꾸만 침울해지고 할 말이 없었다. 그는 오블론스키에게 꼭 물어보고 싶은 게 있었으나 그 말을 언제 꺼내야 할지 기회도, 방법도 찾지 못했다.

저녁 식사가 끝나고 오블론스키는 아래층 자기 방으로 갔다. 그는 이미 잠옷으로 갈아입고 잠자리에 누웠으나 레빈은 온갖 쓸데없는 이야기만 하면서 정작 물어보고 싶은 것은 물어볼 용기를 내지 못한 채 그의 방에서 미적거리고 있었다.

"브론스키란 친구는 어디에 살고 있지?"

레빈이 불쑥 물었다.

"그 친군 페테르부르크에 있어. 자네가 떠난 뒤 그도 곧 떠났지. 여보게, 솔직히 말해서 자네에게도 잘못이 있네. 쓸데없이 경쟁자를 너무 의식했단 말이야. 어째서 부딪쳐 보지도 않은 거야?"

'이 친구는 내가 청혼했다는 사실을 모르나?'

레빈은 고개를 갸우뚱했다.

"그때 처제가 브론스키에게 기울었던 건 외적인 요소가 컸어. 귀족적 풍모와 사회적 지위가 처제가 아닌 장모의 마음을 움직인 거지."

오블론스키의 말에 레빈은 거절당했을 때의 모욕감이 생생하게 되살아났다.

"어쨌든 내가 자네라면 당장 모스크바로 가겠네. 가서……."

"자네가 그렇게 말하니 솔직하게 말하겠네. 난 청혼을 했지만 거절당했어. 그래서 키티의 이름만 들어도 고통스럽고 부끄러워."

"그건 쓸데없는 생각이야……."

"이제 그 얘기는 그만하지. 그리고 내 불친절을 용서해주게."

모든 것을 말해버리자 레빈은 속이 시원했다.

"자네, 화난 건 아니지?"

"괜찮아. 나는 내일 아침 사냥을 마친 뒤 곧바로 모스크바행 기차를 타겠네."

브론스키는 여전히 연대를 사랑했고 연대 또한 그를 사랑했다. 연대 사람들은 그의 재산, 교양, 재능, 명예 등을 존경하고 자랑스러워했다. 그런 동료들의 마음을 잘 알고 있는 브론스키는 그들에게 보답하는 것이 의무라고 생각했다. 그러나 안나에 대해서는 아무에게도 말하지 않았다. 그런데도 두 사람 관계는 연대와 모든 사교계에 알려졌다. 동료들은 카레닌 부인의 지위가 높은 만큼 소문이 더 빨리 퍼질 것이라며 브론스키를 걱정했다.

브론스키의 어머니도 소문을 들었다. 처음에 그의 어머니는 그의 사랑을 내심 기뻐했다. 그녀는 카레닌 부인의 아름다움과 교양을 알고 있었기 때문에 그다지 걱정하지 않았다. 그런 연애 사건만큼 젊은이를 완성시켜주는 것도 없다고 생각했기 때문이다.

그런데 요즘은 생각이 달라졌다. 장래에 높은 지위를 얻을 수 있는 기회가 왔는데도 아들은 카레닌 부인 때문에 거절했으며, 그 사건으로 상사들의 반감을 샀다는 말을 전해 들은 것이다. 걱정이 된 브론스키 백작부인은 큰아들을 시켜 작은아들에게 한번 왔다 가도록 일렀다.

그즈음 브론스키가 관심을 갖는 일이 또 하나 있었다. 바로 승마였다. 그는 승마를 무척 좋아했다. 그래서 장교들의 장애물 경마에 참가 신청을 하고 영국산 순종 암말을 사 왔다.

경마가 열리던 날, 브론스키는 평소보다도 일찍 비프스테이크를 먹으러 장교 식당으로 갔다. 비프스테이크가 나올 때까지 그는 프랑스 소설을 읽으며 안나와의 약속을 생각했다.

그녀를 만난 지 벌써 사흘이나 지났다. 안나는 지금 아들과 함께 카레닌의 별장에 가 있었다. 그러나 안나의 남편이 외국에서 돌아왔으므로 그녀가 약속을 지킬 수 있을지 확실하지가 않았다. 그녀를 마지막으로 만난 것은 벳시의 별장에서였다. 그는 가급적 카레닌의 별장에는 가지 않으려고 했으나 이번에는 한번 가보고 싶었다. 그는 무슨 구실로 방문해야 할지 고민했다.

'그렇지, 벳시의 부탁으로 그녀가 경마장에 갈 건지 물어보러 왔다고 하면 되겠군.'

순간 그의 얼굴에 기쁨이 넘쳐흘렀다.

브론스키가 카레닌의 별장에 도착했을 때는 한바탕 내리던 폭우가 그치고 어느새 해가 얼굴을 내밀고 있었다. 그는 사람들 눈을 피해 현관이 아닌 정원으로 가, 조심스레 테라스의 완만한 층계를 타고 올라갔다. 안나는 별장 테라스의 꽃그늘에 앉아 있었다. 그녀는 난간 위에 놓인 차가운 물뿌리개에 이마를 대고, 낯익은 반지를 낀 아름다운 두 손으로는 물뿌리개를 살짝 잡고 있었다. 그녀의 아름다운 모습은 새삼스레 그를 감탄시켰다.

브론스키는 황홀한 눈길로 안나를 바라보면서 그 자리에서 서 있었다. 그때 안나가 뒤를 돌아보았다. 안나의 얼굴은 붉어져 있었다.

"왜 그래요? 어디가 아픈 건가요?"

"아니, 괜찮아요. 당신이 오리라고는 생각도 못 했어요."

그녀가 감격하여 그의 손을 잡으며 말했다.

"내 아들 세료자를 기다리고 있었어요. 놀러 나갔거든요."

"안나, 불쑥 찾아온 걸 용서하세요. 하지만 당신을 보지 않곤 견딜 수가 없었어요."

그는 프랑스어로 말했다. 러시아어의 '당신'이라는 말은 너무 냉담했고, '너'란 말은 너무 친밀해서 위험했다.

"용서하다니요, 얼마나 반가운데……. 전 언제나 한 가지만 생각해요."

"그 한 가지가 뭔데요? 당신 고민을 내가 알지 못한다는 게 말이 됩니까?"

그가 애원하듯 묻자 안나는 생각했다.

'그래, 말해야지. 나를 이해해주지 않는다면 난 이 사람을 용서하지 않을 거야. 아냐, 차라리 말하지 않는 편이 나아. 내가 왜 이 사람을 시험해야 해?'

나뭇잎을 쥐고 있는 안나의 손이 파르르 떨렸다.

"어서요!"

그가 그녀의 손을 흔들며 재촉했다.

"정말 얘기해요?"

"물론이죠, 물론……."

"나…… 임신했어요."

그녀는 조용히, 그리고 천천히 말했다. 순간 그의 얼굴이 하얗게 질렸다.

'아아, 이 사람 역시 나를 이해하고 있어.'

안나는 고마운 마음에 그의 손을 꼭 잡았다. 그러나 그가 이해한 것은 여자인 그녀가 이해한 것과는 전혀 다른 것이었다. 그는 위기가 닥쳤다고 생각했다. 이제는 더 이상 숨길 수 없게 되었으므로 어떻게든 이 상황에서 벗어나야 한다고 생각했다.

"우리 관계는 일시적인 불장난이 아닙니다. 이제 우리 운명은 결정되었어요. 이제 결말을 내야 해요."

한참 만에 그가 심각한 표정으로 말했다.

"어떻게 결말을 낸다는 거죠?"

그녀는 안정을 되찾았고, 그녀의 얼굴에는 부드러운 미소가 떠올랐다.

"남편을 버리고 저와 함께해야 합니다."

브론스키의 말에 안나는 서글프게 웃었다.

"지금 이 순간에도 우린 하나예요."

"하지만 이젠 좀 더 완전히, 완벽하게 합쳐야 해요."

"어떻게요? 이미 난 한 남자의 아내인데."

"어떠한 상황이라도 벗어날 방법은 있어요. 결심만 한다면요. 나는 지금 당신이 얼마나 괴로워하는지 알고 있어요. 사교계와 아들과 남편에 대해서 말입니다."

"남편은 아니에요."

그녀가 고개를 돌리며 말했다.

"당신은 자신을 속이고 있어요. 난 당신을 알아요. 당신은 남편 때문에 고통받고 있어요."

"그렇지만 남편은 아무것도 몰라요."

순식간에 그녀의 얼굴이 빨갛게 물들었다.

그전에도 브론스키는 몇 번이나 상황을 설명했다. 그때마다 그녀는 현실을 회피했다. 그럴 때면 진짜 안나는 어딘가로 숨어버리고 낯선 여자가 나타난 듯싶었다. 그러나 오늘은 모든 것을 이야기해야 했다.

"그분이 알든 말든 이제는 상관없어요. 당신은 지금 상태로 지내서는 안 돼요."

"그러면 당신은 어떻게 해야 한다고 생각하는 거죠?"

그녀가 비아냥거리듯 물었다. 조금 전까지는 그가 자신의 임신을 대수롭지 않게 생각하면 어쩌나 싶었지만 지금은 오히려 화가 났다.

"모든 것을 남편에게 고백하고 떠나야 해요."

"좋아요, 그런다고 가정하죠. 당신은 그다음 결과를 상상해 보셨어요? 지금부터 내가 생각하는 것을 다 말하지요. 당신은 다른 남자를 사랑하고 그 남자와 관계를 맺었다지? 나는 종교적, 사회적으로 어떤 사태가 일어날 것인가를 이미 당신에게 얘기했소. 그런데 당신은 내 말을 흘려들었소. 당신이 내 명예에 먹칠을 하도록 내버려 두지는 않을 것이오."

안나가 남편의 말투를 흉내 내며 말했다.

그녀는 아들에 대해서도 얘기하고 싶었으나 아들까지는 들먹이지 않았다.

"아무튼 남편은 자신의 정치적인 입장 때문에 나를 놓아주지 않을 거예요. 아마 취할 수 있는 모든 방법을 동원해서 추문을 없애버리겠다고 할 거예요. 그리고 침착하게 차근차근 행동으로 옮기겠죠. 결과는 뻔해요. 남편은 사람이 아니에요. 기계예요. 그것도 심술궂은. 특히 화가 나면 더 무서운 기계가 된다고요."

"그래도 고백해야 해요. 그런 다음 그가 하라는 대로 할 수밖에 없어요."

"그런 다음에 어떻게 하려고요. 달아나자고요?"

"달아나면 안 되나요? 난 이대로 시간만 보낼 수 없어요. 나를 위해서 그러는 게 아니에요. 당신이 너무 괴로워하기 때문이라고요."

"달아나서 당신 정부가 되라고요?"

"안나!"

그가 부드럽지만 나무라는 듯한 목소리로 불렀다.

"그래요, 나는 당신 정부가 되고 모든 것을 파멸시키고 말 거예요."

그녀는 또 '아들'을 말하고 싶었으나 차마 입 밖으로 꺼낼 수가 없었다.

브론스키는 그토록 강인하고 성실한 안나가 어째서 그런 허위 속에서 빠져나오려 하지 않는 건지 이해할 수가 없었다. 그건 그가 그녀의 '아들'에 대해 미처 생각지 못했기 때문이다.

"이 이야기는 없었던 걸로 해주세요."

"그렇지만 안나……."

"그냥 내게 맡기세요. 나도 내가 얼마나 비참한 처지에 있는지 알아요. 하지만 당신 말대로 그렇게 쉽게 해결되지는 않을 거예요."

"이해할 수가 없군요."

"알아요. 당신처럼 성실한 사람이 거짓말을 해야 한다는 게 얼마나 괴로운지 말이에요. 그래서 내가 당신 인생을 망쳐버린 것이 아닌지 걱정스러워요."

"내 생각도 당신과 같아요. 당신이 어떻게 내게 모든 것을 희생할 수 있었을까 하고 생각하죠. 나는 당신이 불행해지는 것을 가만히 앉아서 보고만 있을 수는 없어요."

"내가 불행하다고요? 난 굶주려 있다가 먹을 걸 얻은 사람과 같아요."

아들의 목소리가 들리자 그녀가 벌떡 일어나 브론스키에게 재빨리 입을 맞추었다. 두 사람은 새벽 1시에 만나기로 약속하고는 곧 헤어졌다.

시계를 보면서도 브론스키는 시간을 인식하지 못했다. 5시 반, 경기 시간까지 너무 빠듯했다. 옷을 갈아입으려고 숙소에 들렀을 때는 다들 경마장으로 떠나고 없었다. 그가 옷을 갈아입는 동안 하인은 이미 두 번째 경기가 시작되었다고 전해주었다. 그는 바라크 쪽으로 말을 몰고 오도록 지시했다. 바라크에서는 마차와 사람들이 들끓고 있는 관중석이 한눈에 보였다. 곧 두 번째 경기가 끝났음을 알리는 종소리가 들려왔다.

사람들의 시선은 선두를 달리는 근위기병과 그 뒤를 쫓고 있는 경기병에 쏠려 있었다. 곧 승부를 알리는 종소리가 울리고, 흙탕물을 뒤집어쓴 채 들어온 기병 장교가 안장 위에 엎드려 숨을 골랐다. 관중석 앞쪽에 안나도 벳시도 있을 것이었다. 그러나 그는 마음을 가라앉히려고 그들 곁으로 가지 않았다.

앞선 경기의 시상식이 시작되었을 때였다. 브론스키에게 형 알렉산드르가 다가왔다.

"내 쪽지 봤니?"

방탕하게 생활하는데도 참모대령인 알렉산드르에게서는 귀족의 품위가 느껴졌다.

"받았어요. 하지만 형님이 걱정할 일이 아니에요."

"내가 걱정하는 건, 네가 이제야 나타난 것과 월요일에 누가 널 페테르고프에서 봤다는 거야."

"모두 내가 결정하고 행동한 일이에요. 그리고 형님이 걱정하시는 일은……."

"그래도 그 파견 근무까지 거절하고……."

"제발 날 그냥 내버려 두세요, 부탁이에요."

브론스키의 아래턱이 파르르 떨리기 시작했다. 그는 좀처럼 화내는 법이 없었으나 일단 화가 나면 아래턱이 떨리기 시작하면서 그 뒤에는 아무도 말릴 수가 없었다.

"알았어, 알았어. 난 어머니 편지를 전했을 뿐이야. 답장은 꼭 해라. 경기 전에 흥분하는 건 좋지 않아. 행운을 빈다."

형이 웃으며 돌아섰다.

브론스키는 경마장 한복판으로 달려갔다. 다음 경기에 나갈 영국산 말들이 머리 덮개를 쓰고 배를 졸라맨 채 줄지어 나타났다. 안장을 살펴보기도 전에 기수들을 호출하는 소리가 들렸다. 번호와 출발점을 정하기 위해서였다. 열일곱 명의 장교들이 번호가 적힌 심지를 뽑았다. 브론스키는 7번이었다.

"승마!"

브론스키는 우렁찬 소리를 듣고 말에게 갔다. 그리고 침착하기는 하지만 약간 거만한 태도로 말 앞에 서서 양쪽 고삐를 잡았다. 그의 말 프루프루는 흥분했는지 열병에 걸린 것처럼 온몸을 떨고 있었다.

영국인 마부가 안장 상태에 대해 검사를 마치고 브론스키에게 충고했다.

"일단 올라타시면 말의 흥분이 좀 가라앉을 겁니다. 서두르지 말고 침착하세요. 장애물 앞에서는 절대 고삐를 당기거나 늦추지 마세요. 말이 알아서 할 겁니다."

열일곱 명의 장교가 경기에 나섰다. 브론스키는 경쟁자들을 둘러보았다. 장교들의 장애물 경기는 목숨을 잃기도 하는 위험한 경기였다.

"출발!"

마침내 진행 요원이 외치자 말들이 일제히 앞으로 튀어나갔다. 그러나 프루프루는 그때까지도 흥분을 가라앉히지 못해 출발 순간을 놓치고 말았다. 브론스키가 말을 제어하면서 장애물 하나를 넘고 나자 훨씬 나아졌다.

앞서 달리던 두 마리의 말이 거의 같은 순간에 개울을 건넜다. 그 뒤를 이어 브론스키의 말 프루프루도 날듯이 건넜다. 이어 브론스키는 몸이 공중에 뜨는 것을 느끼는 동시에 발밑에서 앞서 달리던 말 두 마리가 함께 나뒹굴고 있는 것을 보았다. 순간적으로 브론스키는 그들이 프루프루의 발에 깔리지 않을까 걱정되었다. 그러나 프루프루는 고양이처럼 사뿐히 넘었다.

"오, 기특한 것!"

브론스키가 이렇게 외치자 관중석에서도 환호성이 울려 퍼졌다.

"잘했어! 브론스키! 브라보!"

가장 유력한 경쟁자라고 생각했던 마호친이 그 앞에서 달리고 있었다. 그는 마호친의 뒤를 이어 목책을 넘고 장애물이 없는 2백 사젠쯤 되는 거리에서 선두로 나서야겠다고 생각했다.

브론스키가 마호친을 따라잡아야겠다고 생각한 순간, 프루프루는 그의 마음을 읽기라도 한 듯 속력을 내기 시작했다. 장애물 앞까지 가자 브론스키는 말이 밖으로 돌지 않도록 고삐를 잡은 다음 비탈길 위에서 마호친을 앞질렀다. 그는 진흙물을 잔뜩 뒤집어쓴 마호친의 얼굴을 보았다.

브론스키는 선두에서 두 개의 장애물을 넘었다. 그가 우승을 하는 데는 조금도 문제 될 것이 없었다. 경쟁자인 마호친은 멀리에서 뒤따라오고 있었다.

"브라보, 브론스키!"

브론스키는 연대 동료들이 외치는 소리를 들으며 계속 달려갔다. 이제 남은 것은 도랑뿐이었다. 프루프루는 속도를 높이더니 마지막 도랑을 새처럼 가볍게 뛰어넘었다. 그 순간 브론스키는 중대한 실수를 범하고 말았다. 프루프루와 호흡을 맞추지 못한 것이다. 그것을 채 깨닫기도 전에 마호친이 바람처럼 스쳐 지나갔다. 브론스키의 한쪽 발이 땅에 닿았고 프루프루가 그 위로 쓰러졌다. 그가 발을 빼내려고 안간힘을 쓰는 사이에 말은 옆으로 쓰러진 채 목을 흔들며 허우적거리고 있었다. 등뼈가 부러진 것이었다.

'아, 아아!'

브론스키는 머리를 감싸며 신음했다.

의사와 위생병, 연대 동료들이 뛰어왔다. 그는 상처 하나 없이 무사했다. 그러나 후회와 패배감은 아주 오랫동안 그의 가슴에 상처로 남았다.

경마 경기가 열리는 날, 카레닌은 별장에 가서 아내를 만난 다음 경마장에 가기로 계획을 세웠다. 경마장에는 모든 대신이 임석하기로 되어 있어 빠질 수가 없었고, 아내에게는 남편의 의무상 일주일에 한 번씩 들르기로 스스로 정해놓은 때문이었다. 더구나 그날은 생활비를 주는 날이었다.

그날 아침 카레닌은 정신없이 바빴다.

카레닌이 경마장에 도착했을 때, 안나는 벳시와 나란히 앉아 있었다. 그녀도 남편을 알아보았다. 남편은 아첨꾼들의 인사에 답례하고 친구들과 농담을 나누며 권력자들의 시선을 끌려고 노력하면서 관중석 쪽으로 오고 있었다. 안나는 그 행동 하나하나가 모두 역겨웠다.

'저 사람 머릿속엔 오로지 명예욕과 사행심뿐이야. 사상이나 문화나 종교도 다 출세하기 위한 도구일 뿐이지.'

그녀는 남편이 자신을 찾고 있다는 것을 알았지만 모르는 척했다. 그러자 벳시가 소리쳤다.

"알렉세이 알렉산드로비치!"

그 소리를 듣고 카레닌이 다가왔다.

"당신 눈에는 부인이 안 보이나 보군요."

"여기는 굉장히 화려하군요. 눈이 부실 정도예요."

그는 아내에게 미소를 지어 보이고 공작부인과 친지들에게도 필요한 만큼 예의를 차렸다.

관중석 아래쪽에는 카레닌이 존경하는 유명한 시종무관이 서 있었다. 카레닌은 그와 이야기를 나누었다. 시종무관은 경마 자체를 비난했다. 그러자 카레닌은 그를 설득하려고 굉장히 애썼다. 안나는 그가 말하는 한마디 한마디가 몽땅 마음에도 없는 소리 같아서 듣기가 괴로웠다.

'다 알고 있을 텐데 어쩜 저렇게 태연할까. 차라리 날 죽이든

지, 브론스키를 죽이든지 한다면 훨씬 존경스러울 텐데.'

그러나 카레닌은 그런 식으로 불만을 해소할 수밖에 없었다. 눈앞에 뻔히 보이는 아내와 브론스키를 잊으려면 더 많이 떠들고 더 많이 웃을 수밖에 없었다.

"기병의 경마가 위험한 것은 필수불가결한 조건입니다. 영국 전쟁사에서 기병의 혁혁한 업적을 말한다면, 그것은 오직 말과 인간의 힘을 발전시켜온 성과입니다. 제 생각에 스포츠는 커다란 의미가 있습니다. 그런데 우린 언제나 피상적인 면만 보고 있지요."

"피상적인 면만 보는 건 아닐 거예요. 어떤 장교는 늑골이 두 대씩이나 나갔다는군요."

벳시 트베르스카야 공작부인의 말에 카레닌은 이를 드러내고 웃어 보였으나 아무런 의미도 없는 미소였다.

"경기에 참여한 군인들은 스스로 선택한 겁니다. 그것이 군인의 의무이니까요. 권투라든가 스페인의 투우 같은 건 야만의 상징입니다. 하지만 전문화된 경기는 발전의 상징이지요."

그때 한 장군이 귀빈석 앞을 지나갔다. 카레닌은 하던 이야기를 중단하고 재빨리 일어서더니 장군에게 고개를 숙여 인사했다.

"당신은 경기에 참석하지 않았소?"

장군이 농담으로 물었다.

"제가 하는 경기는 훨씬 더 힘이 들지요."

그는 별 뜻 없이 답했지만 장군은 재치 있는 대답을 들었다는 표정을 지었다.

 카레닌은 경마를 좋아하지 않았기 때문에 관중석을 둘러보기 시작했다. 그러다 안나를 보았다. 그녀의 시선은 오직 한 사람만 향하고 있었다. 부채를 손으로 꽉 쥔 채 숨도 쉬지 않는 듯했다.

 '안나도 다른 여자들처럼 그냥 흥분해 있는 거야.'

 카레닌은 고개를 돌리려 했으나 마음대로 되지 않았다. 그러다 결국 아내 얼굴에서 읽고 싶지 않은 사실을 읽고 말았다. 개울에서 첫 번째 낙마 사고가 났을 때도, 목책을 뛰어넘던 장교가 말에서 떨어져 치명상을 입었을 때도 안나의 관심은 사람들의 술렁거림에 있지 않았다. 그녀는 아직 말을 달리고 있는 브론스키의 모습에 온통 정신을 빼앗기고 있었다.

 한편 안나도 남편의 집요한 눈길을 느꼈다. 그녀는 고개를 돌려 남편을 보곤 살며시 이맛살을 찌푸렸다. 그녀는 이번 경마가 왠지 불길하게 느껴졌다. 열일곱 명의 기수 가운데 벌써 절반 이상이 낙마했다. 경기가 막바지에 접어들면서 사람들은 더욱 흥분하기 시작했다. 그러다 브론스키가 말에서 떨어지자 찢어질 듯 비명을 질러댔다. 특히 안나는 완전히 이성을 잃고 온몸을 부들부들 떨었다. 그러더니 벌떡 일어나 어디론가 갈 듯이 행동하기도 했고, 무슨 말을 중얼거리기도 했다.

 안나는 망원경을 집어 들어 브론스키가 낙마한 곳을 보았다. 사람들이 에워싸고 있어 잘 보이지 않았다. 그녀는 망원경을 버리고 다시 벌떡 일어섰다.

"당신에게 다시 한 번 내 손을 내밀겠소. 같이 가고 싶은 생각이 있다면……."

카레닌이 손을 내밀었다. 그녀는 혐오스럽다는 듯 고개를 돌려버렸다.

그때 한 장교가 경기장을 가로질러 달려왔다. 벳시가 손수건을 흔들어 그를 불렀다. 장교의 말에 의하면, 기수는 크게 다치지 않았으나 말은 등뼈가 부러졌다고 했다. 안나는 털썩 주저앉으며 부채로 얼굴을 가렸다. 그러곤 가슴과 어깨를 들먹이며 흐느끼기 시작했다. 카레닌은 자신의 몸으로 그녀를 가리고 서서 안나가 진정되기를 기다렸다.

잠시 후 그가 다시 손을 내밀었다. 안나는 멀거니 그를 쳐다보았다. 그 모습을 보고 벳시가 다가왔다.

"아니에요, 안나는 제가 데려왔으니 제가 바래다주어야지요."

"죄송합니다만, 공작부인."

카레닌은 정중하지만 단호하게 말했다.

"지금 아내는 기분이 몹시 좋지 않습니다. 제가 데리고 들어가겠습니다."

안나는 깜짝 놀라 주위를 둘러보더니 순순히 남편의 팔에 손을 올렸다.

"내가 사람을 보내서 상태가 어떤지 알아보고 알려드릴게요."

벳시가 얼른 그녀에게 속삭였다.

카레닌은 태연한 표정으로 사람들과 이야기를 주고받으며 나갔다. 그는 모든 것을 직접 눈으로 보았으면서도 아내를 의심하는 자신을 인정하지 않았다. 그는 자신이 본 것은 아내의 외적인 면이라고 단정 지었다. 다만 아내의 점잖지 못한 행실에 대해서는 주의를 주어야겠다고 생각했다. 그런데 막상 아내 앞에서 입을 열자 엉뚱한 말이 튀어나왔다.

"인간의 천성은 저런 잔인한 걸 좋아하는 것 같소."

"글쎄요……."

안나가 경멸하는 투로 대답했다. 그는 그 말에 모욕을 느끼고 그제야 마음먹었던 말을 꺼냈다.

"당신에게 한마디 해야겠소."

'드디어 담판을 벌일 때가 왔군.'

그녀는 각오를 단단히 했다.

"오늘 당신의 처신은 대단히 점잖지 못했소."

"어떤 점에서요?"

그녀는 그의 눈을 똑바로 쳐다보면서 큰 소리로 물었다.

"기수 가운데 한 사람이 낙마했을 때 당신이 한 행동 말이오."

그는 아내가 반박해 오기를 기다렸다. 그러나 그녀는 앞만 똑바로 주시한 채 말이 없었다.

"어떤 수다쟁이도 당신에 대해 이러쿵저러쿵하지 않게 처신해주시오. 전에는 양심에 대해 말했지만 오늘은 외적인 행위에 대해서만 말하겠소. 다시는 그렇게 행동하지 않기 바라오."

남편의 말에 안나는 피식 웃고 말았다.

'이 여자는 내가 의심하는 게 한심한 거야.'

이미 사실이 드러났는데도 그는 또다시 진실을 외면하고 있었다.

"내가 잘못 알고 있었다면 미안하오."

"아뇨, 당신은 잘못 알고 있는 게 아니에요."

그녀가 차갑게 말을 이어나갔다.

"사실 아까 난 절망에 빠졌었어요. 지금 당신이 얘기하고 있는 동안에도 난 그 사람만 생각했어요. 난 그 사람을 사랑해요. 참기 어려울 정도로 당신이 싫어요. 당신이 두렵고 가증스러워요. 이제 당신 마음대로 하세요."

그녀는 두 손으로 얼굴을 감싸곤 흐느껴 울었다. 카레닌은 정면을 응시한 채 꼼짝하지 않았다. 그의 표정은 죽은 사람처럼 장중했다. 그러나 집 근처에 이르자 다시 의연한 표정이 되었다.

"그랬었군."

그가 떨리는 목소리로 말했다.

"하지만 내 체면을 봐서 잘 처신해주기 바라오. 내가 명예를 지킬 수 있는 방법을 찾아낼 때까지 말이오."

그는 먼저 마차에서 내려 아내를 부축했다. 그러고는 다시 마차에 올라 페테르부르크로 떠났다.

얼마 후 벳시가 안나에게 쪽지를 보내왔다.

　　내가 사람을 보내서 그의 안부를 물었어요. 몸은 괜찮지만 절망스럽다는 회답이 왔어요.

'그렇다면 그는 올 거야!'

그녀는 시계를 쳐다보았다. 아직 세 시간쯤 더 기다려야 했다. 지난번 만남을 하나하나 기억하자 그녀의 피가 끓어올랐다.

'아아, 무서운 일이었지만 이제 남편과는 깨끗이 끝났어!'

3부

 세르게이 이바노비치 코즈니셰프가 5월 말 휴식차 흔히 하듯 외국으로 가는 대신 시골 동생 콘스탄틴 레빈의 집을 찾아왔다. 레빈은 형을 사랑했지만 시골에서 형과 함께 사는 것은 거북스러웠다. 시골을 보는 형의 시각이 못마땅하고 불쾌했기 때문이다. 레빈에게 시골은 삶의 터전이었다. 그러나 세르게이 이바노비치에게는 휴식처이며 도시의 퇴폐를 해독시켜주는 곳이었다.

 세르게이 이바노비치는 농민들과 자주 이야기를 나누었다. 그는 꾸며서 이야기하거나 자만하지 않았고 그의 한마디 한마디에는 농민들에 대한 이해가 배어 있었다. 그는 민중을 사랑한다고 하면서 민중에게 유익한 일반적인 자료를 들먹이기도 했다. 레빈은 형의 그러한 태도가 못마땅했다. 레빈에게 민중이란 노동의 주된 참여자일 뿐이었기 때문이다. 물론 그는 민중을 존경하고 혈육처럼 사랑했지만 그들의 방종과 폭음과 허위까지 좋게 볼 수는 없었다.

농민에 대해 논쟁할 때 세르게이 이바노비치는 분명한 이론을 가지고 있었지만 레빈은 그렇지 않았다. 따라서 레빈은 늘 자기모순에 빠져버리곤 했는데, 그런 동생을 세르게이 이바노비치는 착하고 감상적인 성격으로 이해했다.

예전에 레빈은 형을 견문이 넓고 훌륭한 교육을 받은, 그래서 만인의 행복에 기여할 수 있는 인물로 보았다. 그러나 나이를 먹으면서 그것은 능력이 아니라 생명력의 결함이라는 생각이 들었다. 다시 말해 그와 같은 사람들은 가슴이 아닌 이성으로 일한다고 생각했다.

세르게이 이바노비치가 거북한 이유는 또 있었다. 시골의 여름은 할 일이 산더미 같은데 형은 하루 종일 유유자적하며 순간순간 떠오른 생각들을 동생에게 들려주려고 했다. 그런 형을 혼자 내버려 두는 것이 쉽지 않았다. 특히 세르게이 이바노비치는 햇살 좋은 풀밭에 누워 있는 것을 즐겼고 한가로이 이야기 나누는 것을 좋아했다.

"넌 모를 거다. 이 소러시아(우크라이나-역주)적인 나태가 얼마나 즐거운지."

그러나 레빈은 한가하게 앉아 있을 시간이 없었다. 농부들은 주인만 없으면 갈지 않은 밭에 거름을 내고, 나사도 죄지 않은 쟁기를 처박아두었다가 나중에 이런 엉터리 기구로 어떻게 일을 하느냐며 불평했다.

며칠 후 세르게이 이바노비치가 강으로 낚시를 하러 가고 싶다고 말했다. 레빈도 풀밭을 둘러보아야 했기에 형을 마차로 데려다 주기로 했다.

풀밭으로 가려면 숲을 가로질러 가야 했다. 풀의 밑동은 이슬에 촉촉이 젖어 있었다. 세르게이 이바노비치는 농어가 잘 잡히는 버드나무 숲까지 태워다 달라고 했다. 레빈은 마차가 풀밭을 뭉개는 것이 속상했지만 도리가 없었다.

세르게이 이바노비치는 풀 더미 옆에 자리를 잡았다. 레빈은 말을 매어놓고 넓디넓은 회녹색의 풀밭 속으로 들어갔다. 씨앗이 여문 식물은 비단처럼 부드러운 풀이 허리까지 올 정도로 자라 있었다. 한동안 밭을 둘러본 레빈은 형에게로 돌아갔다. 형은 물고기를 한 마리도 못 잡았지만 퍽 즐거워 보였다. 그러나 레빈은 빨리 집으로 돌아가 풀베기 준비를 해야 했기 때문에 마음이 조급했다.

"이제 그만 가죠."

"바쁠 게 뭐 있니? 아직 아무것도 못 잡았는데. 그래도 좋다. 자연을 상대로 이렇게 앉아 있으니. 저 반짝거리는 물 좀 보려무나."

세르게이 이바노비치가 황홀한 표정으로 말했다. 레빈은 풀베기 걱정 때문에 형의 말이 한마디도 귀에 들어오지 않았다.

저녁 무렵 레빈은 사무소로 갔다. 그는 집사에게 내일은 목초지의 풀을 벨 것이니 마을에 사람을 보내 일꾼을 구해 오라고 말했다.

"낫을 잘 갈아 오라고 일러줘. 나도 내일 함께 풀을 벨 생각이거든."

그러자 집사가 헤벌쭉 웃으면서 대답했다.

"물론입지요."

다음 날 아침 레빈은 평소보다 일찍 일어났다. 사무소 일을 처리해놓고 나가보니 일꾼들은 벌써 두 번째 두둑을 베고 있었다. 일꾼들 사이에는 레빈에게 처음 풀베기를 가르쳐준 티트도 있었다.

레빈은 말을 매어놓고 티트에게 갔다. 티트는 덤불 속에서 낫 한 자루를 꺼내 왔다.

"이 정도면 면도칼처럼 베어질 겁니다."

레빈은 낫을 받아 들고는 이쪽저쪽 살펴보았다. 일꾼들이 땀에 흠뻑 젖은 채 웃는 얼굴로 인사했다.

"나리도 잘 아시겠지만, 일단 일을 시작하시면 중간에 그만두실 수 없습니다."

티트의 말에 일꾼들이 웃음을 참느라고 애썼다.

"끝까지 하도록 노력하지."

그러나 처음 얼마 동안은 힘만 들 뿐 뜻대로 되지 않았다. 그러자 등 뒤에서 일꾼들이 수군거리기 시작했다.

"저것 좀 봐. 저렇게 들쭉날쭉해서야. 우리가 저렇게 했다면 어떻게 되었을까?"

레빈은 못 들은 척하고 열심히 티트의 뒤를 따라갔다. 한참

가다가 허리를 펴고 주위를 둘러보니 티트가 피로한 기색도 없이 쭉쭉 나아가고 있었다. 레빈도 안간힘을 쓰면서 따라갔다. 마침내 티트가 손을 멈추었다. 첫 번째 두둑이 끝난 것이다. 레빈은 날아갈 것 같았다. 비록 들쭉날쭉 엉망으로 베었지만 노동으로 흘린 땀 덕분에 기분이 좋았다. 게다가 두 번째 두둑은 훨씬 쉬웠다.

일은 한 두둑씩 착착 진행되었다. 잠시 쉬고 또 한 두둑을 베려는데, 티트가 예르밀 영감에게 다가가 뭐라고 속삭였다.

"뭐라고 수군거리는 거지?"

레빈은 네 시간이 넘도록 일했다는 것과 아침 식사 시간이 되었다는 것을 전혀 알아차리지 못하고 있었다. 그는 티트에게 낫을 건네주고 말이 있는 곳으로 갔다. 그는 그제야 풀이 젖어 있다는 사실을 알았다.

"풀이 비에 젖어 안 좋은 건 아닐까?"

"아닙니다요. 비 오는 날은 풀을 베고 맑은 날은 거두어들이라는 말도 있습니다."

그의 말에 예르밀 영감이 대답했다.

레빈은 커피를 마시러 집으로 갔다. 세르게이 이바노비치는 막 잠에서 깨어나 있던 참이었다. 레빈은 행여 그에게 붙잡힐 새라 서둘러 다시 나왔다.

식사 후 레빈은 젊은 농부와 예르밀 영감 사이에 끼어 일하게 되었다.

날씨는 더웠지만 고통스럽지는 않았다. 레빈은 무아지경 속에서 풀을 베었다. 저절로 풀이 베어지는 것만 같아 그는 행복했다.

"어떻습니까, 내 크바스(러시아 청량음료-역주)가요?"

예르밀 영감이 양철통의 물을 떠주며 물었다. 레빈은 이 미지근한 물보다 더 맛있는 것을 마셔본 적이 없다고 생각했다.

예르밀 영감은 일을 아주 쉽게 했다. 그는 산딸기를 따서 먹기도 하고 레빈에게 주기도 했다. 또 나뭇가지를 쳐내기도 하고 메추리를 날려 보내기도 하고 뱀을 잡아 길가에 던져버리기도 했다. 레빈과 뒤의 젊은이는 풀만 베기에도 바빴다.

어느덧 정오가 가까워지고 있었다. 마침내 예르밀 영감이 일손을 멈추었다. 점심시간이었다.

일꾼들이 그늘을 찾아 자리를 잡았다. 레빈도 그들 사이에 끼어 앉았다. 예르밀 영감이 빵을 찢어 컵 속에 넣고 양철통의 물을 붓고 소금을 넣더니 손가락으로 으깨었다.

"나리, 이 빵죽 맛 좀 보세요."

빵죽 맛은 기가 막혔다. 레빈은 집에 가지 않고 예르밀 영감과 함께 식사를 하기로 했다. 그러면서 이런저런 이야기를 했는데, 레빈은 영감에게 친근감이 느껴져 저절로 웃곤 했다.

식사가 끝나자 일꾼들이 여기저기 흩어져 낮잠을 자기 시작했다. 레빈도 나무 그늘에 누워 한숨 잤다. 얼마 만에 눈을 떠보니 예르밀 영감은 벌써 오래전에 깬 듯 일꾼들의 낫을 손보고 있었다.

일은 많이 진척되어 있었다. 남은 곳은 구석진 언덕의 짧은 두둑들뿐이었다. 그는 오늘 안으로 일을 끝내고 싶었다.

"어떤가, 오늘 중으로 언덕도 베었으면 좋겠는데?"

"글쎄요, 해가 거의 넘어가고 있어서……. 젊은 애들 술값이라도 좀 주시겠어요?"

예르밀 영감은 일꾼들에게 다가가 오늘 중에 마슈킨 언덕을 베면 술값을 주겠다고 했다. 그러자 일꾼들이 서둘러 일어섰다.

"내가 다 베어버리겠다. 빨리들 해라."

예르밀 영감의 말에 젊은이나 노인이나 경쟁하듯 달려들었다. 풀 베는 것은 어렵지 않았으나 언덕을 오르는 것이 힘겨웠다. 그러나 영감은 여전히 농담을 하면서 풀을 베고 버섯을 주웠다.

레빈이 집으로 돌아왔을 때 세르게이 이바노비치는 차를 마시고 있었다.

"드디어 오늘 풀을 다 베었어요. 형님은 하루 종일 뭐 하셨어요?"

"그냥 잘 지냈어. 너 정말 종일 풀을 벤 거냐? 굶주린 이리처럼 배고프겠구나. 씻고서 저녁 먹자."

형제는 식당에서 다시 만났다. 레빈은 배가 많이 고프지 않았는데도 막상 먹기 시작하자 밥맛이 꿀맛이었다.

"참, 네게 편지가 왔더라."

편지는 오블론스키에게서 온 것이었다.

얼마 전 집사람에게 편지를 받았네. 그 사람은 예르구쇼보에 있는데 일이 뜻대로 되지 않는 모양이야. 미안하지만 자네가 가서 충고 좀 해주게나. 자넨 우리 일을 다 알고 있지 않은가. 집사람도 자네를 보면 기뻐할 걸세. 가엾게도 지금 그녀는 완전히 혼자야. 처가 식구는 아직 외국에서 돌아오지 않았다네.

편지를 읽고 레빈은 오블론스키의 부탁대로 돌리를 위해 시간을 내야겠다고 생각했다.

오블론스키가 경마와 별장 등에 물 쓰듯 돈을 쓰는 사이에 돌리는 생활비를 절약하려고 아이들과 함께 시골로 내려갔다. 그녀가 결혼할 때 가져온 재산인 예르구쇼보에 있는 집으로 간 것이었다. 이곳은 봄에 오블론스키가 산림을 판 곳이기도 했다.

예르구쇼보의 저택은 이미 헐린 지 오래고, 공작이 별채 하나를 증축해서 썼는데 그곳 역시 너무 낡아 돌리는 남편에게 필요한 부분을 수리해놓으라고 했다. 그는 아내에게 속죄하는 뜻으로 그곳에 내려가 직접 집을 돌아보고 수리할 곳을 지시했다. 가구를 천으로 감싸고 커튼을 달고 마당을 치우고 연못에 다리를 놓았다. 그러나 정작 필요한 곳은 전혀 손보지 않은 채 모스크바로 돌아와 낙원처럼 꾸며놓았다고 큰소리쳤다.

아내가 시골로 가는 것이 그는 여러 면에서 좋았다. 우선 아이들의 양육비가 절약되었고, 자유로운 생활이 보장되었기 때문이다. 돌리도 좋기는 마찬가지였다. 우선 성홍열을 앓았던 딸의 건강에 좋고, 장작 장수며 생선 장수며 자질구레한 빚쟁이들에게서 벗어날 수 있어서 좋았다. 게다가 키티가 외국에서 돌아와 함께 지내기로 했으니 외롭지도 않을 것이었다.

그러나 막상 내려와 보니 생각했던 것과는 많이 달랐다.

돌리와 아이들이 도착한 다음 날 큰 비가 쏟아졌는데, 밤이 되자 복도며 아이들 방에 비가 새서 침대를 응접실로 옮겨야 했다. 집에는 요리사도 없었으며 아이들에게 먹일 버터와 우유와 달걀도 부족했다. 말 한 마리가 성격이 괴팍한 탓에 마차를 타고 다닐 수도 없었으며 목욕을 할 곳도 마땅치 않았다. 변변한 옷장도 없었고 냄비도 항아리도 없었다. 관리인은 그저 "할 수 없군요. 보시다시피 모두 못 쓰는 것들뿐이니까요"라고 말하고는 도와줄 생각조차 하지 않았다. 그러자 유모 마트료나 필리모노브나가 소매를 걷어붙이고 나섰다.

"걱정 마세요. 금방 다 잘될 테니."

그녀는 집사 아내와 마을 촌장과 서기로 구성된 모임을 만들고 문제를 하나씩 해결해나가기 시작했다. 지붕도 고치고 암탉도 사들이고 뜰에 말뚝을 박아 울타리도 치고 조리대도 만들었다. 또 짚으로 울타리를 두른 목욕탕까지 만들었다.

"이젠 좀 어떠세요?"

마트료나 필리모노브나가 의기양양하게 물었다. 그 정도면 전원생활이 실현되었다고 할 수 있었다. 집안일도 그럭저럭 잘 돌아가기 시작했다.

어느 날, 돌리가 목욕을 끝내고 집으로 돌아갈 때였다.

"손님이 오셨나 봅니다."

마부의 말에 돌리가 고개를 내밀어보았다. 회색 모자에 회색 외투를 입은 레빈이었다.

"어머, 이게 누구예요!"

그녀는 마차를 세우고 반갑게 손을 내밀었다.

"병아리를 품고 있는 암탉 같으시군요."

그녀와 아이들의 모습은 레빈이 꿈꾸는 가정의 모습이었다.

"스티바가 편지를 보냈더군요."

"스티바가요?"

"네, 부인이 여기 있다고 알려주었어요. 제가 부인에게 도움이 될 거라고 생각한 모양이에요."

말을 해놓고 레빈은 당황한 듯 보리수 잎을 따서 입에 물었다. 남편이 해야 할 일을 남에게 미룬 것을 돌리가 언짢아할 것이라는 생각이 들었기 때문이다. 사실 돌리도 오블론스키의 행동이 못마땅했다. 자신의 가정 일을 친구에게 부탁하다니. 그러나 레빈이 온 것은 반가웠다.

"도시에 사시던 분께는 이곳이 좀 불편할 겁니다. 그러니 혹시 도울 일이 있으면 어려워 마시고 말씀해주세요."

"아니, 전혀 없어요! 처음에는 불편했지만 지금은 유모 덕분에 다 괜찮아졌어요."

돌리는 부드럽게 미소 짓고 있는 마트료나 필리모노브나를 가리켰다. 유모도 레빈을 알고 있었고 그와 키티가 결혼했으면 하고 바랐다.

"같이 타세요. 우리가 조금씩 좁혀 앉으면 되니까요."

돌리가 자리를 좁히며 말했다.

"아닙니다. 전 걸어가겠어요. 애들아, 누가 나와 같이 마차랑 경주할래?"

레빈이 말하자 큰 아이 둘이 마차에서 뛰어내렸다. 릴리도 같이 가겠다고 하여 레빈은 목말을 태우고 함께 집까지 뛰어갔다. 돌리는 그가 아이들을 익숙하게 다루는 모습을 보고 마음을 놓았다.

"올여름에 키티가 이곳으로 와서 함께 지내겠다고 했어요."

점심 식사 후 돌리가 불쑥 말했다.

"아, 그렇습니까?"

키티 이야기가 나오자 레빈은 얼굴이 빨개졌다.

"그럼 암소 두 마리를 보내드릴까요? 정 돈을 내시겠다면 한 달에 5루블씩만 내시고요."

레빈은 키티의 이야기로 어색해진 분위기를 바꾸기 위해 암소 이야기를 꺼냈다. 한편으로는 키티에 대해 자세히 듣고 싶으면서도 다른 한편으로는 두려웠다. 키티 때문에 괴로웠다가 겨우 안정이 되었는데, 또다시 그것이 깨질지도 모른다는 생각이 들었기 때문이다.

그러나 돌리는 소를 어떻게 기르느냐 따위에는 관심도 없었다. 지금 그녀에게 가장 중요한 것은 키티의 상황을 전하는 것이었다.

"키티가 고독과 평온보다 더 좋은 것은 없다는 편지를 보내

왔어요."

"건강은 회복되었나요?"

두근거리는 가슴을 누르며 레빈이 조심스럽게 물었다.

"덕분에요."

"정말 다행입니다."

순간 돌리는 그의 얼굴에서 애절한 빛이 스치는 것을 보았다.

"그런데 레빈."

돌리가 은근하게 불렀다.

"당신은 아직도 키티에게 섭섭하신 모양이에요. 그렇지 않다면 모스크바에 오셨을 때 우리 집에 방문하지 않았을 이유가 없잖아요."

"당신같이 이해심 많으신 분이 그런 말씀을 하시다니요? 다 알고 계시면서……."

레빈의 얼굴이 시뻘게졌다.

"제가 뭘 알고 있다는 말씀이세요?"

"키티에게 청혼했다가 거절당한 사실 말입니다."

"제가 알고 있는 건 무슨 일이 있었다는 것과 그 애가 몹시 괴로워하고 있다는 것, 그리고 그 애가 그 일에 대해서 묻지 말아달라고 부탁했다는 사실뿐이지요. 대체 무슨 일이 있었던 거죠?"

"이미 말씀드렸어요."

"언제요?"

"제가 댁에 마지막으로 들렀을 때요."

"그럼 이제부터 제 말 좀 들어보세요. 전 그 애가 너무 불쌍해요. 당신은 자존심 때문에 괴로워하시지만……."

"그만 실례하겠습니다. 다리야 알렉산드로브나."

레빈이 자리에서 일어섰다.

"아니, 조금만 더 들어주세요."

돌리가 그의 팔을 잡았다.

"제발, 제발. 그 애긴 그만하세요!"

레빈이 도로 주저앉으며 소리쳤다. 그는 잊힌 줄 알았던 지난날의 감정이 생생하게 되살아나자 괴로웠다.

"남자들은 자유롭게 여자를 선택할 수 있으니까 자신이 누굴 사랑하는지 분명하게 알지만 여자들은 그렇지가 않아요. 멀리서 보고 들은 대로밖에 몰라요. 그래서 자신의 감정조차 모르는 경우가 많지요. 생각해보세요. 당신네 남자들은 처녀가 마음에 들면 그 집에 가서 잘 알아본 다음 사랑한다는 확신이 서면 청혼하잖아요."

"꼭 그런 건 아니지요."

"하여튼 남자들은 사랑이 무르익거나 여러 후보자를 놓고 이리저리 재다가 결심이 서면 청혼을 하잖아요. 하지만 여자들은 그렇지 않아요. 그저 '네', '아니요' 하고 대답하는 정도라고요."

'그렇구나, 나는 브론스키와 함께 저울질을 당했구나.'

그런 생각이 들자 되살아나려던 지난날의 감정은 다시 죽어 버리고 가슴만 답답해졌다.

"물건을 선택할 경우에는 그럴 수도 있겠지요. 그러나 사랑이라는 건 그렇지 않습니다. 선택은 이미 끝났습니다. 그쪽에 마음이 기울었다면 끝난 것이지요."

"그럼 당신은 키티가 여기 오면 우리 집엔 절대 안 오시겠군요?"

"네, 오지 않겠습니다. 저 때문에 그녀가 불쾌해하는 걸 원치 않으니까요."

"좋아요, 그럼 이 얘기는 없었던 것으로 하죠."

레빈은 돌리와 차를 마셨지만, 마음이 불편해서 얼른 작별 인사를 하고 돌아갔다. 돌리는 그를 잡지 않았다.

7월 중순쯤, 누이의 영지의 촌장이 풀베기에 대해 보고하려고 레빈을 찾아왔다. 그곳 농부들이 이익금의 3분의 1을 배당받기로 하고 풀을 베었기 때문이다.

촌장은 풀베기가 끝났으며 주인 몫으로 쉰 수레씩 열한 더미를 쌓아놓았다고 보고했다. 레빈이 가장 넓은 풀밭의 수확량을 묻자 촌장은 대충 얼버무리며 말했다. 레빈은 아무래도 수상하여 직접 조사해보기로 했다.

마을에 도착하자마자 레빈은 풀 더미를 조사했다. 한눈에 봐도 한 더미에 오십 수레가 되어 보이지 않았다. 그는 짐수레들을 가져오게 하여 한 무더기를 헐어 창고로 운반하도록 했다. 그랬더니 겨우 서른두 수레밖에 되지 않았다. 촌장은 풀이 말라서 그렇다며 쌓아 올릴 때의 상황을 설명했다. 그러나 레빈은 재분배를 지시했다.

입씨름과 분배는 오후까지 계속되었다. 마지막 건초까지 다 분배한 뒤, 나머지 일은 서기에게 맡기고 그는 건초 더미 위에 올라가 사람들로 붐비는 풀밭을 내려다보았다.

"풀을 거두기엔 딱 좋은 날씨군요. 훌륭한 건초가 될 겁니다."

한 노인이 레빈 옆에 앉으며 말하더니 지나가는 젊은 농부에게 소리쳤다.

"그게 마지막 수레냐?"

"네, 아버지!"

젊은 농부가 유쾌하게 대답했다.

"아들인가?"

레빈이 물었다.

"네, 제 막내입니다."

"잘생겼군. 결혼은 했나?"

"네, 2년이나 됐지요."

젊은 부부는 레빈의 바로 앞에서 건초를 쌓고 있었다. 아내는 건초를 나르고 남편은 그것을 수레에 쌓았다. 그러다 아내가 무어라 이야기하자 남편이 큰 소리로 웃음을 터뜨렸다. 그 모습에서 건강함이 넘쳐흘렀다.

건초를 다 싣자 농부들이 수레를 끌고 가기 시작했다. 아낙네들이 노래를 부르며 그 뒤를 따랐다. 레빈은 그들 사이에 한몫 끼고 싶었다. 그전부터 그는 저들의 삶을 부러워하며 선망의 눈빛으로 바라보곤 했다. 그런데 오늘 젊은 부부를 보는 순간 자신도 얼마든지 저들처럼 살 수 있다는 생각이 들었다. 또 결혼도 소박한 농부의 딸과 했으면 하는 생각도 문득 떠올랐다.

레빈 곁에 있던 노인이 집으로 돌아가자 다른 농부들도 이리저리 흩어져 갔다. 그러나 먼 곳에 사는 사람들은 풀밭에서 밤을 보내려고 하나둘씩 모여들었다. 레빈도 풀 더미에 누워 생각을 되풀이했다. 밤이 되자 들리는 소리라고는 개구리 울음소리뿐이었다.

'이제 난 어떡하나? 결혼을 해야 할까, 말아야 할까?'

노인의 아들처럼 농부의 딸과 결혼한다면 생활이 훨씬 단순하고 건강해질 것 같았다.

그가 생각한 것은 세 가지였다. 첫째는 지금까지의 생활에 대한 부정이었다. 아무짝에도 쓸모없는 지식에 대한 부정, 교양에 대한 부정이었다. 둘째는 그가 바라는 생활이었다. 그는 이러한 생활 속에서만 만족과 안정과 가치를 얻을 수 있을 것 같았다. 셋째는 지금까지의 낡은 생활을 새로운 생활로 전환하려면 어떻게 해야 하나 하는 것이었다. 그러나 거기에 대해서는 아무 생각도 떠오르지 않았다.

'나중에 더 생각해보자. 분명한 것은 이 밤이 내 운명을 바꾸어주었다는 사실이야. 이제까지 내가 꿈꾸어 왔던 가정생활 같은 것은 의미가 없어. 그것은 다 거짓이지. 현재의 삶이 훨씬 단순하고 훌륭해.'

동이 트기 전에 그는 넓은 길을 따라 마을을 향해 걸어갔다. 하늘은 회색빛으로 물들어 있었고 추위에 몸이 움츠러들었다. 그때 말방울 소리가 들려왔다.

'누가 오나?'

잠시 후, 네 마리의 말이 끄는 마차가 레빈 쪽으로 가까이 다가왔다. 레빈이 무심코 마차 안을 들여다보니 한 노파가 졸고 있었다. 창가에는 젊은 처녀가 깊은 생각에 잠긴 채 동녘 하늘을 바라보고 있었다. 그러다 인기척을 느꼈는지 슬쩍 고개를 돌렸는데, 그 한순간 레빈이 지난밤에 세웠던 온갖 계획이 물거품이 되었다. 키티, 바로 그녀였던 것이다. 그녀는 돌리의 집이 있는 예르구쇼보에 가는 길이었다.

말방울 소리가 점점 멀어져 갔다. 이제 그는 혼자 남겨진 채 서 있었다. 그 순간 그는 그토록 혼란스러웠던 삶의 수수께끼를 풀 해답을 찾았다. 그는 농부의 딸과 결혼할까 하던 자신의 공상을 떠올리고는 머리를 가로저었다.

'소박하고 단순한 생활이 아무리 좋다 해도 난 여전히 그녀를 사랑해.'

레빈은 속으로 생각했다.

카레닌은 페테르부르크로 돌아오는 마차 안에서 여러 가지 생각을 했다.

아내의 고백은 그에게 큰 고통을 주었다. 그는 이제 더 이상 안나를 신뢰할 수 없게 되었다.

'그녀는 명예심도 없고 신앙심도 없는 여자야. 난 진작 그 사실을 알았지만 그녀가 불쌍해서 참고 있었어.'

아내와의 지난날을 돌이켜보아도 하나같이 그러한 사실을

입증해주는 것뿐이었다.

'그녀와 결혼한 것 자체가 잘못이었어. 그러나 내 잘못은 아니니까 내가 불행할 이유는 없지. 어쨌든 이제부턴 그녀가 어찌 되든 상관하지 말아야지. 내게 그녀는 이미 죽어버린 존재이니까.'

아들에 대해서도 마찬가지 생각이 들었다. 신경 쓰는 것은 오직 하나, 아내의 행위로 인해 자신에게 튄 흙탕물을 제거하고 이전의 명예로운 생활을 되찾는 것이었다. 그러자면 어떻게 해야 할까. 어떻게 해야 편리하고 정당할 수 있을까.

'결투를 신청해야 하나……'

그러나 그는 머리를 흔들었다.

'죄는 아내가 지었는데 왜 내가 사람을 죽여야 하나. 그러다 내가 죽거나 부상이라도 입으면 얼마나 억울한가. 그보다 난 러시아에 꼭 필요한 정치가라서 결투를 신청한다 해도 사람들이 가만 놔두지 않을 거야. 그런 상황을 예견하면서 헛된 명예를 위해 결투를 신청한다면 그것이야말로 비겁한 짓이고 위선이지.'

그렇다면 이혼은 어떠한가. 대부분의 사내는 부정한 아내를 정부에게 줘버리든지 팔아버리든지 한다. 그러나 그는 합법적인 이혼, 다시 말해서 죄를 지은 아내가 버림받는 것에 그치는 그런 유의 이혼이 불가능하다고 생각했다. 아내의 부정을 입증할 증거도 없거니와 설사 있다 하더라도 그는 제시할 수 없을 것이었다. 그것은 그녀가 아닌 자신의 품위를 손상시키는 것이기 때문이다. 뿐만 아니라 아내는 이혼하자마자 애인에게 갈 것이 뻔했다. 그것은 그녀에게 벌을 주는 것이 아니라 오히려

상을 주는 것이었다.

'별거를 하면 어떨까.'

별거 역시 아내를 정부의 품으로 처넣는 것이었다.

'그렇게 할 순 없지. 그녀가 행복해지는 꼴은 볼 수 없으니까!'

그는 복수심에 사로잡혀 그녀가 반드시 죗값을 치르도록 하겠다고 결심했다. 그러자면 수단과 방법을 가리지 않고 그들의 관계를 끊어놓고, 그녀를 붙잡아 두어야 했다. 그것이야말로 그녀에겐 가장 고통스러운 벌이 될 것이었다.

'이 방법은 종교에도 어긋나지 않아. 부정한 아내를 내치지 않고 뉘우칠 기회를 주는 거니까.'

카레닌은 이미 아내를 정신적으로 감화시킬 수 없으며, 그와 같은 시도는 허위에 지나지 않는다는 사실을 알고 있었다. 그런데도 자신의 결심이 종교에 합당하다고 생각하자 충분히 만족스러웠다.

'세월이 약이라고, 시간이 해결해주겠지. 시간이 지나면 나는 아무 불편도 느끼지 않을 거야. 다시 평온해지겠지. 그러나 부정을 저지른 안나는 반드시 불행해져야 해.'

집에 도착할 무렵, 그는 완전히 생각을 정리하고 아내에게 보낼 편지 문구까지 생각해두었다.

우리의 마지막 대화에서 난 여러모로 생각해보고 내 결심을 알려주겠다고 했소. 그 약속을 지키려고 지금 편지를 쓰고 있소. 내 대답은 이렇소. 당신이 어떠한 일을 저질렀다 하더라도 내겐 하느님이 맺어준 인연을 끊을 권리가 없다고 생각하오. 가정이란 일시적인 감정이나 한쪽의 잘못으로 파괴되는 것이 아니오. 따라서 우린 이전처럼 생활할 것이며, 나나 당신을 위해서, 또 우리 아들을 위해서 꼭 그리해야 한다고 생각하오. 이제 여름이 끝나가고 있으니 될 수 있는 대로 빨리, 늦어도 화요일까지는 돌아와 주기 바라오. 당신이 돌아올 것에 대비해 모든 것을 준비해놓겠소. 당신과 아들을 기다리는 내 심정을 알고도 남으리라 믿소.

추신 : 필요할 것 같아 얼마간의 돈을 보내오.

편지를 다 쓰고 카레닌은 만족스러운 표정을 지었다. 특히 돈을 동봉하기로 한 것에 크게 만족했다. 그는 편지를 접어 봉투에 넣고 하인을 불렀다.

"이 편지를 별장에 있는 안나 아르카지예브나에게 갖다 주도록 하게."

안나는 남편에게 사실을 털어놓았을 때 가슴이 아프면서도 홀가분했다. 이제 거짓 생활을 하지 않아도 된다고 생각했기 때문이다. 이제 남은 것은 그동안 받았던 고통을 보상받는 것뿐이었다. 그러나 그날 밤 안나는 브론스키를 만났으나 그런 이야기는 하지 않았다.

이튿날 아침, 그녀는 잠에서 깨자마자 남편에게 했던 말을 생각하고 부끄러움과 두려움에 몸서리쳤다. 어떻게 그런 말을 할 수 있었을까. 그로 인해 과연 어떤 일이 벌어질까. 만약 집사가 찾아와 무지막지하게 쫓아내면 어떡하나. 자신의 행실이 온 세상에 알려지면 어떡하나. 쫓겨나면 어디로 가야 하나……. 아무리 생각해도 답이 나오지 않았다. 더구나 브론스키는 더 이상 자신을 사랑하지 않을지도 모른다. 그렇다면 그에게도 갈 수 없을 것이었다.

그때 하녀인 안누슈카가 안나의 방으로 들어왔다.

"가정교사가 도련님과 함께 마님을 기다리고 계십니다."

"우리 세료자가? 왜?"

안나는 자신에게 귀여운 아들이 있다는 생각을 하니 갑자기 생기가 돌았다. 그러자 안누슈카가 웃으면서 말했다.

"구석방에 복숭아가 있었는데 그걸 도련님이 몰래 드신 모양이에요."

아들 생각을 하자 안나는 기운이 났다. 그녀에게는 남편과 브론스키 모두에게서 벗어날 수 있는 소중한 영역이 있었다. 그것은 바로 아들 세료자였다.

남편이 그녀를 쫓아낸다고 해도, 브론스키가 그녀를 버린다고 해도 그녀에게는 아들이 있었다. 그녀는 아들을 빼앗기기 전에 빨리 어디론가 달아나야겠다고 생각했다. 그녀는 급히 옷을 갈아입고 아래층으로 내려갔다.

"엄마!"

때마침 곤경에 처해 있던 세료자가 큰 소리로 안나를 불렀다. 딱딱한 얼굴로 앉아 있던 가정교사가 세료자의 잘못에 대해 길게 이야기를 늘어놓기 시작했다. 그러나 안나는 그 말을 듣고 있지 않았다.

"선생님은 걱정하지 마세요. 얘는 내가 알아서 할게요."

안나는 세료자의 손목을 잡고 탁자로 갔다.

"엄마, 난 아무것도…… 잘못하지 않았어요."

세료자는 복숭아를 몰래 먹은 일 때문에 야단을 맞을까 봐 엄마의 눈치를 살폈다.

"세료자! 그런 행동은 나빠! 다시는 안 그럴 거지? 그리고 세료자는…… 엄마를 좋아하지?"

안나의 눈에 눈물이 글썽였다.

'어떻게 내가 이 아이를 사랑하지 않을 수 있을까? 그런데 만일 이 아이가 제 아버지의 말을 듣고 나를 멀리하면 어쩌지?'

눈물은 하염없이 그녀의 볼을 타고 흘러내렸다. 그녀는 눈물을 감추려고 얼른 테라스 쪽으로 뛰어갔다.

며칠째 퍼붓던 폭우가 그친 뒤라 날씨가 맑고 서늘했다. 비에 씻긴 나뭇잎들이 햇빛을 받아 반짝였다.

'사람들은 날 용서하지 않겠지?'

그녀의 몸에 갑자기 전율이 일었다. 사람들은 분명 저 하늘같이, 저 푸름같이 냉정할 것이었다.

'할 수 없지, 뭐. 정 그렇다면 어디론가 멀리 떠나야지. 그런데 어디로 가지? 누굴 데려가고?'

순간 모스크바가 떠올랐다.

'그래, 모스크바로 가는 거야. 밤차를 타고. 안누슈카와 세료자를 데리고.'

떠나기 전에 그녀는 두 남자에게 편지를 쓰기로 했다. 그녀는 자기 방으로 가서 탁자 앞에 앉아 남편에게 편지를 썼다.

이런 일이 일어난 이상 당신 집에 머물 수는 없겠지요. 그래서 떠나기로 했어요. 세료자는 내가 데리고 가겠어요. 나는 법에 대해서는 잘 모르기 때문에 세료자가 누구와 살아야 하는지 몰라요. 하지만 내가 데리고 가겠어요. 왜냐하면 그 애는 내 생명이니까요. 부디 너그러운 마음으로 이해해주세요.

여기까지는 막힘없이 써 내려갔다. 하지만 편지를 감동적으로 끝내야 한다는 생각에 잠시 쓰는 걸 멈추었다.

내가 저지른 죄에 대해서는 할 말이 없어요. 왜냐하면…….

그녀는 또다시 펜을 놓았다.
'아냐, 더 이상 이야기할 필요 없어.'
그러고는 너그러움을 운운한 대목을 빼고 편지를 봉했다. 그런 다음 브론스키에게도 편지를 썼다.

남편에게 모든 사실을 고백했어요.

편지를 쓰다 보니 갑자기 그의 차분한 태도가 떠오르며 화가 치밀었다.

'아무것도 쓸 필요 없어!'

그녀는 쓰던 편지를 갈기갈기 찢어버리고 2층으로 올라가 짐을 꾸리기 시작했다. 의아한 표정으로 서 있는 하녀에게는 모스크바로 떠날 거라고 말해두었다. 다른 방에서도 하인들과 문지기, 정원사가 짐을 꾸리느라 분주했다.

잠시 후, 카레닌이 보낸 하인이 초인종을 눌렀다. 그는 주인이 직접 겉봉을 쓴 두툼한 편지를 들고 있었다.

"기다렸다가 답장을 받아 오라는 분부이십니다."

하인의 말에 안나는 두근거리는 가슴으로 편지를 뜯었다. 그러자 종이띠로 묶은 빳빳한 지폐 뭉치가 떨어졌다. 그녀는 편지의 맨 마지막부터 읽었다.

당신이 돌아올 것에 대비해 모든 것을 준비해놓겠소.

그녀는 편지를 다 읽고 나자, 온몸에 소름이 끼쳤다. 상상도 못 했던 불행이 자기를 향해 달려오는 느낌이었다.

'남편은 당당해. 늘 옳고 관대하지. 그러나 비열하고 비겁해. 하지만 이런 사실을 나 말고는 아무도 몰라. 아무도 내가 8년 동안 억눌리며 살았다는 걸 몰라. 내가 사랑을 갈구하는 여자라는 사실을 그이는 단 한 번도 생각해본 적이 없어. 언제나 자기 혼자 만족하고 살았지. 그런 그를 사랑하려고 얼마나 노력했던가. 그러나 이젠 더 이상 날 속이며 살 수 없어. 난 살아 있는 여자고 죄가 없어. 하느님은 나를 사랑할 줄도 알고 삶을 영위할 줄도 아는 인간으로 만들었어. 그런데 그이는…….'

그녀는 남편이 두렵고 끔찍했다.

'그이가 그렇게 나오리라는 것을 왜 예상하지 못했을까? 아, 그이는 아무렇지도 않은 것처럼 생활하면서 나를 서서히 말려 죽일 거야.'

당신과 아들을 기다리는 내 심정을 알고도 남으리라 믿소.

그것은 아들을 빼앗겠다는 협박이었으며 충분히 가능한 일이었다.

'그이는 알고 있었어. 내가 결코 아들을 버리지 않을 것이며 버릴 수도 없다는 걸. 내가 사랑하는 사람과 함께 살더라도 아들 없이는 행복할 수 없다는 것도. 또 내가 더러운 여자로 손가락질을 받게 된다는 것도.'

우린 이전처럼 생활할 것이며, 나나 당신을 위해서, 또 우리 아들을 위해서 꼭 그리해야 한다고 생각하오.

그녀는 편지의 또 다른 구절을 떠올리며 생각했다.

'내 결혼 생활은 고통의 연속이었어. 최근에 와서는 몸서리 칠 만큼 괴로웠지. 이제 어떡하나. 그이는 내 마음을 다 알고 있어. 그렇게 살면 내가 얼마나 괴로워할지. 그걸 보면서 그인 기뻐하겠지. 하지만 난 그이가 기뻐하지 못하게 할 거야. 나를 휘감아버리려는 그이의 허위를 뜯어버릴 거야. 이제 난 아무래도 좋아. 그 어떤 것도 거짓과 속임수보다는 낫겠지!'

그녀는 자리를 박차고 일어났다. 그리고 남편에게 답장을 쓰려고 책상 앞에 앉았다.

'그런데 뭐라고 쓰지? 나 혼자 무슨 결정을 내릴 수 있겠어? 나는 무엇을 얼마만큼 알고 있지? 또 무엇을 바라고 있는 걸까? 내가 사랑하고 있는 것은 도대체 무엇일까?'

그녀는 또다시 자신의 마음이 두 갈래로 갈라지는 것을 느꼈다. 아무래도 브론스키를 만나야 할 것 같았다. 그는 어떻게 해야 할지 알고 있을 것만 같았다.

'벳시에게 가면 그를 만날 수 있겠지.'

안나는 일단 이렇게 결론을 내리고, 서둘러 남편에게 편지를 썼다.

당신의 편지는 잘 받아보았습니다. A.

편지를 다 쓴 다음 그녀는 편지를 하인에게 건넸다. 그리고 벨을 눌러 하녀를 불렀다.

"아직은 모스크바에 가지 않을 거야. 내일까지 기다려봐야겠어."

안나는 크로케 경기가 열린다는 벳시 부인의 집으로 갔다. 이

날의 모임은 최상류층의 사람들로 이루어진 모임으로, 안나가 종종 나가던 모임에 적대적일 뿐만 아니라 구성원의 한 사람인 스트레모프는 직무상 카레닌과 대립하는 사람이었다. 그래서 안나는 그곳에 가고 싶지 않았다. 하지만 브론스키가 와 있을지도 모른다는 생각이 들었다. 그녀가 벳시 부인 집에 도착했을 무렵, 브론스키의 하인이 들어왔다. 브론스키의 종복을 보고서야 안나는 그가 어제 벳시 공작부인 집에 오지 않겠다고 이야기한 것이 기억났다. 그가 직접 오지 않고 하인을 보낸 것도 그 때문인 듯했다. 안나는 외투를 벗으며 하인이 겉봉에 '백작이 공작부인에게'라고 쓴 편지를 건네는 것을 바라보았다.

안나는 그가 어디 있는지 묻고 싶었다. 아니면 다시 집으로 돌아가 그를 부르든지 그에게 직접 가든지 하고 싶었다. 하지만 어쩌다 보니 이도 저도 다 놓쳐버리고 말았다. 벌써 그녀의 도착을 알리는 벨 소리가 들렸고 어느 틈엔가 하인이 열린 문 뒤에 비스듬히 서 있었다.

"공작부인께선 정원에 계십니다. 오신 것을 말씀드리겠습니다. 정원으로 직접 가보시든지요."

다른 방에 있던 공작부인의 하인이 말했다.

그녀는 한층 우울해졌다. 앞일에 대한 계획을 세울 수도 없고, 브론스키도 없는 곳에서 낯선 사람들과 어울려야 했기 때문이다.

"어디 안 좋으세요?"

안나가 기운 없이 들어서자 벳시가 눈치를 채고 넌지시 물었다.

"잠을 푹 자지 못해서 그래요."

"어쨌든 와주셔서 고마워요. 나도 좀 피곤해서 손님들이 들이닥치기 전에 차나 한잔 마시려고요."

벳시가 안나의 손을 잡고 안으로 들어갔다.

"오늘은 오래 있지 못할 거예요. 브레제 노부인 댁에 들러야 하거든요. 가겠다고 약속한 지가 백 년도 넘었어요."

그 말은 거짓말이었다. 그러나 그렇게 자유를 확보해놓아야 브론스키를 만날 수 있을 것이었다.

"안 돼요. 오늘은 무슨 일이 있어도 당신을 보내지 않을 거예요. 내 친구들과 어울렸다가 명예가 더럽혀지기라도 할까 봐 걱정하시는 건 아니죠?"

그녀는 하인 쪽으로 고개를 돌리더니 언제나처럼 눈을 가늘게 뜨면서 말했다.

"아, 우리 차는 작은 객실로 내다 줘."

그녀는 하인이 건네는 편지를 받아 냉큼 읽어 내렸다.

"어머, 브론스키가 올 수 없다는군요."

그녀는 두 사람의 관계를 전혀 모른다는 듯 아무렇지도 않게 말했다.

"그래요?"

안나 역시 흥미가 없다는 듯 대답했다.

"그런데 당신은 당신의 사교 모임에 오시는 분들이 누군가의 명예를 손상시킬 거라고 생각하시나 보죠?"

안나는 조금 전 벳시가 한 말에 대해 반박했다.

"나는 로마 교황처럼 너그러운 사람이 아니에요. 스트레모프와 리자 메르칼로바는 사교계에서 환영받는 사람들이지요. 나도 그렇지만요."

그녀는 '나'라는 말에 힘을 주어 말했다.

"나는 결코 완고하거나 옹졸하게 구는 게 아니에요. 다만 시간이 없을 뿐이에요."

"물론 당신과 스트레모프가 만나는 게 자연스럽지 않을지도 몰라요. 하지만 그 사람이 카레닌과 충돌하든 말든 그게 무슨 상관이에요. 사교계에서는 좋은 사람인데. 게다가 그는 크로케에 깊이 빠져 있어요. 다 늙어서 리자 꽁무니를 따라다니는 게 좀 우습긴 하지만요. 혹시 사포 슈톨츠를 아세요? 새로운 유형의 사람인데."

벳시는 많은 이야기를 단번에 하면서도 안나의 입장을 충분히 이해하고 있었다.

"참, 브론스키에게 답장을 보내는 걸 잊고 있었군요."

벳시는 책상 앞에 앉아 서둘러 편지를 써서 봉투에 넣었다.

"저녁 식사를 하러 오라고 적었어요. 우리 집에 부인이 한 분 와 계신데 파트너가 없어서 혼자 식사하게 됐다고요. 그럼 잠깐 나갔다 올게요. 미안하지만 봉투 좀 봉해주시겠어요?"

벳시가 밖으로 나가며 편지를 주었다. 안나는 재빨리 편지 마지막 부분에 다음과 같은 말을 덧붙였다.

당신을 만나고 싶어요. 6시에 브레제 댁 정원으로 와줘요. 기다리고 있을게요.

안나가 편지를 봉하자, 벳시가 돌아와 그녀 앞에서 그것을 심부름꾼에게 건넸다.

하인이 아담한 객실로 차를 내왔다. 손님들이 오기 전까지 이야기나 하자던 벳시의 말대로 '편안한 수다'가 시작되었다. 화제는 그들이 기다리고 있는 사람들에 관한 것이었다. 벳시는 사교계에서 유명한 사람들에 대한 이야기를 안나에게 들려주었다. 그리고 이야기가 무르익을 무렵 화제의 주인공들이 도착했다.

안나는 벳시의 소개로 사교계의 유명 인사들을 만났다. 새로운 사람들을 만나자 대화가 풍성해졌으나 안나의 생각은 오로지 브론스키에게 쏠려 있었다. 그래서 크로케 시합이 시작될 때 돌아가기 위해 일어섰다. 그러자 그 자리에 있던 사람들이 그녀를 붙잡았다. 안나는 잠시 마음을 결정하지 못하고 망설였다. 그러나 여기에 오기 전에 두 손으로 머리를 움켜잡고 고민했던 자신의 모습을 떠올리고는 결연히 인사를 하고 그곳을 빠져나왔다.

브론스키의 연대에서는 3년 만에 2계급 승진하여 돌아온 세르푸호프스키 공작을 환영하는 모임이 있었다. 이날 모임에 참석한 브론스키는 오후 늦게야 빠져나올 수 있었다.

브론스키는 벳시 공작부인의 심부름꾼이 가져온 편지를 뜯어보곤 벌떡 일어났다. 이미 5시가 넘은 시각이었다. 그는 급히 삯마차에 탔다.

"조금만 더 빨리 가세!"

그는 주머니에서 3루블을 꺼내 마부에게 건네주었다.

'아무것도 바라지 않아, 이 행복만 있으면!'

그는 창문틀 사이에 있는 벨을 바라보며 안나의 모습을 그려보았다. 시간이 흐를수록 애틋한 마음이 더욱 간절해지는 듯싶었다.

브론스키가 탄 마차는 어느새 브레제 별장 정원 앞에 도착했다.

'그녀는 어디쯤 있을까. 왜 이곳에서 보자고 했을까. 왜 벳시가 보낸 편지 끄트머리에 글을 적어 보냈을까?'

갑자기 여러 가지가 궁금해졌다. 그러나 그는 더 이상 생각할 겨를도 없이 채 멈추지 않은 마차에서 뛰어내렸다.

안나는 별장을 향해 뻗은 가로수 거리 오른쪽에 베일로 얼굴을 가린 채 서 있었다. 그녀를 보는 순간 브론스키는 온몸에 찌릿, 전류가 통하는 것 같았다.

"급히 만나자고 해서 기분 나쁘지 않았나요? 하지만 당신을 꼭 만나야만 했어요."

안나가 그의 손을 꼭 잡았다. 브론스키는 베일 밑으로 드러난 그녀의 꼭 다문 입술을 보자 뭔지 모를 불안감이 느껴졌다.

"기분 나쁠 게 뭐가 있겠어요. 그런데 왜 이리로 오라고 한 거죠?"

"가세요. 드릴 말씀이 있어요."

무슨 일이 생긴 것이 분명했다. 그렇다면 오늘의 밀회는 즐겁지 못하리라. 그는 안나가 왜 이토록 초조해하는지 알지 못했으나 그 초조감이 자신에게로 전해짐을 느꼈다.

"무슨 일입니까? 무슨 일이 생겼어요?"

브론스키는 안나의 얼굴에서 초조해하는 이유를 읽으려 애썼다. 그러나 안나는 잠자코 걷기만 했다.

"사실 어제 아무 말도 안 했는데……."

그녀가 갑자기 걸음을 멈추고 한숨을 내쉬었다.

"별장으로 돌아가면서 남편에게 우리 관계를 고백했어요."

"그랬군요. 잘했어요. 진작 그렇게 했어야죠. 당신이 얼마나 괴로울지 잘 알아요."

브론스키가 진지하게 말했다. 안나는 그의 표정에서 마음을 읽으려 했다.

남편의 편지를 읽으면서, 안나는 아무것도 변하지 않으리라는 사실을 뼈저리게 느꼈다. 그녀는 아들과 이제까지의 생활을 버리고 애인의 품에 안길 만한 용기가 없었다. 특히 벳시 트베르스카야 공작부인의 집에서 보낸 시간들로 생각이 한층 굳어졌다. 그러면서도 한편으론 브론스키가 자신의 마음을 바꿔주고 현재 상황에서 구출해주었으면 싶었다. 만약 그가 단호하게 모든 것을 버리고 멀리 떠나자고 했으면 그녀는 아들까지도 버렸을 것이다. 그러나 그는 그녀가 기대했던 만큼 분명한 태도를 취하지 않았다. 다만 무엇인가로 분개한 것 같은 같은 표정을 나타냈을 뿐이다.

"괴롭지는 않았어요. 어떻게 하다 보니 그렇게 됐으니까요."

안나가 장갑 속에서 남편의 편지를 꺼냈다.

"읽어보세요."

브론스키는 편지를 읽어 내려가면서 안나의 남편과 치르게 될 결투 장면을 상상해보았다. 그는 편지를 다 읽고 나서 고개를 들었다. 단호한 느낌이라고는 전혀 찾아볼 수 없는 눈빛이었다. 그 눈빛에서 안나는 마지막 기대가 무너졌다는 것을 알았다.

"이제 그이가 어떤 사람인지 알겠죠. 그이는……."

그녀가 떨리는 목소리로 말하자 브론스키가 말을 막았다.

"잠깐 내 말 좀 들어봐요. 난 오히려 잘된 일 같은데요. 그의 생각처럼 당신과 남편의 관계가 회복되는 일은 불가능해요. 이 상태가 계속 유지될 순 없어요."

"어째서 불가능하다는 거죠?"

안나가 쏟아지는 눈물을 참으며 물었다. 그녀의 젖은 눈빛은 자신의 운명은 결정이 났다고 말하고 있었다. 브론스키는 이제 결투를 피할 수 없게 되었다고 말하고 싶었지만 엉뚱한 말을 하고 말았다.

"이대로 살아가는 게 불가능하니까요. 그러니까 당신이 그를 버려요. 난 그걸 원해요."

"그럼 아이는요?"

그녀가 절망적으로 소리쳤다.

"당신도 그이의 편지를 읽어봤잖아요. 아이를 데려갈 순 없다고요. 아, 나는 세료자 없이는 견디기 힘들어요. 그렇게는 못 해요."

"잘 생각해봐요. 어느 편이 나은지. 아들을 버리는 게 나은지, 계속 이대로 수치스럽게 사는 게 나은지."

"누가 수치스럽다는 거죠? 제발 그런 말은 하지 마세요."

안나는 떨리는 목소리로 말을 이었다.

"그렇지 않아요. 전혀 그렇지 않아요!"

지금 그녀에게 남은 건 오직 사랑뿐이었다. 그 사랑은 결코 부끄럽지 않았고 오히려 자랑스러웠다.

"당신은 누구보다도 날 많이 알잖아요. 당신을 사랑한 순간부터 내 모든 것이 변했어요. 이제 내게 남은 것은 당신의 사랑뿐이에요. 당신만 내 곁에 있어준다면 난 아무것도 부끄럽지 않아요. 오히려 자랑스러울 거예요."

안나는 그만 울음을 터뜨렸다. 브론스키는 코끝이 찡했다. 태어나서 처음으로 울음이 복받칠 것 같았다. 그는 그녀가 너무도 가여웠지만 어쩔 수 없는 일이었다. 그녀를 불행에 빠뜨린 원인이 자신에게 있는 것 같았다.

"그럼 결국 이혼을 할 수 없다는 얘긴가요?"

안나가 대답 대신 고개를 끄덕였다.

"그럼 아들을 데리고 나오면 되잖아요."

"그건 내 맘대로 할 수 있는 게 아니에요. 모든 것은 그이에게 달려 있어요. 그리고 난 지금 그이한테 가야 해요."

그녀가 눈물을 그치고 차디찬 얼굴로 말했다.

"화요일에 페트르부르크로 가겠습니다. 그때는 모든 것이 결정될 거예요."

"네, 하지만 다시는 이 일에 대해 얘기하지 않기로 해요."

그때 마차가 다가왔다. 안나가 시간에 맞춰 나오라고 일러둔 마차였다. 안나는 그곳에서 브론스키와 헤어져 집으로 돌아갔다.

이튿날 안나는 아침 일찍 페테르부르크에 도착했다. 미리 전보를 쳐놓았던 터라 마차는 나와 있었지만 카레닌은 보이지 않았다. 집에 도착해서도 카레닌은 그녀를 맞으러 나오지 않았다. 그녀는 자기가 온 것을 전하라고 지시한 후 방으로 들어갔다. 그러나 남편은 한 시간이 지나도록 소식이 없었다.

결국 그녀는 남편이 출근하기 전에 만나야겠다는 생각으로 서재로 갔다. 그는 출근 준비를 마치고 작은 탁자 앞에 서 있었다.

"안나, 당신이 돌아와 주어 기쁘군."

카레닌이 안나 옆에 앉으면서 말했다. 그는 무슨 이야기를 더 하려다 입을 다물었다. 두 사람은 한동안 아무 말도 없이 앉아 있었다.

"세료자는 잘 있소?"

한참 만에 그가 물었다. 그러고는 대답할 새도 없이 덧붙였다.

"오늘은 집에서 식사할 수 없소. 서둘러 나가봐야 하오."

안나는 그가 더 이상 말하고 싶어 하지 않는다는 것을 눈치채고 자기 쪽에서 먼저 말을 꺼내기로 마음먹었다.

"알렉세이 알렉산드로비치, 난 당신께 죄를 지었어요. 난 행실이 바르지 못한 여자예요. 이렇게 된 이상 아무것도 변명하고 싶지 않아요. 그걸 말하려고 온 거예요."

"난 그런 걸 물어본 적이 없소! 편지에 쓴 것처럼 그런 것에 대해 알고 싶지 않소. 앞으로도 아무것도 모르는 걸로 하겠소. 따라서 세상 사람들이 알기 전까지는, 내 명예에 손상이 가지 않는 이상은 나는 모르는 척할 거요. 그러자면 우리 관계는 지속되어야 하오. 만일 당신이 당신 명예를 손상시키는 행동을 한다면 난 내 명예를 지키기 위해 수단과 방법을 가리지 않을 것이오."

"어떻게 그럴 수 있다는 거죠? 난 당신의 아내로 남아 있을 수 없어요. 내가 그런……."

안나는 침착한 남편의 태도에 주눅이 들어 머뭇거렸다. 그러자 그가 적의에 찬 미소를 지었다.

"난 당신의 과거는 존경하지만 현재는 그렇지 않소. 당신은 내 말을 잘못 이해한 것 같군."

안나는 크게 한숨을 쉬고 고개를 떨구었다.

"당신처럼 자존심 강한 여자가 무슨 이유로 자신의 부정을 털어놓고, 더구나 그런 사실에 아무런 죄의식도 못 느끼는지 이해하기 어렵구려."

"대체 날더러 어떻게 하라는 거죠?"

"내가 원하는 건 간단하오. 다시는 그 사내를 내 집에 들여놓지 말 것, 사교계나 하인들에게 손가락질받지 않도록 행동할 것, 끝으로 지금과 같은 브론스키와의 관계를 끊을 것. 별로 어려운 일은 아니라 생각하오. 대신 당신은 아내로서 의무를 지키지 않아도 권리를 행사할 수는 있소. 시간이 없으니 그만 나가봐야겠소."

그는 천천히 일어나더니 문 쪽으로 갔다. 안나도 따라 일어섰다.

건초 더미 위에서 새운 하룻밤은 레빈에게 꽤 의미 있었던 시간이었다. 그날부터 그는 자신이 그토록 소중하게 생각하던 농사일이 싫어졌으며 조금도 흥미가 생기지 않았다.

지금 생각해보면 농부들이 그에게 나타낸 적의도 모두 이해가 되었다. 그가 경험했던 노동 그 자체의 기쁨, 그로 인해 가까워진 농부들과의 접촉, 농부들과 그들의 생활을 선망하는 자신의 처지, 그가 실제 농부들의 생활에 뛰어들려고 계획을 세우고 그 실행의 세부 사항까지 세세히 그려보았던 그들 세계에 대한 동경은 그가 지금까지 해온 농업의 가치관을 완전히 바꿔버렸다.

그가 추진해온 경영 방식으로 그는 농부들과 사이가 멀어졌고 농부들의 끈질긴 투쟁을 불러왔다. 그는 기존의 방식을 개선하려 했으나 농부들은 자연적인 질서를 주장했다. 또 그는 계획대로 최대한의 노력을 기울였으나 농부들은 계획이나 노력 없이 일을 했다. 그러나 어느 쪽의 뜻대로도 되지 않았다. 그 결과 훌륭한 농기구나 가축, 토지가 제대로 쓰이지 못한 채 버려졌다.

그러자 지금까지 해왔던 일들이 갑자기 싫증 나기 시작했다.

레빈은 무엇을 위해 그토록 노력해왔는지 모를 지경이었다. 더구나 키티가 가까이 있는데도 찾아가 만날 수 없다는 사실이 그를 더욱 힘들게 했다.

그날 우연히 키티를 본 레빈은 자신이 아직도 그녀를 사랑하고 있다는 것을 깨달았다. 그러나 그 집을 다시 방문할 용기가 나지 않았다. 그녀에게 청혼했다가 거절당한 일이 그 둘 사이에 단단한 벽을 만들어놓았기 때문이다.

'그녀가 버림받았다는 이유로 내 사랑을 받아달라고 할 수는 없어. 더구나 그녀를 만나면 원망하는 마음이 들 거야. 그러면 그녀는 날 더욱 싫어하게 될 테지. 그보다도 내가 어떻게 그녀를 용서하고 자비를 베풀 수 있단 말인가. 언젠가는 만날 날이 있겠지만 지금은 아니야. 지금은 절대 아냐……'

그즈음 돌리로부터 키티가 사용할 부인용 말안장을 빌려달라는 편지가 왔다.

당신이 부인용 안장을 가지고 계시다는 얘기를 들었습니다. 당신이 직접 가져다주신다면 무척 고맙겠습니다.

그는 답장을 열 번도 더 썼다가 찢어버렸다. 그러다 결국 답장은 쓰지 못한 채 하인 편에 안장만 보내고 말았다. 바빠서 갈 수 없다든지 혹은 다른 곳에 가야 한다는 핑계는 대기 싫었다. 그리고 다음 날, 레빈은 농사일을 모두 집사에게 맡기고 수로프 군郡에 사는 친구 니콜라이 이바노비치 스비야슈스키를 만나러 갔다.

스비야슈스키는 레빈에게 몇 번이나 놀러 오라는 편지를 보냈고 그 또한 오래전부터 도요새가 많은 곳에서 사냥하고 싶었다. 그동안은 농사일이 바빠 하루하루 미루어왔는데 마침 핑계가 좋았다.

스비야슈스키는 수로프 군의 귀족 회장이었다. 레빈보다 다섯 살이 많은 그는 이미 오래전에 결혼했다. 그에게는 젊은 처제가 있었는데, 그들 부부는 그녀를 레빈과 결혼시키고 싶어 했다. 레빈도 그녀를 괜찮게 보았고 그녀라면 좋은 아내가 될 수 있으리라 생각했다. 그러나 그는 계속 모른 척하고 있었다. 스비야슈스키가 사냥이나 하러 오라고 편지를 보냈을 때, 레빈은 자신의 마음을 시험해보고 싶었다. 그녀를 다시 한 번 보고 자신의 진짜 속마음을 알고 싶었던 것이다.

그 집의 분위기는 유쾌하고 화목했다. 농사일에 싫증을 느끼던 레빈으로서는 스비야슈스키의 집에서 머무는 것이 퍽 즐거웠다.

사냥은 레빈의 기대에 미치지 못했다. 늪이 바짝 말라버려 도요새가 전혀 없었다. 그는 온종일 돌아다닌 끝에 겨우 세 마리밖에 잡지 못했지만, 대신 사냥을 나가면 언제나 그렇듯이 굉장한 식욕과 고조된 기분, 격렬한 육체적인 운동에 늘 따르기 마련인 고양된 정신 상태를 안고 돌아왔다.

저녁에 차를 마실 때 두 명의 지주가 후견에 관한 문제를 의논하기 위해 스비야슈스키의 집을 찾아왔다.

레빈은 안주인 옆에 자리를 잡았으므로 스비야슈스키의 부인과 이야기를 나누었다. 그때 그녀의 동생인 나스챠가 나타났다. 나스챠는 레빈에게 잘 보이기 위해서인 듯 화려한 외출복을 입고 있었다. 새하얀 젖가슴께를 사다리꼴로 도려낸 옷을 입은 그녀의 여동생이 정면에 앉아 있었기 때문에 레빈은 몹시 거북했다. 그래서 줄곧 얼굴이 붉어지고 불안하고 겸연쩍었다. 그러나 안주인은 그것을 눈치채지 못했는지 일부러 그녀를 이야기 속으로 끌어들였다.

"제 남편은 러시아에는 아무 관심도 없는 것 같지만 사실은 그렇지 않아요. 물론 외국 생활을 즐기지만 여기서 사는 것을 더 좋아하지요. 남편은 이곳에 자기만의 세계가 있다고 생각해요. 참, 우리 학교에 가보신 적이 있나요?"

"네, 그 담쟁이덩굴로 덮인 작은 학교 말이지요?"

"네, 그곳에서 우리 나스챠가 일을 하고 있답니다."

안주인은 자기 동생을 바라보며 말했다.

"직접 가르치시나요?"

레빈은 파인 젖가슴께를 보지 않으려고 애쓰면서 물었다.

"네, 제가 가르쳐왔고 앞으로도 계속 가르칠 작정이에요. 훌륭한 선생님이 한 분 더 계시는데 우리는 앞으로 체조도 가르칠 생각이랍니다."

레빈은 문득 자리에서 일어나고 싶어졌다. 안주인이 차를 더 마시겠느냐고 묻자 레빈은 거절했다.

"굉장히 재미있는 이야기가 들려오네요."

이렇게 말하고는 레빈은 주인과 두 지주가 앉아 있는 탁자로 갔다.

그들은 농사일을 해서 거둬들인 수확량이라든가 일꾼들의 일당 등에 대해 이야기를 나누고 있었다.

"지금까지 지어온 농사를, 고생해가며 이루어놓은 것들을 미련 없이 버릴 수만 있다면 얼마나 좋겠습니까?"

말투로 보아 구시대적인 농노주의자로, 열심히 일하는 농가의 주인이 분명했다.

"그토록 미련을 못 버리시는 것을 보면 확실히 뭔가 좋은 게 있으신가 보죠?"

스비야슈스키가 웃으면서 말했다.

"좋을 게 뭐가 있겠습니까. 내 집에서 살고 있다는 것이 마음 편할 뿐이지요. 농부들이 좀 잘해주면 더 바랄 게 없겠지요."

"두 분 이야길 들어보니 우린 그런대로 잘 꾸려가고 있는 것 같아요. 나도 그렇고 이분도요."

그가 웃으며 레빈을 가리켰다.

"그럼 어디 한번 물어봅시다. 다들 합리적인 경영이라고 하는데, 그 방식이 뭡니까?"

지주는 합리적이라는 말을 강조하며 옆에 앉은 지주를 가리켰다.

이와 같이 묻고 답하는 방식으로 그들은 이야기를 이어가면서 전통적인 러시아식 농업과 농노 해방 이후 전개된 농업의 현실을 두고 각자의 견해를 밝혔다. 레빈은 그들과 함께 어울려 농사 이야기로 시간 가는 줄 몰랐다. 결국 스비야슈스키가 조합 이야기를 꺼냄으로써 농사 이야기는 끝을 맺었다.

그날 밤 레빈은 그들과의 대화에서 들은 농사 방법에 대해 생각해보느라 잠을 이루지 못했다. 스비야슈스키로부터는 아무것도 얻지 못했으나 지주의 의견은 생각해볼 만했다.

'그래, 난 이렇게 얘기했어야 해. 당신은 우리 나라 농업이 낙후된 이유를 농민들에게 돌렸습니다. 그들이 개선하지 않으려 하기 때문이라는 거지요. 따라서 권력으로 그들을 이끌어가야만 한다고 하셨습니다. 하지만 내가 오는 도중에 들렀던 농부의 집에서는 모든 것이 잘되고 있었습니다. 그러니 당신과 나의 공통적인 불만에 대한 책임이 우리에게 있는 것인지 농민들에게 있는 것인지 살펴봐야 합니다. 우리는 오래전부터 노동력은 생각하지도 않고 우리 식대로, 즉 유럽식으로 이끌어왔습니다. 그런데 앞으로는 노동력을 그저 관념상의 노동력이 아닌, 감정을 지닌 러시아의 농부로서 인정하고 그 점을 제일 먼저 고려하면서 이끌어나가는 것이 어떨까요, 라고 말이야. 그리고 또 이렇게 말했어야 했어. 가령 당신이 내가 만난 농부의 방식으로 경영하여 농민들에게 흥미를 갖게 하고, 그들이 인정하는 방향으로 개선하여 노동력 관리의 중요성을 알게 된다면 당신은 토지를 망치지 않고도 이전의 두 배, 세 배의 수확을 올릴 수 있을 것입니다. 그리고 그것을 반으로 나누어 노동자들에게 준다면 당신도 전보다 많은 이윤을 얻게 될 것이고 노동자들의 수입도 많아질 것입니다. 그러나 그렇게 하려면 경영의 수준을

더욱 낮추어 농민들이 흥미를 갖도록 유도해야 합니다.'

그것을 실현하는 방법을 구상하느라 레빈은 거의 뜬눈으로 밤을 지새웠다. 처음 그곳에 갔을 때는 며칠 묵고 갈 생각이었으나 그는 날이 밝는 대로 돌아가야겠다고 마음먹었다. 가을 파종이 시작되기 전에 이 새로운 계획을 전하고, 지금까지의 경영 방식을 과감히 바꾸리라 결심한 것이다.

레빈은 집으로 돌아왔으나 새로운 계획을 실천하는 데에는 많은 어려움이 따랐다. 특히 어려웠던 것은 이미 시작한 농사를 중단하고 처음부터 다시 시작하는 것과 운전 중인 기계를 개조하는 것이었다. 그러나 해볼 만한 가치가 있는 일임에는 틀림없었다.

레빈이 집사에게 자신의 계획을 알렸을 때, 집사는 다른 때와 달리 무척이나 좋아했다. 뿐만 아니라 레빈이 이제까지 지시했던 것은 모두 어리석고 소용없는 것이었다고 고백하자 웃음을 띠면서 전적으로 동의했다.

"전부터 그런 줄은 알고 있었어요. 그러나 주인님께서는 제 말에 귀를 기울이지 않으셨지요."

그러나 레빈이 한 사람의 투자자로서 농업 계획에 참여하겠다고 하자 집사는 실망한 눈치를 보이더니 내일은 남은 귀리를 운반해야 하며 두벌갈이할 사람을 구해야 한다는 엉뚱한 소리만 해댔다. 또 다른 어려움은 농부들의 불신이었다. 농부들은 새로운 조건하에 토지를 분배하겠다고 하자 불안한 표정을 감추지 못했다. 그들은 지주들이 자신들을 오직 착취의 대상으로 볼 뿐이라고 생각했다.

다음 날 레빈은 농부들을 모아놓고 집사에게 했던 말을 되풀이했다.

"이제부터 나는 한 사람의 투자자로서, 주주로서만 참석하겠소. 여러분에게 새로운 조건으로 토지를 분배해주겠다는 거요."

그러자 가장 나이 많은 노인이 한마디 했다.

"하지만 그것이 우리에게 좋은 것인지 아닌지는 알 수가 없지요. 우리는 눈코 뜰 새 없이 바빠서 그런 것은 생각할 틈도 없거든요."

농부들은 지주들이란 항상 자기들 것을 빼앗으려고만 한다고 생각했다. 농부들은 레빈이 아무리 설득해도 자기들의 생각을 말하지 않았다.

이와 같은 어려움이 있었지만 레빈은 자신의 주장을 끝까지 밀고 나가, 가을이 다가올 때가 되어서는 조금이나마 진척을 보았다.

레빈은 한동안 사냥도 가지 않고 집에 틀어박혀서 여러 가지 일을 했다. 8월이 끝나갈 무렵, 돌리의 가족이 이미 모스크바로 떠났다는 소식을 부인용 안장을 돌려주러 온 하인이 전해주었다.

9월이 되자 분배된 토지에 창고를 짓기 위해 목재를 들여왔다. 암소에서 얻은 버터가 팔려 이익이 분배되었다. 농민과 초지에 관한 저서를 완성하고 모든 문제를 확실하게 설명하기 위해 유럽을 시찰하기만 하면 되었다. 유럽에 가려면 자금이 필요했으므로 그 자금을 마련하기 위해 레빈은 밀을 추수할 때까지 기다려야 했다. 그런데 갑자기 비가 내리기 시작해 밭일은 물론 밀의 반입까지 중단되고 말았다.

레빈은 어두워진 뒤에야 집에 도착했다. 그는 저녁 식사를 마치고 여행에 대해 생각해보았다. 라스카는 탁자 밑에 엎드려 있었고, 레빈의 어릴 적 유모인 아가피야 미하일로브나는 양말을 짜고 있었다. 그 모습을 보다가 레빈은 문득 키티가 청혼을 거절했을 때가 떠올랐다. 그는 자리에서 일어나 방 안을 서성이기 시작했다.

"그렇게 지루하세요? 그럼 일도 다 끝났으니 온천이라도 다녀오세요."

아가피야가 말했다.

"그렇지 않아도 모레쯤 떠나려고 하는데 할 일이 남아서 못 떠나고 있어."

"또 무슨 일인데요? 농부들에게 그만큼 시키고도 부족하신 거예요? 다들 뭐라고 수군대는지 아세요? 나리는 틀림없이 황제 폐하로부터 상을 받으실 거래요. 그런데 왜 그렇게 농부들을 걱정하시는 거죠?"

"난 그들을 걱정하는 게 아냐. 내 자신을 걱정하는 거야."

아가피야는 농지 경영에 대해 잘 알고 있었다. 레빈이 가끔 그녀에게 자신의 계획을 설명해주곤 했기 때문이다.

"아무리 애를 쓰셔도 농부들이 게으름을 피운다면 제대로 되지 않을 거 아니에요. 양심 있는 사람이라면 몰라도 그렇지 않은 사람들은 얕은꾀를 쓸 거고요."

"내겐 농부들이 전보다 더 열심히 일한다고 했잖아?"

"그보다 제가 한 가지만 말씀드릴게요. 당장이라도 결혼을 하세요. 그게 제일 중요해요."

아가피야의 말에 레빈은 속내를 들킨 것 같아 순간 당황했다. 그는 슬프기도 하고 화가 나기도 했다. 그래서 그만 입을 다물어버렸다.

4부

 카레닌 부부는 여전히 한집에 살면서 완전히 남남처럼 지냈다. 카레닌은 하인들이 눈치채지 못하도록 날마다 아내와 얼굴을 대했지만 함께 식사하는 일만은 피했다. 브론스키와 안나는 여전히 만남을 유지하고 있었고 남편도 이 사실을 알고 있었다.

 이런 상황은 세 사람 모두에게 괴로운 일이었다. 카레닌은 아내의 외도도 언젠가는 끝날 것이고, 사람들도 이 일을 잊고 자기 이름도 더럽혀지지 않은 채 모든 것이 해결되리라 기대했다. 안나는 이 상황이 어떻게 진행될지는 알 수 없었지만 앞으로 지금보다는 더 좋아질 거라 확신했기 때문에 묵묵히 견뎌냈다. 브론스키 역시 자기 손을 넘어선 무엇인가가 모든 문제를 해결해줄 거라고 믿고 있었다.

겨울의 한복판, 브론스키는 페테르부르크를 방문한 어떤 외국 황태자에게 명소와 명물을 안내하는 역할을 명령받았는데, 그것은 상당히 따분한 임무였다. 그 황태자는 명소를 둘러보는 일에는 흥미가 없고 오로지 러시아의 환락의 세계에만 관심이 있었다. 그래서 낮에는 명소를 관광하고 밤에는 무절제한 향락에 빠져 지냈다. 그러나 보기 드물게 힘이 넘치는 사람이라 도무지 지치는 법이 없었다.

그는 러시아 특유의 모든 향락을 경험하고 싶어 했다. 향락에는 경마를 비롯해 곰 사냥, 트로이카, 그릇을 깨뜨리며 즐기는 잔치 등 여러 가지가 있었는데, 황태자가 가장 마음에 들어 한 것은 프랑스 여배우들과 발레리나와 하얀 라벨의 샴페인이었다. 브론스키는 황족들 접대에는 익숙했다. 하지만 최근 자신이 변한 탓인지, 아니면 이 황태자와 너무 가까이 어울린 탓인지 하여튼 일주일 내내 괴로웠다. 그는 꼬박 일주일 동안 위험한 미치광이의 시중을 드는 사람이 그 미치광이를 두려워함과 동시에 그와 어울림으로써 자기 이성까지 어떻게 되지 않을까 걱정하는 듯한 느낌을 경험했다.

황태자가 러시아 여인에 대해 부정적인 발언을 할 때는 분노가 치밀어 올랐다. 그러나 무엇보다도 이 황태자가 유난히 불쾌하게 느껴진 이유는 그에게서 자기 자신을 발견했기 때문이었다. 확실히 그는 신사였다. 브론스키도 그것을 부정할 수는 없었다. 그는 최상류층에게는 당당한 태도로 아부하지 않았고, 동년배에게는 자유롭고 솔직했다. 그리고 신분이 낮은 사람에게는 모욕적일 만큼 친절을 베풀었다. 브론스키도 마찬가지였다. 그는 이제껏 그것을 훌륭한 미덕으로 여기고 살았다. 그러나 이 황족보다 신분이 낮은 그는 모욕적일 만큼 친절을 받자 화가 머리끝까지 치솟았다.

'이런 쇠고기같이 어리석은 놈 같으니! 그런데 나도 혹시 저렇지 않을까?'

어쨌든 일주일 후 황태자는 떠났고 브론스키는 집으로 돌아왔다. 집에 도착해보니 안나로부터 편지가 와 있었다.

난 지금 몸도 아프고 너무 외로워요. 아파서 외출할 수도 없고 지금 당신이 너무 보고 싶어요. 오늘 밤에 우리 집에 와주세요. 남편은 10시까지는 돌아오지 않을 거예요.

브론스키는 그를 집으로 들이지 말라는 남편의 지시가 있었는데도 자기를 집으로 부른 점이 조금 이상하다고 생각했지만 일단 가보기로 결심했다. 그는 이번 겨울에 대령으로 승진해서 연대를 나와 혼자 살고 있었다. 그는 점심을 먹고 소파에서 잠깐 쉰다는 게 그만 깜빡 잠이 들고 말았다. 그리고 이상하고 무서운 꿈을 꾸었다. 꿈속에서 키가 작고 덥수룩한 수염의 험상궂은 농부가 뭐라 뭐라 프랑스어로 이상야릇한 말을 지껄였다. 순간 잠에서 깬 브론스키는 부랴부랴 옷을 갈아입고 카레닌의 집에 도착했다. 시계를 보니 9시 10분 전이었다.

집 앞에는 안나의 마차가 대기하고 있었다.

'안나가 나한테 오려고 했던 모양이군.'

그는 이렇게 중얼거리고는 문 쪽으로 다가갔다. 때마침 현관문이 열리고 문지기가 나왔는데, 문지기는 브론스키를 보고는 깜짝 놀란 표정을 지었다. 문지기 뒤로 카레닌이 있었던 것이다. 브론스키는 하마터면 뒤이어 나오는 카레닌과 부딪칠 뻔했다. 가스등 불빛이 검은색 모자 아래의 핏기 없이 해쓱한 얼굴과 털가죽 외투 안에서 반짝이는 하얀 넥타이를 똑바로 비추고 있었다. 카레닌은 미동도 없는 흐릿한 눈동자로 브론스키를 쏘아보았다. 브론스키는 순간 움찔했지만 바로 머리 숙여 인사를 했다. 그러자 카레닌은 입술을 깨물고 한 손으로 모자를 잡고는 그냥 지나쳐 버렸다.

'이건 아닌데……. 차라리 저자가 결투를 해서 자기 명예를 지키려고 한다면, 나도 맞서서 내 감정을 표현할 수 있을 텐데. 저렇게 나약하고 비겁해서야……. 저자는 날 사기꾼으로 몰아넣으려는 속셈이 분명해.'

그때 현관에서 멀어져 가는 안나의 발소리가 들렸다. 브론스키를 기다리다가 단념하고 응접실로 들어가려는 것이었다.

"이젠 싫어요!"

그녀는 그를 보자 울며 소리쳤다.

"무슨 말이오?"

"무슨 말이냐고요? 난 괴로운 마음으로 당신을 두 시간이나 기다렸어요! 아니에요, 그만둘래요. 당신과 입씨름할 수는 없어요. 무슨 이유가 있었겠죠. 더 이상 말하지 않을게요."

그러고는 그윽한 눈동자로 브론스키를 쳐다보며 그의 어깨에 두 손을 올려놓았다.

"그이랑 마주쳤군요. 어쩔 수 없어요. 늦게 온 벌이에요."

"알았소. 그런데 어떻게 된 일이오? 그는 10시까지 돌아오지 않을 거라 하지 않았소?"

"일이 일찍 끝났나 봐요. 나갔다가 돌아와서 또 어딘가로 가는 길이에요. 하지만 아무래도 좋아요. 그 얘긴 이제 그만해요. 그런데 당신이야말로 지금까지 그 황족이랑 함께 있었나요?"

안나는 브론스키의 생활에 대해 시시콜콜 다 알고 있는 듯했다. 그는 어젯밤 한잠도 못 잤기 때문에 깜빡 잠이 들었다고 말하려다가 그녀의 상기된 표정을 보고는 왠지 쑥스러운 마음이 들어 황태자의 출발을 보고하러 가야 했기에 늦었다고 말했다.

"그러면 이제 황족은 돌아갔나요?"

"다행히도 모두 끝났소. 그동안 얼마나 괴로웠는지 당신은 상상도 못 할 거요."

"아니 왜요? 그건 당신 같은 젊은 남자들의 일상 아닌가요?"

그녀는 눈썹을 찡그리며 말했다. 그러고는 브론스키 쪽은 쳐다보지도 않고 탁자 위에 놓여 있던 뜨개질감에서 뜨개바늘을 꺼내 들었다.

"난 그런 생활 청산한 지 오래요."

브론스키는 안나의 변한 표정에 놀라 그 의미를 간파하려고 애쓰면서 말했다.

"그리고 하나 더 고백하자면 지난 일주일 동안 그런 생활을 지켜보고 있자니 마치 거울에 비친 내 모습을 보는 것 같아 견딜 수가 없었소."

안나는 손에 뜨개질감을 쥐고서도 뜨개질은 하지 않고 비웃는 듯한 표정으로 그를 바라보며 말했다.

"오늘 아침에 리자가 우리 집에 들렀어요. 당신네들이 며칠 전 '아테나의 밤'이라는 술집에 간 얘기를 해주더라고요. 테레즈라는 여자, 당신이 전부터 알고 있던 여자죠?"

"안나, 그건 말이야……."

"정말 남자들이란 참으로 추저분해요! 여자들은 그런 일을 도저히 잊을 수 없다는 것을 당신네들은 상상도 못 하겠죠!"

"안나! 그 말은 날 모욕하는 말이오. 난 당신에게 숨기는 게 없소."

"네, 그래요. 그렇겠죠."

그녀는 질투심을 떨쳐버리려고 애쓰며 말을 이었다.

"하지만 내가 얼마나 괴로운지 당신이 알아준다면! 난 당신을 믿어요, 믿는다고요……. 그런데 당신이 하려던 말은 뭐였죠?"

하지만 그는 자신이 하려던 말을 금방 떠올릴 수 없었다. 요즘 들어 더욱더 빈번하게 일어나는 그녀의 이런 질투 섞인 발작은 그를 지치게 했다. 물론 이런 질투가 그에 대한 사랑 때문이라는 건 알았지만 그럴수록 그녀에 대한 사랑은 점점 식어갔다. 그는 안나를 따라 모스크바를 떠날 때보다 행복으로부터 훨씬 멀어져 있었다. 그때는 자신이 불행하다고 여겼지만 앞날에 행복이 있다고 여겼다. 하지만 이제 그는 행복한 시절은 이미 지나가 버렸다는 생각이 자꾸 들었다. 그녀는 그가 처음 보았을 때의 모습과는 완전히 달라졌다. 정신적으로나 육체적으로나 안 좋은 모습으로 변했다. 몸도 옆으로 푹 퍼졌고 조금 전 다른 여자에 대해 말할 때처럼 악의에 찬 표정도 종종 짓곤 했다. 그래도 그녀와의 관계를 끊을 수가 없었다. 사랑이 식었기에 더욱 그랬다.

"그런데 남편은 어디서 마주쳤나요?"

"현관 앞에서 마주쳤소. 난 그를 이해하지 못하겠소. 당신이 고백했을 때 그가 당신과 헤어지거나 나에게 결투를 청할 거라 예상했는데……. 그는 어떻게 이 상황을 견딜 수 있는 거죠? 물론 그 사람도 괴로워하고 있겠지만……."

"그이가요?"

안나는 냉소를 지으며 말을 이었다.

"그이는 완전히 만족하고 있어요."

"하려고만 하면 어떻게든 상황이 훨씬 좋아질 수도 있으련만, 어째서 우린 다 같이 이렇게 괴로워하고만 있는 걸까?"

"아뇨, 그 사람만은 그렇지 않아요. 그이에게 조금이라도 사람다운 감정이 있으면 지금 이렇게 나와 살 수 있겠어요? 그는 아무것도 이해하지 못하고, 아무것도 느끼지 못해요. 조금이라도 느낄 줄 아는 사람이 어떻게 부정한 아내와 한집에서 살 수 있겠어요? 그런 아내에게 어떻게 '여보'라고 부를 수 있겠냐고요?"

브론스키는 그녀의 마음을 진정시키려고 애썼다.

"어쨌든 그 사람 얘긴 그만둡시다. 그보다도 도대체 무슨 일이 있었소? 아프다면서. 의사는 뭐라고 합디까?"

그는 계속 말을 이었다.

"내가 보기엔 병이 아니라 배 속 아기 때문이 아닐까 싶은데……. 그런데 예정일은 언제쯤이오?"

그녀는 슬픔이 깃든 표정을 지었다.

"곧이에요. 얼마 안 남았어요. 당신은 우리의 이런 상황이 괴로우니까 빨리 결판을 내야 한다고 말했지요. 하지만 나도 그 때문에 얼마나 괴로운지 알아줬으면 해요. 그리고 자유롭고 당당하게 당신을 사랑할 수만 있다면 어떤 희생도 치를 수 있어요. 하지만 우리가 생각하는 그런 식으로는 되지 않을 거예요."

그녀는 자신이 몹시 가엾게 여겨져 눈물을 쏟으며 말했다.

"그 일은 우리가 생각한 대로 되지 않을 거예요. 당신에게 이런 말 하고 싶지 않지만 당신이 말하게 만들었어요. 곧, 모든 게 해결될 거예요. 그러면 우린 맘 편히 지낼 수 있게 될 거예요."

"도통 무슨 말인지 모르겠소."

"당신은 언제쯤이냐고 물었죠? 이제 얼마 안 남았어요. 그리고 난 그것을 무사히 넘기지 못할 거예요. 난 알아요. 난 분명 죽을 거예요. 차라리 죽어서 나 자신과 당신에게서 벗어날 수만 있다면 기꺼이 기뻐할 거예요."

안나는 뜨거운 눈물을 흘렸다. 브론스키는 몸을 굽혀 그녀의 손에 입을 맞추면서 어떻게든 자신의 동요를 숨기려고 노력했다.

그녀는 그의 손을 꼭 쥐면서 말했다.

"그것만이 우리에게 남은 마지막 방법이에요."

그는 냉정을 찾고 고개를 들었다.

"쓸데없는 소리 마시오!"

"아니에요. 분명 그렇게 될 거예요. 꿈을 꾸었거든요."

"꿈?"

브론스키는 그 말을 되풀이한 순간, 꿈속에서 본 농부가 떠올랐다.

"벌써 오래전부터 그런 꿈을 꾸고 있어요. 꿈속에서 난 무언가를 가지러 내 방으로 뛰어 들어갔어요. 그런데 침실 한쪽 구석에 무언가가 서 있는 거예요. 가만히 보니 덩치가 작고 수염이 덥수룩하고 무섭게 생긴 농부였어요. 난 도망치려고 하는데 그가 자루 위로 몸을 구부리고는 두 손으로 무언가를 뒤적이며 찾는 거예요……."

그녀의 얼굴에는 공포감이 서려 있었다. 그러자 브론스키도 자기가 꾼 꿈을 떠올리며 똑같은 공포가 마음에 침식해 들어오는 것을 느꼈다.

"그는 자루를 뒤적이며 아주 빠르게 프랑스어로 중얼거렸어요. '쇠를 두드려 부숴서 잘게 만들어야 해.' 난 너무나 무서워 꿈에서 깨어나고 싶었어요. 그리고 바로 그 순간 잠에서 깼어요. 하지만 눈을 떠도 여전히 꿈속인 거예요. 그래서 이게 무슨 의미일까 내 자신에게 물었죠. 그러자 코르네이가 말해주더군요. '해산하다 돌아가시게 될 겁니다'라고. 그 소리에 놀라서 다시 깨보니 이 모든 게 다 꿈이었어요."

"말도 안 되는 소리! 이젠 그 얘긴 그만합시다!"

"알겠어요. 차를 좀 마시고 싶은데 벨을 눌러주시겠어요? 아, 잠깐만요……."

안나는 갑자기 행복한 표정을 지었다. 배 속에서 꿈틀거리는 새 생명을 감지한 것이다.

그날 밤 카레닌은 예정대로 이탈리아 오페라를 보고 들어왔다. 그러나 평소와 달리 새벽 3시까지 자지 않고 방 안을 서성였다. 그는 분명히 아내에게 정부를 집 안으로 끌어들이지 말라고 경고했었다. 그는 자기가 제시한 유일한 조건을 무시해버린 아내 때문에 분노가 일었다. 결국 그는 아내에게 이혼을 청구하고 아들을 빼앗아야겠다고 결심했다.

그는 밤새 한숨도 자지 못했다. 부풀어 오를 대로 부풀어 오른 그의 분노는 아침 무렵 극에 다다랐다. 그는 서둘러 옷을 갈아입고서 그녀가 일어난 것을 확인하자마자 그녀의 방으로 들어갔다. 그리고 책상 쪽으로 가서 열쇠로 서랍을 열었다.

"뭘 찾는 거죠?"

"당신 정부의 편지!"

"그런 건 없어요!"

당황한 안나가 재빨리 서랍을 닫았다. 그러나 그는 아내의 손을 거칠게 뿌리치고는 재빨리 서류철을 집어 들었다. 그는 그녀가 그 안에 중요한 서류들을 보관한다는 것을 알고 있었다. 그녀가 서류철을 빼앗으려고 하자 그가 그녀를 밀치며 소리쳤다.

"앉아요! 당신에게 할 말이 있소!"

그녀는 남편의 단호한 표정에 겁을 먹고는 말없이 그를 바라보았다.

"난 당신에게 정부를 집에 들이지 말라고 분명히 말했소."

"그를 만나야만 할 일이 있었어요. 왜냐하면……."

그녀는 아무런 구실도 찾지 못하고 말을 얼버무리고 말았다.

"임자 있는 여자가 정부를 만나야 할 이유 따위는 듣고 싶지 않소."

"당신이 날 얼마나 모욕하는지 알아요? 당신은 정말 잔인해요!"

그녀가 핏대를 올려 말했다. 그의 사나운 태도가 오히려 그녀를 자극해서 더 대담하게 만들었다.

"남편이 아내에게 단지 체면만 지켜달라는 조건으로 명예를 보호해주면서 자유까지 허락했는데, 당신은 그걸 잔인하다고 하는 거요?"

"그건 잔인함보다 훨씬 더 나빠요. 비겁하고 비열해요!"

"비겁하고 비열하다고? 당신이 그 말을 쓰고 싶다면 내가 가르쳐주지. 정부 때문에 남편과 아들을 버리고서도 남편의 빵을 먹는 것, 그걸 바로 비열하다고 하는 거요!"

안나는 고개를 떨어뜨리며 말했다.

"당신이 내 비루한 처지에 대해 악담을 늘어놓지 않아도 내가 가장 잘 알고 있어요. 그런데 도대체 무엇 때문에 굳이 그런 말을 하는 거죠?"

"무엇 때문에 그런 말을 하냐고? 무엇 때문에?"

그는 여전히 분노에 차서 말을 이었다.

"체면만 지켜달라는 내 뜻을 무시했으니까 나도 이런 상황을 끝내기 위해 조치를 취하겠다는 것을 당신에게 통보하는 거요."

"안 그래도 곧 끝날 거예요."

안나는 눈물을 흘렸다.

"아니, 당신과 그자가 생각하는 것보다 훨씬 빨리 끝날 거요! 내 말 똑똑히 들으시오. 난 내일 모스크바로 갈 거요. 그리고 다시는 돌아오지 않을 거요. 이혼 소송은 변호사에게 위임하고 세료자는 누님에게 맡기겠소."

"세료자는 안 돼요! 당신은 그 애를 사랑하지 않잖아요!"

"맞소, 난 아들에 대한 사랑마저 잃은 지 오래요. 그것은 당신에 대한 혐오감이 그 애에게로 옮아갔기 때문이오. 그러나 어쨌든 난 그 애를 데리고 가겠소."

카레닌이 나가려고 하자 안나는 그를 붙잡으려 말했다.

"알렉세이 알렉산드로비치, 제발 세료자만은 놔두세요. 난 곧 아기를 낳을 거예요. 그러니 제발 그 애를 두고 가세요!"

카레닌은 그녀가 잡은 손을 매몰차게 뿌리치고는 방을 나갔다.

며칠 후 카레닌은 변호사 사무실을 찾아가 이혼에 대해 자세히 상담했다. 그리고 이 소송을 맡을 것인지에 대해 변호사로부터 일주일 후에 답변을 받기로 하고 그곳을 나왔다.

모스크바에 도착한 이튿날, 카레닌은 총독을 방문하러 갔다. 그때 누군가 커다란 목소리로 자신의 이름을 부르는 소리가 들렸다. 뒤를 돌아보니 중절모자를 비스듬히 쓰고 한창 유행하는 짧은 외투를 입은 오블론스키가 마차 옆에서 자신을 향해 손을 흔들고 있었다. 마차에는 부인 돌리와 두 아이가 타고 있었다.

사실 카레닌은 모스크바에서 아무도 만나고 싶지 않았다. 특히 처남은 더욱 그랬다. 그래서 간단히 인사만 하고 가려는데 오블론스키가 마차를 세우고 달려왔다.

"아니, 연락도 없이 오다니 몹쓸 사람이군. 언제 왔나? 어제 듀소 호텔의 명부에서 '카레닌'이라는 이름을 보았지만 설마 자네일 줄은 몰랐네!"

"시간이 없어서요. 좀 바쁘거든요."

카레닌이 무뚝뚝하게 대답했다.

"여하튼 집사람 있는 데까지 가세. 자넬 무척 보고 싶어 하네."

카레닌은 어쩔 수 없이 마차에서 내려 돌리가 타고 있는 마차로 다가갔다.

"아니, 여긴 어쩐 일이세요? 정말 반가워요. 별일 없으시죠? 안나는 잘 있나요?"

"네, 잘 있습니다."

카레닌은 대충 얼버무리고 돌아서려 했지만 오블론스키가 말했다.

"돌리, 이 친구를 내일 저녁 식사에 초대하는 게 어떻소? 코즈니셰프와 페스초프도 부릅시다. 모스크바 지식인들을 모아서 이 사람을 환영하는 거야."

"어머, 좋죠! 내일 5시까지 와주세요. 6시도 괜찮고요. 그런데 안나는 요즘 어떻게 지내요? 못 본 지 하도 오래돼서……."

"그녀는 잘 있습니다."

카레닌은 재빨리 대답하곤 돌아섰다.

"내일 데리러 갈게!"

오블론스키가 소리쳤지만 카레닌은 못 들은 척 마차에 올랐다.

다음 날 카레닌은 오전 내내 호텔에서 시간을 보냈다. 이날 아침 그는 두 가지 일을 처리해야 했다. 먼저 모스크바에 체류 중인 이민족 대표자들을 만나 지도해야 했고, 다음으로 변호사에게 편지를 보내야 했다. 그는 변호사에게 소신껏 일을 진행해도 좋다는 내용의 편지와 안나에게서 빼앗은 브론스키의 편지 세 통을 동봉해서 보냈다.

그때 오블론스키가 찾아왔다. 카레닌은 차라리 잘됐다고 생각했다. 그의 여동생에 대한 자신의 입장을 알리고 그의 집에서 식사할 수 없는 이유를 밝히면 될 것이었다.

"방에 있었군. 그럼 갈까?"

오블론스키는 여느 때처럼 쾌활하게 웃으며 말했다.

"아니, 전 가지 않겠습니다."

카레닌은 의자에 앉으라고 권하지도 않고 매몰차게 말했다.

그러자 오블론스키는 눈을 휘둥그렇게 떴다.

"왜 그러나? 무슨 일 때문에 그래?"

"그 이유를 말하지요. 이제 곧 우리의 관계는 끊어질 겁니다. 당신의 누이동생, 즉 안나에게 이혼소송을 제기할 생각이거든요. 어쩔 수 없는 이유가……."

"아니, 그…… 그게 무슨 말인가? 난 도저히 그 말을 믿을 수가 없네."

카레닌의 말이 채 끝나기도 전에 오블론스키는 의자에 털썩 주저앉았다.

"그렇습니다. 난 이혼을 요구할 수밖에 없는 괴로운 처지에 놓여 있습니다."

"내가 한마디만 하겠네. 난 자네가 이성적인 사람이라고 믿어. 안나 역시 누구보다도 현명하고 훌륭한 여자라고 생각해. 혹시 자네가 무슨 오해를 하고 있는 건 아닌가?"

"네, 차라리 이 모든 게 오해였다면……."

"알겠네, 알겠어. 하지만 성급하게 행동해서는 안 돼. 한 가지만 더 부탁하네. 이혼 절차를 밟기 전에 내 아내를 만나주게. 자네도 알다시피 그 사람은 안나를 친동생처럼 아낀다네. 그러니 제발 우리의 우정을 생각해서라도 그렇게 해주게. 오늘 우리 집에 꼭 와주게. 집사람이 자넬 기다리고 있어. 이렇게 간절히 부탁하네, 제발!"

카레닌은 잠시 생각에 잠겼다.

"그토록 원하신다면 가겠습니다."

카레닌은 여전히 차갑게 말했다.

"내가 자네에게 고마워한다는 걸 믿어줬으면 좋겠네. 자네도 후회하지 않을 거야."

오블론스키가 웃는 얼굴로 말했다.

오블론스키가 집에 도착했을 때는 이미 5시가 넘어 있었다. 그는 현관 앞에서 만난 세르게이 이바노비치 코즈니셰프와 페스초프와 함께 안으로 들어섰다. 오블론스키의 말에 따르면 이들은 모스크바 지식계급의 양대 거장으로, 성품으로 보나 능력으로 보나 존경할 만한 인물이었다. 그들이 날씨 이야기를 하면서 안으로 들어갔을 때, 응접실에는 이미 오블론스키의 장인 알렉산드르 안드레이치 공작, 젊은 쉐르바츠키, 투로프친, 키티, 카레닌이 앉아 있었다.

오블론스키는 주인이 없어서 응접실의 분위기가 삭막하다는 것을 알아챘다. 돌리는 약속 시간이 지나도록 오지 않는 남편 때문에 안절부절못하고, 손님들은 손님들대로 따분한 표정으로 간간이 대화를 이어갔다.

오블론스키는 어떤 공작에게 붙잡혀 있느라 늦었다고 변명하며 손님들에게 사과했다. 그러고 나서 재빨리 손님들을 소개하고 이런저런 이야기들이 오고 가자 응접실 분위기가 순식간에 화기애애해졌다.

오블론스키가 식당에 들러 음식을 살피는데 콘스탄틴 레빈이 현관에 들어섰다.

"내가 좀 늦었지? 손님들은 누구누구 왔나?"

"모두 아는 사람들이야. 키티도 와 있네. 가세, 카레닌을 소개해줄 테니."

레빈은 키티가 와 있다는 말을 듣자 다른 말은 귀에 들어오지 않았다.

'어떤 모습일까? 옛날 그대로일까? 아니면 마차를 타고 지나갔을 때의 모습일까? 만일 다리야 알렉산드로브나의 말이 사실이라면 어쩌지? 하지만 그것이 진실이 아닐 이유도 없지 않은가?'

그는 설레는 마음을 안고 객실로 들어섰다.

키티는 이전에 마차를 타고 지나갈 때의 모습과는 완전히 다른 모습으로 변해 있었다. 그녀는 놀라면서도 수줍은 듯한 표정을 지었는데, 그것이 그녀를 한결 매력적으로 보이게 했다.

키티 역시 레빈을 보자 눈물이 나올 정도로 기뻤다. 그녀는 얼굴이 붉어지고 입술을 파르르 떨면서 그가 옆으로 다가오기를 기다렸다. 레빈은 키티에게 다가가서 인사를 하고 손을 내밀었다.

"정말 오랜만에 뵙는군요."

키티는 차분한 목소리로 말했지만 두 눈 가득 눈물이 고이기 시작했다. 그 모습을 본 레빈은 가슴이 벅차오르는 행복감을 느꼈다.

"당신은 날 보지 못했지만 난 당신을 한 번 본 적이 있어요."

"어머, 언제요?"

"예르구쇼보로 마차를 타고 갈 때요."

레빈은 넘치는 행복감으로 목이 메는 것을 느끼면서 말했다.

'도대체 어떻게 난 이토록 사랑스러운 사람에게 올바르지 못한 생각을 결부시킬 수 있었을까? 그래, 다리야 알렉산드로브나의 말이 사실이었어.'

레빈은 이렇게 생각했다.

마침내 오블론스키가 손님들을 식당으로 안내했다. 그들은 식당으로 가면서도 토론과 논쟁을 멈추지 않았다.

오블론스키는 아무도 눈치채지 못하도록 레빈과 키티를 나란히 앉게 했다. 그녀는 레빈에게 이전에 자신이 마차를 타고 가는 것을 어떻게 보았느냐고 물었다.

"동이 틀 무렵이었습니다. 아마도 당신이 막 잠에서 깼을 때가 아니었나 싶어요. 나는 걸어가면서 저 마차에는 어떤 사람들이 타고 있을까 생각했지요. 그 순간 언뜻 당신 모습이 한눈에 들어왔습니다. 이렇게 두 손으로 모자 리본을 잡은 채 깊은 생각에 잠겨 있는 모습이었죠. 그때 무슨 생각을 하고 있었나요?"

"글쎄요, 기억이 나지 않아요."

키티가 웃으며 고개를 저었다.

식사가 끝나고 여자들이 객실로 나가자 오블론스키는 카레닌을 돌리가 있는 식당 밖으로 데리고 나갔다.

"잘 오셨어요. 이쪽으로 오세요. 꼭 드릴 말씀이 있어요."

돌리가 어색한 미소를 지으며 말했다. 카레닌은 무표정한 얼굴로 돌리가 권하는 의자에 앉았다.

"작별 인사를 하려고 왔습니다. 전 내일 떠나거든요."

돌리는 안나가 결백하다고 굳게 믿고 있었기 때문에 죄 없는 안나를 파멸시키려는 이 냉혹하고 잔인한 사내에 대한 분노로 입술이 부르르 떨렸다.

"알렉세이 알렉산드로비치, 전 안나를 친동생 이상으로 아끼고 있어요. 도대체 안나와의 사이에 무슨 일이 일어난 거죠? 안나가 무슨 잘못을 저질렀나요?"

"남편분으로부터 이미 들으셨으리라 생각합니다만."

"그럴 리가 없어요. 전 도무지 믿을 수가 없어요."

돌리가 따지듯이 물었다.

"아내로서의 의무를 소홀히 하고 남편을 배신했습니다. 그게 그녀가 한 짓입니다."

"아니에요. 그럴 리가 없어요! 무슨 오해를 한 것 같아요."

돌리는 눈을 감고 두 손으로 관자놀이를 누르며 외쳤다.

결국 돌리의 열렬한 변호가 그의 상처를 자극하고 말았다.

"모든 사실을 아내가 고백했습니다. 그 사람은 8년 동안의 결혼생활도, 아들도 모든 게 잘못되었다며 새로운 인생을 살겠다고 했습니다."

"안나의 부정······. 믿을 수가 없어요."

"저도 많이 생각해봤습니다. 그 사람의 입을 통해 모든 사실을 전해 듣고도 그대로 묻어뒀습니다. 그 사람에게 잘못된 마음을 바로잡을 기회를 주고 그 사람을 구하려고 기다렸지요. 그런데 그 사람은 어떻게 했는지 아십니까? 체면만은 지켜달라는 요구조차 무시하고 스스로 파멸의 길을 택했어요. 저야말로 참으로 불행한 사람입니다."

괴로워하는 그의 모습을 보며 돌리는 안나가 결백하지 않을 수도 있다는 생각을 했다.

"어떻게 하시든 당신 마음이지만, 이혼만은 절대 안 돼요!"

"더는 방법이 없습니다. 어떻게든 정리를 해야 하지 않겠습니까? 평생 삼각관계를 지속하면서 살 수는 없잖아요? 이게 마지막 수단입니다."

"알아요, 충분히 이해가 돼요. 그래도 조금만 더 기다려주세요. 당신이 안나를 버린다면 안나는 어떻게 되겠어요. 누구의 아내도 되지 못하는 건 파멸이란 말이에요!"

"그럼 저보고 지금 어떻게 하라는 말씀입니까? 도저히 용서할 수 없습니다. 용서하고 싶지도 않습니다. 전 그 사람을 위해서 할 만큼 했어요. 하지만 그 사람은 제 진심을 진흙탕 속에 던져놓고 짓밟고 말았어요. 전 나쁜 사람이 아닙니다. 지금껏 누구를 미워해본 적도 없습니다. 그렇지만 그 사람만은 정말로 밉습니다. 용서가 안 됩니다."

카레닌은 감정에 못 이겨 울부짖었다. 그리고 마음을 가다듬은 뒤, 다시 정중하게 작별 인사를 하고 그 집을 나왔다.

식사를 마치고 모두가 자리에서 일어났을 때, 레빈은 키티를 따라 응접실로 가고 싶었지만 그녀가 불편해할까 봐 남자들 틈에 남았다. 그러면서도 온통 신경은 그녀에게로 향하고 있었다.

키티는 쉐르바츠키와 문 앞에 서서 레빈을 바라보고 있었다.

"피아노 치러 가시게요? 제가 시골 생활에서 부족하다고 느꼈던 게 바로 음악입니다."

레빈이 키티에게 다가가며 말했다.

"아니에요, 우린 당신을 불러내려고 나온 거예요. 이렇게 와 줘서 고마워요."

그녀는 마치 감사의 선물 같은 미소를 그에게 보내면서 말했다.

쉐르바츠키가 다른 곳으로 가자, 두 사람은 카드놀이 탁자 옆에 앉았다.

"당신에게 물어보고 싶은 게 하나 있습니다."

"뭔데요?"

레빈은 대답 대신 탁자 위에 글자를 쓰기 시작했다. 그러나 문장 전체가 아니라 각 단어의 머리글자만 하나씩 썼다. 당, 그, 없, 내, 대, 그, 영, 뜻, 아, 그, 그, 뜻. 이 글자들의 의미는 이런 것이었다.

'당신이 그럴 수 없다고 내게 대답했을 때, 그건 영원히라는 뜻인가요, 아니면 그때만 그렇다는 뜻인가요?'

그녀가 이 복잡한 문구를 알아차릴 가능성은 전혀 없었다. 키티는 어려운 낱말을 읽는 듯 이마를 찡그리며 글자들을 하나씩 읽기 시작했다. 이따금 그녀는 '내가 생각한 게 맞나요?'라고 묻는 듯한 시선으로 그를 쳐다보았다.

"아, 알았어요!"

이번에는 키티가 머리글자를 쓰기 시작했다. 그, 그, 대, 수, 없. '그때는 그렇게 대답할 수밖에 없었어요'라는 뜻이다.

"지금, 지금은요?"

레빈이 불안한 마음으로 묻자 키티는 대답 대신 다시 머리글자를 썼다.

그, 일, 잊, 용. '그때 일은 잊고 용서해주세요.'

레빈은 떨리는 마음으로 다음과 같은 뜻의 머리글자를 썼다.

'잊을 일도, 용서할 일도 없어요. 나는 변함없이 당신을 사랑하고 있으니까요.'

키티는 미소를 머금고 레빈을 바라보았다.

"알겠어요."

그녀가 속삭이듯 말했다.

그는 자리에 앉아서 긴 문장을 썼다. 그녀는 이제 자기의 생각이 맞느냐고 묻지도 않고 모든 것을 이해했다. 그리고 곧 대답을 썼다.

그는 한참 동안 그녀가 쓴 것을 이해할 수 없어서 몇 번이고 그녀의 눈을 들여다보았다. 그의 머릿속은 행복으로 아득해졌다. 도무지 그녀가 의미한 말을 알아맞힐 수가 없었다. 그러나 그녀의 충만함으로 빛나는 아름다운 눈동자 속에서, 그는 자신이 알아야 할 모든 것을 알 수 있었다. 그래서 그는 세 개의 머리글자를 썼다. 그런데 그가 미처 다 쓰기도 전에 그녀는 벌써 그의 손놀림으로 그것을 읽어버리고는 '네'라는 대답을 썼다.

그들은 이 대화 속에서 모든 것을 말했다. 그녀가 그를 사랑하고 있다는 것, 그가 내일 아침 그녀의 집을 방문하겠다는 것, 그 소식을 그녀가 그녀의 부모님께 전하겠다는 것.

그날 밤 레빈은 한숨도 자지 못했다. 6시가 조금 지나 쉐르바츠키 공작의 집에 가보니 현관문이 모두 잠겨 있었다. 그는 할 수 없이 호텔로 돌아왔다.

그가 다시 쉐르바츠키 공작의 집 앞에 도착한 것은 9시가 조금 지나서였다. 그제야 사람들의 소리가 들렸고 요리사가 장을 보러 나왔다. 그렇다면 앞으로 두 시간은 족히 기다려야 한다는 말이다. 그는 다시 호텔로 돌아와 시곗바늘이 정오를 가리킬 때 마차를 타고 공작의 집으로 다시 갔다.

"콘스탄틴 드미트리치 씨, 정말 오랜만입니다."

레빈이 모자를 들고 들어가려 하자 문지기가 반갑게 인사를 했다. 그때 문이 열리면서 키티가 나타났다. 그녀는 무언가에 이끌린 듯한 걸음걸이로 레빈에게 다가왔다. 키티는 그의 어깨에 손을 올린 채 두려움과 기쁨이 뒤섞인 표정으로 그의 품에 안겼다. 그는 그녀를 끌어안고 입을 맞추었다. 그녀 역시 한숨도 자지 못한 듯했다.

"당신이 이토록 나를 사랑해주다니 믿기지 않아요."

레빈이 소리 죽여 말했다.

"난 너무 행복해요."

키티가 방긋 미소를 지었다. 두 사람은 손을 꼭 잡은 채 응접실로 갔다. 그 모습을 본 공작부인은 눈물을 흘리며 기뻐했다.

"난 지금 얼마나 기쁜지 몰라요. 부디 우리 키티를 사랑해줘요."

"난 진작 이렇게 되길 바랐네."

공작도 레빈의 손을 덥석 잡으며 말했다. 그러고는 키티를 안고 대견하다는 듯 얼굴과 손에 입을 맞추었다.

공작부인은 서둘러 결혼식 준비를 해야겠다며 이것저것 챙겨야 할 것들에 대해 이야기했다.

레빈은 이 순간 세상 그 누구보다 행복한 남자가 된 것만 같았다. 결혼 준비는 일사천리로 진행되었다.

카레닌은 만찬 뒤에 나누었던 이야기들을 생각하며 쓸쓸히 호텔로 돌아왔다. 안나를 용서해달라는 돌리의 말은 그의 마음에 그저 분노만 불러일으킬 뿐이었다.

'이미 다 끝난 일이야. 새삼스럽게 다시 생각할 필요는 없어.'

그는 애써 자신을 다독이며 하인에게 차를 가져오라고 일렀다.

"전보가 두 통 와 있습니다."

하인이 방으로 들어서며 그에게 전보를 전해줬다. 첫 번째 전보는 카레닌이 그동안 기대를 걸고 있었던 위원회의 높은 자리에 스트레모프가 임명되었다는 소식이었다. 그는 벌떡 일어나 그대로 전보를 힘껏 던져버렸다. 허풍쟁이이자 수다쟁이인 스트레모프가 그 자리를 꿰찼다고 생각하니 분노가 일었다.

두 번째 전보는 아내에게서 온 것이었다.

난 죽어가고 있어요. 제발 돌아와서 날 용서해주세요. 그래야 마음 편히 눈감을 수 있을 것 같아요.

그는 조소 섞인 표정으로 두 번째 전보도 던져버렸다.
'곧 해산할 모양이군. 그런데 왜 돌아오라는 거야? 태어날 아기를 빌미로 이혼하지 않으려는 수작일까?'
하지만 죽어가고 있다는 말이 내심 마음에 걸렸다.
'최후의 고통의 순간에 그녀가 진심으로 후회하고 있는 건 아닐까? 그걸 거짓이라고 생각하고 가지 않는다면 너무나 잔혹한 행동일 테고, 사람들도 이 사실을 알면 나를 욕할 거야. 내 입장에서도 후회할 짓이고.'
그는 하인에게 마차를 불러오라고 했다. 만약 그곳에 가서 그녀의 말이 거짓이란 게 확인되면 당장 돌아오면 될 것이고, 진실이라면 마지막 의무를 다하면 된다. 아내의 죽음은 그에게 닥친 모든 문제를 한꺼번에 해결해줄 것이다.
그는 가는 내내 자신이 무엇을 해야 할지에 대해선 더 이상 생각하지 않았다.
카레닌을 태운 마차는 밤을 꼬박 달려 마침내 그의 집에 도착했다. 그는 집에 들어서자마자 문지기에게 물었다.
"마님은 어떠신가?"
"어제 해산하셨습니다."
카레닌은 순간 발을 멈추었다. 얼굴이 파랗게 질린 그는 자신이 얼마나 간절히 그녀의 죽음을 바라고 있었는지를 분명히 깨달았다.

"건강은 어떤가?"

"매우 안 좋습니다……."

앞치마를 두른 코르네이가 계단에서 뛰어 내려오며 말했다.

그는 그녀가 죽을 수도 있다는 약간의 희망에 안도를 느끼며 안으로 들어갔다.

"누가 와 있나?"

"의사 선생님과 산파, 그리고 브론스키 백작이 와 계십니다."

마침 방에서 나온 산파가 카레닌의 손을 잡더니 그를 방으로 데려갔다.

"잘 오셨어요. 마님은 오로지 주인님만 찾으십니다."

카레닌이 들어가자 두 손으로 얼굴을 가린 채 울고 있던 브론스키가 당황한 나머지 자리에서 벌떡 일어나더니 다시 의자에 풀썩 주저앉았다. 그러나 그는 용기를 내어 일어서서 말했다.

"이 사람이 죽어갑니다. 의사들 말로는 희망이 없답니다. 저는 당신의 처분에 따르겠지만 여기에 있도록 허락해주세요. 전 다만……."

브론스키의 눈물을 보자, 카레닌은 너무나 혼란스러웠다. 그래서 그의 말을 외면하고 밖으로 나가려고 하는데, 그때 침대 쪽에서 무슨 소리가 들렸다. 그는 안나에게 다가갔다. 그가 있는 방향으로 얼굴을 돌리고 누워 있는 그녀의 불그레한 볼과 빛나는 눈동자가 건강하고 생기 있어 보였다. 그녀는 전에 없이 정확하고 감정이 풍부한 억양으로 빠르고 낭랑하게 말했다.

"내가 찾는 알렉세이는 내 남편인 알렉세이 알렉산드로비치예요.(둘 다 알렉세이라니 정말 기묘하고 야릇한 운명이 아닌가?) 알렉세이는 내 말을 거절하지 않을 거예요. 나는 다 잊었고 그이도 날 용서했을 거예요. 그런데 그이는 왜 오지 않는 거죠? 그이는 좋은 사람이에요. 하지만 그이는 자신이 얼마나 좋은 사람인지 모르고 있어요. 딸아이에게 유모를 붙여줘요. 그이는 꼭 올 거예요. 이 아이를 보면 괴로워하겠죠? 어서 아기를 데려가요."

"안나, 주인어른이 오셨어요."

산파가 안나에게 말했다.

"거짓말하지 마요. 그이는 오지 않았어요. 당신은 그이가 용서하지 않을 거라고 말하지만, 그건 당신이 그이를 몰라서 하는 말이에요. 오직 나만 알죠. 그래서 더욱 괴로워요. 그의 눈은 세료자와 똑같아요. 그래서 난 도저히 못 보겠어요. 그런데 세료자는 식사는 했는지 모르겠네요."

안나는 여전히 남편을 알아보지 못하고 횡설수설하다가 뒤늦게 남편을 알아보고는 두 손으로 얼굴을 가렸다.

"나는 그이를 두려워하는 게 아니야. 죽음이 두려울 뿐이야. 알렉세이, 이리 가까이 오세요. 이제 난 얼마 못 살 거예요. 열이 나기 시작하면 혼수상태에 빠질 거예요."

카레닌의 얼굴에 고뇌의 표정이 드러났다. 그는 그녀의 손을 잡고 무언가를 이야기하려고 했으나 도저히 말이 나오지 않았다. 그의 아랫입술이 파르르 떨렸다.

"놀라지 마세요. 난 전과 마찬가지로 당신의 아내예요. 그런데 내 안에 또 다른 여자가 있어요. 난 그 여자가 두려워요. 그 여자가 저 사람을 사랑했기 때문에 당신을 미워하려고 했어요. 하지만 난 역시 이전의 나를 잊을 수가 없어요. 그 여자는 내가 아니에요. 지금의 내가 진실한 나, 완전한 나예요. 난 지금 죽어가고 있어요. 제발 날 용서해주세요. 난 무서운 여자예요. 옛날에 유모가 이야기해준 적이 있어요. 어떤 성스러운 여자 순교자는, 그 여자 이름이 뭐였더라, 아무튼 그녀는 훨씬 더 나쁜 여자였나 봐요. 그러니까 나는 로마로 가겠어요. 거기에는 수도원이 있겠지요. 그러면 난 이제 그 누구도 방해하지 않게 될 거예요. 다만 세료자하고 아기만은 데리고 가게 해주세요. 당신은 날 용서하지 못하겠죠? 그래도 당신은 너무 좋은 사람이에요."

카레닌은 너무나 혼란스러웠다. 그는 무릎을 꿇더니 그녀의 팔에 머리를 묻고 어린아이처럼 흐느껴 울었다. 그녀는 그의 벗겨져 가는 머리를 끌어안고 말했다.

"여기 그이가 있어요. 난 이렇게 될 줄 알았다니까요. 이제 모두 안녕……"

그녀는 문 쪽에 있는 브론스키에게 고개를 돌리며 말했다.

"얼굴에서 손을 떼고 이분을 보세요. 이분은 성자예요. 어서 얼굴을 보이라니까요!"

카레닌은 고통과 수치심으로 인해 무섭게 변한 브론스키의 얼굴에서 두 손을 떼어냈다.

"이 사람에게 손을 내밀어요. 그를 용서해주세요."

카레닌은 눈물을 흘리며 손을 내밀었다.

"고마워요. 이젠 다 끝났어요. 오, 하느님! 이 고통이 언제쯤 끝날까요? 모르핀 주사를 놔주세요!"

안나는 고통으로 몸부림쳤다. 주치의의 말에 의하면 안나의 병은 산욕열이라고 했다. 백에 아흔아홉은 죽는다는 병이었다. 온종일 고열과 헛소리와 실신 상태가 지속됐다. 한밤중이 되자 맥박도 잡히지 않았다. 사람들은 초조하게 그녀의 임종을 기다렸다.

브론스키는 집에 돌아갔다가 다음 날 아침에 다시 왔다. 카레닌이 현관에서 그를 맞았다.

"여기에 있어주시오. 저 사람이 당신을 찾을 수도 있으니까요."

그러고는 브론스키를 직접 아내의 방으로 안내했다.

다음 날에도 안나는 격렬하게 헛소리를 하다가 의식을 잃고 실신 상태에 빠지는 일이 거듭됐다. 사흘째도 마찬가지였지만 의사는 가망이 있다고 말했다. 그날 카레닌은 침실을 나와 브론스키가 있는 아내의 방으로 가서 문을 걸어 잠그고 그와 마주 앉았다.

"뭐라 할 말이 없습니다. 용서해주십시오! 당신도 괴롭겠지만 저는 더욱 괴롭다는 걸 알아주셨으면 합니다."

브론스키가 말을 마치고 일어서려 하자 카레닌이 그의 손을 잡았다.

"내 말을 잘 들으시오. 당신도 이미 잘 알다시피 난 이혼을 결심했고 소송 중에 있소. 난 당신과 아내에게 복수를 하고 싶었소. 그래서 전보를 받았을 때는 저 사람이 죽기를 바랐지요. 그러나 아내를 본 순간 모든 걸 용서했소. 그리고 용서한다는 행복감이 내 의무를 분명하게 해주었소. 난 완전히 용서했소."

카레닌은 눈물을 글썽였고 그 밝고 고요한 눈동자가 브론스키의 마음을 움직였다. 그는 다시 말을 이었다.

"이것이 내 입장이오. 당신이 날 진흙탕 속에서 짓밟아도 좋소. 세상의 웃음거리가 된다고 해도 좋소. 난 아내를 버리지 않을 것이며, 당신에게도 결코 비난을 퍼붓지 않겠소. 난 아내 옆에 있을 생각이오. 아내가 당신을 만나고 싶어 하면 당신에게 알려드리겠소. 그러나 지금은 떨어져 있는 편이 좋지 않을까 생각하오."

카레닌은 흐느끼느라 말을 잠시 멈추었다. 브론스키는 그의 감정을 이해할 수는 없었지만 그것이 그의 세계관에 깃든, 자기 같은 사람은 아예 도달할 수 없는 숭고한 무언가라고 느꼈다.

브론스키는 자신이 지금 어디에 있는지, 어디로 가야 할지 막막하기만 했다. 그는 마치 인생의 궤도에서 완전히 내팽개쳐진 기분이었다. 지금까지 알고 있던 카레닌이라는 인물이 심술궂고 위선적인 사람이 아니라 선량하고 관대한 사람이라는 사실을 알게 됐기 때문이다. 브론스키는 그의 고결함과 자신의 비열함을 통감했다. 그러나 무엇보다도 괴로운 것은 이미 다 식어버렸다고 느꼈던 그녀에 대한 사랑이 전에 없이 강렬하게 불타오르고 있다는 사실이었다. 그는 비로소 그녀의 마음을 알게 된 것이다. 그러자 여태까지는 그녀를 사랑한 게 아니었으며 이제야 제대로 그녀를 사랑하게 되었다는 생각이 들었다. 그런 그녀 앞에서 굴욕적인 모습을 보이다니……. 특히 카레닌이 그의 얼굴에서 손을 떼어낸 사실은 지워버리고 싶은 기억이었다.

사흘 밤을 새우고 집으로 돌아온 브론스키는 옷도 벗지 않은 채 소파에 엎드렸다. 머리가 무거웠다. 타는 듯 붉은 뺨과 부드러운 눈길로 자신이 아닌 카레닌을 지그시 바라보던 안나의 표정이 떠올랐다.

"난 이제 그녀 없이는 살아갈 수 없어. 어떻게 하면 우리가 화해할 수 있을까?"

그는 소리 내어 이렇게 말했다.

그 순간에도 안나와의 행복했던 순간과 수치스러웠던 기억들이 그의 머릿속을 헤집고 있었다. 애써 떨쳐버리려고 안간힘을 썼지만 소용없었다.

'내가 점점 미쳐가는 건가? 이래서 자살도 하는구나…….'

순간 그는 벌떡 일어나 방문을 잠갔다. 그러고는 권총을 꺼내 자신의 왼쪽 가슴에 대고 힘껏 방아쇠를 당겼다. 그는 총성을 듣지는 못했지만, 가슴에 입은 강한 일격에 쓰러지고 말았다. 그는 탁자 가장자리를 붙들려고 애쓰다 권총을 떨어뜨렸고, 몇 발짝 비틀거리더니 바닥에 주저앉아 놀란 눈으로 주위를 둘러보았다. 그는 구부러진 탁자 다리와 휴지통, 호랑이 가죽 깔개를 보면서도 그곳이 자기 방인지도 몰랐다. 삐걱거리는 소리를 내며 방으로 달려오는 하인의 날랜 발소리에 그는 갑자기 정신이 들었다. 그는 안간힘을 다해 생각을 집중하다 자신이 바닥에 있는 것을 깨달았고, 호랑이 가죽 깔개와 자기 손에 묻은 피를 보며 자신이 자살하려 했다는 사실을 깨달았다.

'이런! 실패했군.'

그는 권총을 더듬더듬 찾으며 중얼거리다가 그만 정신을 잃고 말았다. 그때 총소리를 듣고 달려온 하인이 방으로 들어왔다. 하인은 피를 흘리며 쓰러져 있는 주인을 보고는 곧바로 형사를 데려왔고, 곧이어 브론스키는 사방에서 불러온 세 명의 의사의 도움을 받아 침대로 옮겨져 치료를 받았다.

카레닌은 안나에 대한 연민과 그녀가 죽기를 바랐던 것에 대한 후회, 그리고 무엇보다도 그녀를 용서했다는 기쁨으로 아직 한 번도 경험한 적 없는 정신적 편안함을 맛보고 있었다. 그는 브론스키 역시 불쌍한 사람이라고 생각했다. 또한 예전보다 더 아들을 가엾게 여겼다. 그리고 자신의 핏줄은 아니지만 새로 태어난 아기에 대해서도 연민뿐만 아니라 부드러움이 섞인 일종의 색다른 감정을 경험했다. 그는 하루에도 몇 번씩 아기 방으로 들어가서 쌔근쌔근 자는 모습을 바라보고, 토실토실한 주먹의 손등으로 눈이며 콧등을 문지르는 모습을 지켜보기도 했다. 그러면서도 이러한 상태가 오래가지 못할 것이라는 예감을 했다. 안나가 그를 두려워하고 꺼리며 눈도 똑바로 마주치지 못하는 것과, 무슨 할 말이 있는데도 말하지 못하고 있다는 것을 눈치챈 것이다.

2월 말에 안나의 딸—역시 안나라고 이름 지은—이 병에 걸렸다. 카레닌은 아기 방에 갔다가 의사를 부르라고 지시하고 출근을 했다. 그리고 4시가 다 될 무렵 돌아와 보니 하인이 부인용 하얀 외투를 들고 있었다.

"누가 오셨나?"

"엘리자베타 페도로브나 트베르스카야 공작부인이 와 계십니다."

카레닌은 사교계의 부인들이 그들 부부 일에 흥미를 가지고 있다는 사실을 알고 있었다. 평소 그 공작부인에 대해 안 좋은 기억을 가지고 있었으므로 그는 곧바로 아이 방으로 들어가 버렸다. 첫 번째 방에서는 세료자가 그림을 그리고 있었다. 안나의 병중에 새로 들어온 영국인 여교사는 허둥지둥 일어서서 인사를 하고 세료자를 잡아당겼다. 카레닌은 아들 머리를 쓰다듬으면서 젖먹이의 상태에 대해 의사가 뭐라고 했는지 물었다.

"의사 선생님은 걱정하지 않아도 된다고 하셨습니다."

"그런데 아직도 아픈 것 같지 않소?"

카레닌은 옆방에서 들려오는 아기 울음소리에 귀를 기울이면서 말했다.

"제 생각에는 아무래도 유모가 문제가 아닐까 싶어요. 예전에 폴 백작부인 댁에서도 똑같은 일이 있었거든요. 아기에게 약을 먹이고 치료를 받게 해줘도 낫지 않아서 보니까 단지 배가 고파서 우는 거였어요. 유모의 젖이 말라버렸던 거지요."

카레닌은 아기가 있는 방으로 가봤다. 갓난아이는 유모 품에 안긴 채 허우적거리며 울고 있었는데, 눈앞에 있는 젖은 아예 물려고도 하지 않았다.

"의사를 불러 유모를 진찰해달라고 해야겠군."

카레닌이 말했다.

마침내 아기가 울음을 그쳤다. 그는 아기에게 가까이 다가갔다. 아기의 천진난만하고 사랑스러운 미소를 보자 이토록 귀여운 젖먹이를 조금도 보살피지 않는 아내가 괘씸했다. 그러나 평소처럼 아내를 들여다보지 않으면 그녀가 이상하게 여길 것 같아 꾹 참고 침실로 발걸음을 옮겼다. 그는 침실 앞에서 공교롭게도 듣고 싶지 않은 대화를 듣고 말았다.

"굳이 거절할 이유가 없잖아요. 더구나 당신 남편은 그런 것을 초월한 사람임이 분명해요."

벳시가 말했다.

"남편을 위해서가 아니라 나 자신을 위해서 바라지 않아요."

"알겠어요. 하지만 당신 때문에 자살까지 하려고 한 사람인데 마지막 작별 인사조차 하지 않겠다는 거예요?"

"그러니까 더더욱 싫다는 거예요."

카레닌은 슬쩍 돌아가려고 하다가 인기척을 하고 문고리를 잡았다. 순간 이야기 소리가 뚝 그쳤다.

안나는 회색 가운을 입고 안락의자에 앉아 있었다. 남편을 보면 언제나 그렇듯이 얼굴에 생기가 싹 가셨다. 그 옆에 유행을 따른 대담한 옷을 입은 벳시가 앉아 있었다.

"어머, 오셨어요? 이렇게 뵙게 돼서 반가워요. 당신의 배려에 대해서는 들었어요. 정말 훌륭한 분이세요!"

카레닌은 벳시에게 가볍게 인사를 하고 아내의 손에 입을 맞추며 몸 상태에 대해 물었다.

"좀 좋아진 것 같아요."

"아직도 열이 있는 것 같은데?"

"우리가 말을 너무 많이 해서 그런가 봐요. 그럼 전 이만 실례하겠어요"라며 벳시가 일어서자 안나는 얼굴을 붉히며 재빨리 말했다.

"난 당신에게 그 어떤 비밀도 만들고 싶지 않아요. 브론스키 백작이 이번에 타슈켄트로 떠난대요. 그 전에 우리 집으로 작별 인사를 하러 왔으면 하는 모양이에요. 그래서 내가 만나지 않겠다고 했어요."

"잠깐만요, 당신은 남편 뜻에 달렸다고 말했잖아요?"

벳시가 안나의 말을 바로잡았다.

"어쨌든 난 그를 만날 수 없어요. 만나봐야 아무 소용도 없고요……."

카레닌은 벳시를 배웅하고 돌아와 아내에게 말했다.

"당신이 날 믿어줘서 아주 기쁘오. 그리고 당신의 결심도 고맙게 생각하오. 나도 브론스키 백작이 우리 집에 올 필요는 없다고 생각해요. 그러나……."

"그건 아까 말했잖아요? 왜 또 그 말을 꺼내는 거죠?"

안나는 발끈해서 남편의 말을 가로막았다.

'사랑하는 여자 때문에 자신을 버리려고까지 한 사람인데, 나

역시 그 사람 없이는 살 수가 없는데, 그런 그가 작별 인사를 하러 오겠다는데 올 필요 없다고?'

그녀는 입술을 지그시 깨물었다.

"이제 그 얘긴 두 번 다시 하지 마세요."

카레닌은 그녀가 바라는 것은 그와 함께 있는 이 상황에서 벗어나고자 하는 것이라는 걸 알았다.

"조금 전 의사를 부르러 사람을 보냈소."

"의사는 왜요? 난 이제 다 나았는데요?"

"당신이 아니라 아기 때문이오. 아무래도 유모 젖이 모자라는 것 같소."

"그러니까 내가 젖을 먹이겠다고 했을 때 왜 허락하지 않았나요? 내가 그토록 원했는데요. 그 애는 갓난아기예요. 그런데 다들 그 아이를 죽게 내버려 두고 있어요. 아, 왜 그때 난 죽지 못하고……."

그녀는 흐느껴 울기 시작했다.

"이제 그만 나가줘요……."

카레닌은 아내의 침실을 나오며 '언제까지 이런 상태로 있을 순 없어'라고 중얼거렸다. 카레닌은 생각했다. 브론스키와의 관계를 끊는 게 가장 좋지만 그것이 불가능하다면 두 사람의 관계를 인정해야겠다고. 설사 그것이 아무리 끔찍할지라도, 그녀를 빠져나올 수 없는 절망의 구렁텅이로 밀어 넣고 그 자신도 사랑하는 모든 것을 잃는 이혼보다는 나을 것이었다.

오블론스키는 다소 엄숙한 표정으로 카레닌의 서재로 들어갔다.

"방해되지 않겠나?"

"아닙니다. 그런데 무슨 일로……"

카레닌은 다소 내키지 않는 투로 말했다.

"할 얘기가 있어서 왔네."

오블론스키는 자신의 위축된 모습에 놀라면서 말했다.

"자네가 누이에 대한 내 사랑과, 자네에 대한 진심 어린 우정과 존경을 믿어주리라 생각하네. 내가 말하려는 것은…… 자네 부부의 처지에 대해서 이야기하고 싶어."

오블론스키는 얼굴을 붉히며 말했다.

카레닌은 침울한 표정을 짓고는 탁자로 다가가 쓰다 만 편지를 집어 처남에게 건네주었다.

오블론스키는 편지를 읽기 시작했다.

내 존재가 당신을 힘들게 한다는 걸 알고 있소. 가슴 아픈 사실이지만 당신을 탓하진 않겠소. 난 병상에 누운 당신을 보고 마음속 깊이 이제까지의 모든 과거를 잊고 새로운 생활을 시작하려고 결심했소. 지금도 내가 한 일에 대해 후회하지 않으며 앞으로도 그럴 것이오. 그러나 오직 단 하나, 당신의 행복만을 바랐는데 지금에 와서야 그 희망이 이루어지지 않았다는 것을 알았소. 무엇이 당신에게 진정한 행복과 마음의 평안을 줄 수 있는지 말해주시오. 모든 걸 당신 뜻에 따르겠소.

오블론스키는 편지를 되돌려주고, 도대체 무슨 말을 해야 할지 몰라 여전히 당혹스러운 표정으로 카레닌을 쳐다봤다.

"이것이 제가 그 사람에게 하고 싶은 이야기입니다."

"그래, 그랬군……."

오블론스키는 목이 메어 말이 나오지 않았다.

"그래, 그래. 자네를 이해해."

"난 아내가 무엇을 원하는지 알고 싶어요."

"난 그 애가 자신의 감정을 스스로 알지 못하고 있다는 생각이 드네. 그 애는 자네의 관대함에 숨 막혀 하고 있어. 만약 이 편지를 읽게 된다면 안나는 아무 말도 못 하고 그저 고개를 푹 숙일 수밖에 없겠지."

"그럼 어떻게 해야 하죠? 어떻게 해야 아내가 바라는 것을 알 수 있을까요?"

"어떤 경우든 해결책은 있어. 언젠가 자네는 이혼을 하겠다고 했지……."

"내가 어떤 일이든 할 각오가 되어 있고 아무것도 원하지 않는다고 하면, 어떻게 해결할 방법이 있을까요?"

"그 애는 결코 자기가 먼저 얘기를 꺼내지는 않을 걸세. 그러나 안나가 바라는 것은 딱 하나야. 그건 자네들 두 사람의 관계와 거기에 관련된 일체의 기억을 끊어버리는 거네. 서로 간에 새로운 관계를 형성하는 거지. 그리고 그 새로운 관계는 오직 쌍방의 자유가 기본 바탕이 돼야 성립할 수 있지."

"결국 이혼이라는 말씀이시군요."

"그래, 자네들 같은 그런 관계에 있는 부부에게는 이혼만이 가장 현명한 방법이야. 부부가 서로 함께 살 수 없다고 인정한 마당에 달리 무슨 수가 있겠나? 이런 일은 언제든 다시 일어날 수 있는 일이야."

카레닌은 무겁게 한숨을 내쉬었다.

"여기서 한 가지 고려해야 할 점은 부부 중 한쪽이 다른 사람과 재혼하기를 바라느냐 하는 거야. 만일 그런 경우만 아니라면 이 일은 아주 간단해져."

오블론스키에게는 지극히 간단하게 보인 이 모든 것을 카레닌은 수천 번도 더 생각해봤다. 그에게는 결코 간단한 문제가 아니었다. 그의 자존심과 종교에 대한 경건한 마음에 간통이라는 말이 붙는 것을 용납할 수 없었고, 이미 용서한 아내의 죄가 폭로되어 치욕을 당하는 일은 두고 볼 수가 없었다. 또 사랑하는 아들은 어떻게 한단 말인가. 이혼한 어머니 밑에서 자라게 할 수도 없고 그렇다고 자신이 키우면 일종의 복수가 될 수 있기에 그렇게 하고 싶지 않았다. 무엇보다도 이혼에 동의하는 것 자체가 아내를 파멸로 몰아넣는 일이 될 거라고 생각했다. 이혼을 하게 되면 안나는 브론스키와 함께 살 것이다. 그들의 결합은 불법적인 것이며 죄악이었다. 교회 율법에 따르면 남편이 살아 있는 한 아내는 재혼할 수 없다. 그들이 결합하여 그런 상태로 1, 2년이 지나면 안나는 그에게 버림받든지 다시 새로운 사람을 만날 것이다.

'내가 이혼에 동의하면 그녀의 파멸에 원인을 제공한 사람이

되는 것이다.'

카레닌은 이혼은 간단한 일이 아닐뿐더러 불가능한 일이라고 결론지었다.

"문제는 자네가 어떤 조건으로 이혼을 승낙할 것인가 하는 거야. 그 애는 아무것도 바라지 않네. 감히 자네에게 무언가를 요구할 용기도 없어. 그저 자네의 관대한 처분만 바랄 뿐이지"라고 오블론스키가 덧붙였다.

'누가 오른쪽 뺨을 때리거든 왼쪽 뺨을 내주고, 외투를 벗기려고 하거든 속옷까지 내주라는 말이군!'

카레닌은 날카로운 목소리로 외쳤다.

"네, 좋아요. 그렇게 하죠. 내가 모든 치욕을 뒤집어쓰더라도 다 내주고 가겠습니다. 내 아들까지도! 하지만…… 그런 짓은 하지 않는 게 좋지 않을까요? 어떻게 하든 좋을 대로 맡기겠습니다만……."

그는 처남이 자기를 보지 못하도록 등을 돌리고 창가 의자에 앉았다. 그는 가슴이 아팠다. 그러나 한편으로는 이 고통과 치욕, 그리고 자기희생의 고고함에 대해 스스로 감탄했다.

"알렉세이 알렉산드로비치, 안나는 자네의 관대함을 고맙게 여길 거야. 하지만 이것도 분명히 하늘의 뜻이라고 생각하네."

카레닌은 뭐라고 대답하려 했지만 눈물이 앞을 가려 말을 할 수가 없었다.

오블론스키는 모든 문제를 훌륭히 해결했다는 만족감을 느끼며 방에서 나왔다.

다행히 심장을 비껴가긴 했지만 브론스키의 부상은 상당히 위험한 것이었다. 그는 며칠 동안 생사의 갈림길에서 헤매다가 깨어났다. 눈을 떠보니 옆에 형수 바랴가 있었다.

"난 그저 충동적인 실수로 쏜 거예요. 그러니 제발 비밀로 해주세요."

"걱정하지 마세요. 하지만 다시는 이런 충동적인 행동을 해선 안 돼요!"

"다시는 이런 일 없을 거예요."

건강이 다시 회복되면서 그는 슬픔에서 점점 해방되어가고 있었다. 그때까지 맛보았던 수치심과 굴욕감에서도 완전히 빠져나온 것처럼 느꼈다. 지금은 카레닌에 대해서도 냉정하게 생각할 수 있었다. 다만 한 가지 괴로운 것은 영원히 그녀를 잃었다는 사실에 대한 절망스러운 회한이었다. 그녀의 남편 앞에서 자신의 죄를 속죄한 이상 깨끗이 그녀를 포기하고, 앞으로는 결코 잘못을 뉘우치는 그녀와 그 남편 사이에 끼지 않겠다고 결심했다. 그러나 그는 그녀의 사랑을 잃었다는 회한을 떨칠 수가 없었다. 그녀와 더불어 느꼈던 그 행복했던 순간들을 지워버릴 수가 없었다.

세르푸호프스키는 브론스키에게 타슈켄트에서의 근무를 권유했고, 브론스키는 한 치의 망설임도 없이 그 제안을 받아들였다. 하지만 출발할 때가 다가오자 마음에 갈등이 일었다.

'딱 한 번만 볼 수 있다면 세상을 버리고 혼자 죽으러 갈 수 있으련만······.'

그는 이렇게 생각하고 벳시에게 자신의 뜻을 전했으나, 벳시는 불가하다는 답변을 듣고 돌아왔다.

'차라리 잘된 일이야.'

그는 한 번의 만남이 자신의 결심을 무너뜨릴 수 있다고 생각했다. 어쩌면 안나의 거절이 잘된 일일 수도 있었다. 그런데 그 이튿날 아침 벳시가 찾아와 카레닌이 이혼을 승낙했다는 말을 전했다. 그러자 브론스키는 그때까지의 결심은 까맣게 잊고 곧바로 카레닌가로 마차를 몰았다. 그는 아무도, 아무것도 쳐다보지 않고 계단을 뛰어 올라간 후, 내달리고 싶은 마음을 간신히 억누르며 총총걸음으로 그녀의 방에 들어갔다. 그러고는 누가 있는지 없는지 확인하지도 않고 안나를 끌어안더니 그 얼굴과 손과 목에 마구 입을 맞추었다.

"아아, 난 이제 당신의 여자예요!"

안나도 기쁨에 들떠 외쳤다.

"진작 이렇게 됐어야 해."

"정말 그래요. 하지만 왠지 두려워요."

"언젠가는 모든 것이 다 지나갈 거요. 그리고 우리는 행복해질 거야."

그는 미소를 지으며 말했다.

"당신이 머리를 너무 짧게 잘라서 못 알아볼 뻔했어요. 귀여워요. 마치 사내아이처럼. 그런데 얼굴빛이 왜 이리 창백하죠?"

"몸이 많이 약해져서 그래요. 우리 이탈리아로 갑시다. 당신 건강에도 좋을 거요."

"정말로 우리가 남편과 아내로 가정을 이루는 일이 가능할까요? 오빠 얘기로는 그 사람이 모든 걸 양보했다고 하지만 걱정스러워요. 난 이혼은 바라지 않아요. 다만 그이가 세료자를 어떻게 할지 그게 걱정이에요."

그는 그녀가 이렇게 극적인 순간에도 아들과 이혼에 대해 걱정하는 것이 이해되지 않았다. 그거야말로 어떻게 되든 상관없는 일 아닌가?

"지금은 아무 생각도 하지 맙시다."

브론스키는 안나의 관심을 자기에게 돌리려고 애쓰면서 말했다. 그러나 그녀는 도무지 그를 보려 하지 않았다.

"아아, 내가 왜 그때 죽지 않았을까요? 차라리 죽는 편이 나았을 것을……."

그녀는 뜨거운 눈물을 흘렸다. 그러나 더 이상 그를 슬프게 하지 않으려고 애써 웃어 보였다.

명예와 위험이 따르는 타슈켄트로의 부임을 거절한다는 것, 예전의 브론스키에게라면 절대로 있을 수 없는 일이었다. 하지만 지금은 단 1초도 망설이지 않았다. 그리고 상급자들이 자신의 행동에 대한 불만의 기색을 보이자 곧바로 사직서를 제출했다.

한 달 후, 카레닌은 아들과 함께 그의 집에 남았고, 안나와 브론스키는 외국으로 떠났다. 그녀는 결국 남편과의 이혼을 거부한 것이다.

5부

쉐르바츠키 공작부인은 5주밖에 남지 않은 사순절 안에 결혼식을 올린다는 것은 불가능한 일이라고 생각했다. 그때까지는 혼수품을 절반도 마련하지 못할 것이다. 그럼에도 사순절 안으로 날을 잡은 것은 공작의 큰어머니가 언제 돌아가실지 모르기 때문이었다. 상이라도 치르게 되면 결혼이 더 늦어질 것이었다.

그녀는 할 수 없이 혼수품을 큰 것과 작은 것으로 나누어 작은 것은 결혼식 전에 준비하고 큰 혼수는 나중에 보내기로 했다. 공작부인과 달리 레빈은 결혼식 준비는 주변 사람들에게 맡기고 자신은 행복해하기만 하면 되었다. 그는 앞으로의 생활에 대해서는 아무 생각 없이 모든 것이 잘되리라 믿고 결정은 남들에게 맡겨두었다. 형은 동생을 위해 결혼식 자금을 대주었고, 공작부인은 결혼식이 끝나면 모스크바로 떠나라고 했으며,

오블론스키는 해외여행을 권했다. 레빈은 그 모든 것에 군말 없이 동의했다.

'그것이 그대들이 원하는 일이라면 좋을 대로 하시지요. 나는 무엇을 하든 행복하니까요.'

그는 외국으로 가는 것이 좋겠다는 오블론스키의 말을 키티에게 전했다. 그러나 키티는 그것에 반대할 뿐 아니라 두 사람의 미래에 대한 확고한 생각을 밝혔다. 그녀는 시골에 그가 좋아하는 일이 있음을 알고 있었던 것이다.

키티는 앞으로 시골에서 살 것이니 무조건 시골로 가야 한다고 말했다. 레빈은 동의했다. 그리고 오블론스키에게 시골에 가서 여러 가지 일들을 정리해달라고 부탁했다.

"그런데 말이야, 자네, 참회를 마쳤다는 증서는 가지고 있겠지?"

오블론스키가 물었다.

"그런 것이 필요하나?"

"당연하지. 그것 없이는 식을 올릴 수가 없어."

"뭐라고? 나는 9년이나 성례를 받지 않았어. 그런 건 생각지도 못했군."

"할 수 없지, 무슨 수를 써봐야지."

그 일은 오블론스키가 잘 처리해주어서 레빈은 성례를 받으러 갈 수 있게 되었다. 그러나 평소 그는 교회 의식은 필요 없는 형식이라고 생각해왔기에 그 의식을 견디기가 힘들었다. 그래서 의식은 생략한 채 증서만 받을 수 없냐고 여러 번 물었으나 오블론스키는 불가능하다고 딱 잘라 말했다.

"자네는 뭘 그렇게 힘들게 생각하는가. 신부님은 아주 재치 있는 노인일세. 고작해야 이틀 아닌가. 그는 자네가 조금도 알아채지 못하는 사이에 거추장스런 충치를 뽑아줄 거야."

첫 번째 미사에 섰을 때, 레빈은 열일곱 살 무렵 체험했던 그 강렬한 종교적 감정을 되살려보려고 노력했다. 그러나 그것은 불가능했다. 그는 예배를 보는 동안 자신의 견해와 다르지 않은 의미를 찾으려 애쓰면서 기도에 집중하기도 해보았지만 헛수고였다. 그래서 그 기도들은 도무지 이해되지도 않을뿐더러 비판하는 게 당연하다고 느꼈다.

어쨌든 첫날의 아침, 저녁, 밤 미사는 무사히 마쳤다.

다음 날은 아침 미사와 참회를 위해 일찍부터 서둘러 나섰다. 교회 안에는 병사 한 사람과 노인 두 사람, 사제 외엔 아무도 없었다. 젊은 부제가 그를 맞이하고 벽 쪽 탁자 앞으로 가서 계율을 읽기 시작했다. 부제는 '용서하셨도다, 용서하셨도다'로 들리는 '하느님이여, 자비를 베푸소서'라는 문구를 여러 번 되풀이해서 읽었다. 그 소리가 생각을 억누르는 것 같아서 레빈은 불안해졌다. 그래서 그는 아무것도 듣지 않으려고 애썼다.

'그녀의 손놀림은 아주 풍부한 표정을 가지고 있어.'

그는 어제 둘이서 탁자에 마주 앉아 있었던 때를 떠올렸다. 그녀는 탁자 위에 손을 올려놓고 오므렸다 폈다를 반복하며 웃어댔다. 그는 그녀의 손에 입을 맞춘 일, 손바닥 손금을 뚫어져라 쳐다본 일 들을 생각해냈다.

'또 용서되었군.'

레빈은 성호를 긋고 허리 굽혀 절하는 한편, 그와 똑같이 예배하는 부제의 움직임을 보면서 생각했다.

'이제 끝인가 보네. 아니, 처음부터 다시 하려나?'

그는 잠깐 부제의 기도 소리에 귀를 기울였다.

'드디어 끝나는군. 머리가 땅에 닿도록 절을 하는걸 보니.'

부제는 소매 속에 있는 손을 슬쩍 빼서 3루블 지폐를 받더니 등록을 해두겠다고 말했다. 그러곤 장화 소리를 내며 제단 뒤로 사라졌다.

잠시 후, 부제가 제단 뒤에서 레빈에게 손짓했다. 레빈이 부제에게 다가가자, 계단 위 오른쪽에 희끗희끗한 수염의 노사제가 보였다. 노사제는 지친 얼굴로 기도서 책장을 넘기다가 레빈을 보더니 기도문을 읽기 시작했다.

"하느님께서는 보이지 않지만 이곳에 계십니다."

사제가 십자가의 그리스도상을 가리켰다.

"당신은 성사도교회의 가르침을 믿습니까?"

"아니요, 전 믿지 않습니다."

레빈은 불쾌한 말투로 대답했다.

"의심이란 마음 약한 인간에게 흔히 있는 것입니다. 그러므로 자비로운 하느님께서 우리 마음을 견고하게 해주시도록 기도를 드려야 하는 것입니다. 당신은 하느님께 고백할 죄가 있습니까?"

"저의 가장 큰 죄는 의심입니다. 전 모든 것을 의심하고 있습니다."

"의심은 대부분의 인간이 가지고 있는 마음입니다."

사제는 같은 말만 되풀이했다.

"당신은 무엇을 의심합니까?"

"저는 모든 것을 의심합니다. 하물며 하느님의 존재까지 의심합니다."

레빈은 이런 말을 내뱉은 자신에게 놀랐다. 그러나 사제는 그의 말에 이렇다 할 반응을 보이지 않았다.

"하느님을 의심하는 이유가 무엇인가요?"

레빈은 대답하지 않았다.

"하느님께서 창조하신 걸 보고도 어떻게 의심하십니까?"

사제가 빠르게 말을 이었다.

"하늘의 둥근 천장을 별들로 장식한 분이 누구입니까? 대지에 아름다운 옷을 입힌 분이 누구입니까? 하느님이 아니면 누가 할 수 있을까요?"

이 자리에서 논쟁이라도 벌이자는 건가. 레빈은 피곤이 몰려왔다.

"전 잘 모르겠습니다."

"그렇다면 하느님께서 만물을 만드신 걸 의심하는 이유가 무엇입니까?"

사제는 집요하게 물었다.

"전 아무것도 모릅니다."

레빈은 자신이 한 말을 후회했다.

"하느님께 기도하십시오. 하느님께 의지하십시오. 옛 성인들도 자신의 의심을 이기고 신앙을 견고케 하기 위해 끊임없이 기도했습니다. 악마는 엄청난 힘으로 우리를 이기려 하지만 거기에 굴복해서는 안 됩니다. 기도하고 의지하세요. 하느님께 기도하십시오."

그는 빠른 어조로 말했다.

사제는 깊은 생각에 잠긴 채 한동안 침묵했다.

"듣은 바로는 쉐르바츠키 공작의 딸과 결혼하실 계획이라고요? 아주 훌륭한 아가씨죠. 그런데 당신이 악마에 빠져 신앙을 저버린다면 당신의 아이들에게 어떻게 믿음을 심어줄 수 있을까요?"

사제는 나무라는 말투로 물었다.

"당신은 아이를 위해 부와 명예를 바라게 될 것입니다. 뿐만 아니라 아이의 영혼 속에 참된 빛이 비추길 원할 거예요. 그런데 아이가 '땅과 불, 태양, 꽃, 풀 등 만물을 누가 만들었나요?' 하고 물으면 어떻게 대답하실 건가요? 모른 체하실 건가요? 하느님께서 당신 앞에 아름다운 세상을 주셨는데 모른 체하실 겁니까? 당신은 악마의 유혹 앞에 아이를 던지실 겁니까? 그건 옳지 않지요."

그는 이렇게 말을 맺었다. 그리고 머리를 기울인 채 어질고 부드러운 눈으로 레빈을 바라보았다. 레빈은 아무 말도 할 수가 없었다. 사제와 논쟁하는 게 싫어서가 아니라 지금까지 이런 질문을 받아본 적도 생각해본 적도 없었고, 자신의 아이가 이러한 질문을 하게 되려면 아직 오랜 시간이 남아 있기 때문이었다.

"당신은 지금 인생의 전성기에 접어들고 있습니다. 당신은 한 갈래 길을 선택해서 그 길로 계속 나아가야 합니다. 하느님께 기도하십시오. 자비를 내려주시도록, 은혜를 내려주시도록."

드디어 그는 말을 맺었다.

"우리 주 예수 그리스도께서 넘치는 사랑과 자비로 그대를 용서해주시기를."

마침내 기도가 끝나자 사제가 레빈을 놓아주었다.

레빈은 집으로 돌아온 뒤 거짓 맹세를 하지 않고도 이 거북스러운 용무가 끝난 사실에 기뻐했다. 뿐만 아니라 인자하고 선량한 늙은 사제의 말이 생각한 것만큼 쓸모없지만은 않으며 그 속에 분명히 이해해야 할 무언가가 있다는 걸 알게 되었다. 물론 그것은 지금 당장은 아니고 나중에 할 일이었다.

결혼식 날 레빈은 관습에 따라(공작부인과 돌리의 완강한 설득 때문에) 약혼녀를 만나지 않았다. 대신 세르게이 이바노비치와 대학 시절 친구인 자연과학 교수 카타바소프, 그리고 들러리를 서주기로 한 모스크바 치안판사이자 곰 사냥 친구인 치리코프와 호텔 방에서 식사를 했다. 분위기는 화기애애했다.

세르게이 이바노비치는 카타바소프의 외모에 호감을 느꼈다. 카타바소프는 한껏 우쭐대며 강의할 때처럼 말끝을 늘어뜨렸다.

"레빈은 정말 전도유망한 청년이었어요. 대학 때만 해도 과학을 사랑하고 인간 탐구에 깊은 관심을 가진 청년이었지요. 그런데 지금은 능력의 반을 자기를 속이는 데 쓰고 나머지 반은 자기를 변호하는 데 쓰고 있습니다."

"자네처럼 결혼을 반대하는 사람은 처음 보네."

세르게이 이바노비치가 말했다.

"아닙니다. 전 결혼 반대자가 아닙니다."

"이런 자네가 사랑에 빠지면 얼마나 재미있을까. 결혼식엔 꼭 초대해줘."

레빈이 미소 지으며 말했다.

"사랑이라면 이미 하고 있지."

"그래, 오징어하고 말이지."

"아무래도 상관없어. 문제는 내가 오징어를 사랑한다는 거지."

"그게 아내를 사랑하는 걸 방해하잖아."

"오징어가 방해하지는 않아. 방해라면 아내 쪽이 방해지."

"왜지?"

"그건 곧 알게 돼. 자네는 지금 농사를 짓고 사냥을 하니까 잘 알 거 아니야."

"프루드노예에 사슴이 많다고 아르히프가 그러더군. 곰도 두 마리나 있다고."

치리코프가 말했다.

"난 못 가니 자네들끼리 재미있게 사냥하라고."

"당연하지. 자넨 아내 때문에 아무것도 못 할 거야."

레빈은 조용히 미소 지었다. 키티가 사냥을 못 가게 하는 모습이 그려졌기 때문이다. 레빈은 사냥을 하지 못하게 돼도 싫지 않았다. 그러나 그런 내색을 하면 치리코프가 섭섭해할 것 같아 잠자코 있었다.

"독신 생활을 끝내는 게 그리 녹록하진 않을 거야. 처음엔 좋아도 금방 자유가 그리워질걸? 말해봐. 고골의 '새신랑'처럼 창문으로 뛰쳐나가고 싶어 하지 않을 자신 있는지."

세르게이 이바노비치가 말했다.

"아니라곤 말 못 할 겁니다. 하지만 고백하지 않는 편이 신상에 좋겠지요."

카타바소프가 웃으며 말했다.

"이봐, 저 창문을 통해 트베리로 가지 않겠나? 거길 가면 자네가 원하는 걸 마음껏 할 수 있는데……."

치리코프가 장난 섞인 말투로 얘기했다.

"내가 원하는 건 자유가 아니네. 오히려 자유를 잃어 기쁜걸."

"이런 바보가 다 있나, 허허."

카타바소프가 어이없다는 듯 웃고는 잔을 들었다.

"자, 모두 레빈의 행복을 위해 건배합시다. 결혼에 대한 환상이 100분의 1이라도 이루어지도록."

식사가 끝나자 손님들은 내일 있을 결혼식을 위해 일찍 돌아갔다. 혼자 남은 레빈은 친구들과의 이야기를 떠올리면서 다시 한 번 자신에게 물었다. 과연 그들이 이야기한 것과 같이 자유를 아쉬워하는 것은 아닌지. 그리고 그 물음에 미소 지었다.

'자유는 무슨 자유. 행복은 그녀의 생각을 사랑하고 존중할 때 존재하는 거야. 자유가 없는 것이 바로 행복이지.'

그런데 그녀의 생각과 감정은 무엇일까. 갑자기 불안한 마음이 들었다.

'만약 그녀가 나를 사랑하지 않으면서도 결혼을 위한 결혼을 하는 것이라면……'

그렇다면 결혼 후엔 후회해도 소용없는 일 아닌가.

'아무래도 이대론 안 되겠어. 그녀에게 물어봐야지. 진정으로 나와의 결혼을 원하는지 말이야. 그렇지 않다면 그만두는 것이 평생을 불행하게 사는 것보다 나아.'

그는 단단히 마음먹고 그녀의 집으로 갔다.

키티는 안방에서 흔들의자와 바닥에 어지럽게 널려 있는 옷가지들을 정리하고 있었다. 그녀는 레빈을 보고 몹시 기뻐했다.

"아니, 당신이…… 어떻게 왔어요? 정말 놀랐어요. 난 지금 옷을 골라내는 중이었어요. 이건 누구에게 줄까 하고……"

그러다 그의 불안한 표정을 보고 하녀를 내보냈다.

"무슨 일이죠?"

"키티, 난 지금 무척 힘들어요. 아직 늦지 않았다는 말을 하려니까."

"지금 무슨 말을 하는 거죠?"

"난 당신과 결혼할 자격이 없어요. 당신이 나와 결혼할 이유가 없단 말입니다. 그러니까 혹시 실수가 아닌지 다시 생각해봐요. 당신이 나 같은 사람을 사랑한다니……"

레빈은 키티를 보지 못한 채 말을 이었다.

"난 이제 불행하게 될 겁니다. 남들이 손가락질하며 비웃겠지요. 하지만 당신이 불행해지는 것보다는 나을 거예요. 아직 늦지 않았으니 잘 생각해봐요."

"파혼하자는 말인가요?"

그녀가 당황하며 물었다.

"당신이 나를 사랑하지 않는다면요."

"세상에, 갑자기 무슨 일이 있었던 거죠?"

그녀는 화가 나서 소리쳤다. 그러고는 의자 위에 있던 옷가지들을 치우고 다가섰다.

"무슨 생각으로 그런 말을 하는지 말해보세요."

"난 당신이 날 사랑한다는 게 믿어지질 않아요. 당신 같은 사람이 어떻게 나를 사랑할 수 있죠? 그건 있을 수 없는 일이에요."

"아, 하느님, 어떻게 하면 좋아요."

그녀는 울음을 터뜨렸다. 그는 그제야 정신이 들었다.

"내가 무슨 짓을 한 거지!"

그는 무릎을 꿇고 그녀의 손에 키스했다. 키티는 그에게 자신의 사랑을 분명히 각인시켜줬다. 어떻게 자기 같은 사람을 사랑할 수 있냐는 질문에도 친절히 설명해주었다. 그녀는 그의 모든 것을 이해하고, 그가 좋아하는 것을 알며, 그것이 훌륭하기 때문에 더욱 사랑한다고 했다. 그는 충분히 이해할 것 같았다.

잠시 후 공작부인이 들어왔을 때 그들은 갈색 옷을 두고 입씨름을 하고 있었다. 키티가 그 옷을 두냐샤에게 주려 하자 레빈이 그 옷은 놔두고 하늘색 옷을 주라고 고집을 부리고 있었다.

"저 옷이 그 애에게 더 잘 어울려요."

"하지만 저 옷은 내가 당신에게 청혼할 때 입었던 옷이잖아요."

그가 찾아온 이유를 알게 된 공작부인은 농담 반 진담 반으로 꾸짖었다.

"그렇지 않아도 먹지 못해 살이 쪽 빠진 아이를 그런 엉뚱한 소리로 괴롭히다니. 어서 돌아가게나."

레빈은 부끄러웠지만 한편으론 안심이 되었다.

돌아와 보니 세르게이 이바노비치와 돌리와 오블론스키가 기다리고 있었다. 성상으로 그를 축복하기 위해서였다. 그들은 성상의 축복이 끝난 후 곧장 마차가 있는 곳으로 갔다.

결혼식에는 수많은 사람이 몰려들었다. 거리에는 이미 스무 대 이상의 마차들이 서 있었고, 헌병들은 마차를 정리하느라 바쁘게 움직이고 있었다. 처음에 사람들은 신랑과 신부가 곧 오리라 여기고 조금 늦어도 전혀 신경 쓰지 않았다. 그러다 문쪽을 기웃거리는 횟수가 잦아지더니 무슨 일이 일어난 것처럼 수군거리기 시작했다.

"너무 늦는 것 같지 않아요?"

신부는 30분 전에 도착했다는 전갈이 있었지만 신랑이 아직이었다.

그 시각, 레빈은 조끼에 바지만 걸친 채로 오블론스키와 함께 방 안에 있었다.

"이런 황당한 경우가 있나!"

레빈은 화가 나서 어쩔 줄을 몰랐다.

"정말 어이가 없군. 하지만 어쩌겠나, 기다려야지."

오블론스키도 한숨을 쉬었다.

"짐이 벌써 정거장으로 갔으면 어떡하지?"

"그럼 내 옷을 입어야지, 어쩔 수 없지 않나."

"기다린 김에 조금만 더 기다려보세."

레빈이 쿠지마에게 갈아입을 옷을 가져오라고 했을 때, 쿠지마는 연미복과 조끼 등 필요한 것들을 챙겨왔다. 그런데 셔츠가 없었다.

"셔츠는 입고 계시지 않습니까?"

쿠지마는 새 셔츠를 한 벌 남겨두어야 한다는 사실을 모르고 짐을 몽땅 쉐르바츠키 공작의 집을 거쳐 시골로 보내게 한 것이다. 레빈이 입고 있는 셔츠는 내내 입고 있었기 때문에 심하게 구겨져 있었다. 오블론스키의 셔츠를 입으려 했으나 품이 너무 크고 길이가 짧았다. 결국 레빈은 쉐르바츠키 공작의 집에 사람을 보내 짐을 풀게 시켰다.

드디어 쿠지마가 셔츠를 가져왔고 레빈은 허겁지겁 셔츠를 입고 달려 나갔다.

"왔어요!"

"저기, 저 사람이에요."

"신부는 얼굴이 창백하게 굳어 있어요."

레빈이 신부의 손을 잡고 교회 안에 들어서자 사람들이 웅성거리기 시작했다.

오블론스키가 늦은 이유를 설명하자 내빈들은 미소를 지었다.

"전 당신이 도망친 줄 알았어요."

키티가 수줍게 속삭였다.

"미안해요, 어떻게 용서를 구해야 할지……."

그가 부끄러워서 얼굴을 붉혔다.

사제가 부제를 거느리고 회당 앞에 준비된 성서대 쪽으로 왔다.

"신부의 손을 잡고 앞으로 나아가십시오."

들러리가 신랑에게 말했다.

'이게 꿈인가, 생시인가.'

레빈은 자신이 결혼한다는 것이 실감 나지 않았다. 옆에는 키티가 수줍게 서 있었다.

"주여, 여기 두 사람에게 축복과 사랑을 내려주시고 도와주시옵기를 간절히 기도하나이다."

부제의 기도 소리가 교회 안에 울려 퍼졌다.

'도와주시옵기를?'

레빈은 깜짝 놀랐다. 자신의 심경을 너무도 잘 표현해주었기 때문이다.

부제의 기도가 끝나자 사제가 신랑 신부를 바라보았다.

"따로 있던 사람들을 하나로 모으시는 하느님, 이들에게 영원한 사랑의 결합을 이루어주신 하느님, 당신의 종 콘스탄틴과 예카체리나를 축복하시옵소서. 성부와 성자와 성령의 이름으로 기도드립니다."

"아멘."

한자리에 모인 사람들의 합창이 공기 중에 울려 펴졌다.

키티는 축복의 기도도, 사제의 기도도 귀에 들어오지 않았다. 아버지 어머니 곁을 떠난다는 사실이 두렵고 막막했다. 그러나 한편으로는 남편과 살아갈 새로운 날들을 생각하니 설레기도 했다.

사제가 성서대 쪽으로 다가와서 키티의 조그만 반지를 집어 올렸다. 그리고 레빈에게 한쪽 손을 내밀게 한 뒤 그것을 그의 손가락에 끼워주었다. 다음에는 반대로 레빈의 반지를 키티의 손가락에 끼워주었다.

"하느님의 종인 두 사람이 하나가 되었습니다."

신랑 신부는 절차상 어떻게 해야 하는지 몰라 반지가 두 번이나 손에서 손으로 전달되어 결혼식장은 웃음바다가 되었지만, 두 사람은 엄숙하고 진지한 자세를 잃지 않았다.

결혼식이 끝나자 부제가 회당 한가운데에 장밋빛 주단을 깔았고, 성가대가 베이스와 테너의 숙련된 합창으로 복잡한 찬송가를 부르기 시작했다.

사제는 두 사람에게 주단을 가리켰다. 먼저 주단을 밟는 사람이 결혼 생활의 주도권을 잡는다는 미신이 있었지만 레빈과 키티 중에 누가 먼저 주단을 밟았는지 본 사람은 없었다. 어떤

이는 신랑이 먼저 밟았다고 하고 또 다른 이는 동시에 밟았다고 말했다. 그러나 신혼의 두 사람에겐 그런 말들이 귀에 들어오지 않았다.

'두 사람은 결혼하기를 바라는가', '따로 약속한 사람은 없는가' 하는 통상적인 질문에 대한 대답이 끝나자 새로운 기도가 시작되었다.

"이들의 후손에게 축복을 내려주시옵소서. 이들로 하여금 아들과 딸을 낳게 함으로써 즐거움을 주시옵소서."

'정말 좋은 말이야.'

키티가 기도를 들으며 생각했다.

"씌워주세요."

사제의 말에 들러리 중 한 명이 손을 바르르 떨며 키티의 머리 위로 관을 높이 올렸다. 레빈은 그녀의 얼굴에 어린 기쁨의 미소를 보고 깊은 감동을 받았다.

그들은 「사도행전」을 듣는 것도, 구경꾼들이 지루하게 기다리던 「시편」을 듣는 것도 마냥 즐거웠다. 무엇보다 즐거웠던 건 사제가 두 사람의 손을 잡고 노래를 부르는 성가대 주위를 돈 것이었다.

사제는 마지막 기도를 드리고 두 사람을 축복했다.

"아내는 남편에게, 남편은 아내에게 키스하세요."

마침내 그들은 하나가 되었다는 것을 느꼈고, 그날 밤 화려한 만찬이 끝나자 시골을 향해 출발했다.

브론스키와 안나가 유럽을 여행한 지도 석 달이 되었다. 두 사람은 베니스, 로마, 나폴리를 돌고, 이탈리아의 작은 도시에 도착했다. 호텔 급사장은 가장 좋은 방에 묵고 있는 러시아 백작을 보자 정중히 인사하고는 방금 전에 하인이 도착했다는 것과 궁전을 빌릴 수 있다는 소식을 전했다.

"그것참 잘됐군. 그런데 마님은 방에 계신가?"

"산책하러 나가셨다가 막 돌아오셨습니다."

급사장이 대답하며 한 신사를 가리켰다.

"저기 계신 러시아 손님이 백작님에 대해 물었습니다."

"골레니셰프!"

그는 다름 아닌 사관학교 시절의 친구인 골레니셰프였다. 그는 학창 시절부터 자유파에 속했으며 문관으로 졸업한 이였다. 두 사람은 졸업 이후 딱 한 번 만난 적이 있었다. 두 사람은 서로를 확인하자 기쁨을 감추지 못했다.

"자네를 다 만나다니, 정말 반가워."

"브론스키라는 사람이 왔다는 소리를 듣고는 자네인지 형님인지 몰랐는데, 자네였군."

"방으로 들어가자고. 그래, 자네는 요즘 무엇을 하고 있나?"

"여기서 사업을 하고 있네. 벌써 2년이 다 돼가."

"그랬군, 일단 들어가지."

그들은 하인들이 알아듣지 못하도록 프랑스어로 말했다.

"자네 카레닌 부인을 알고 있나? 난 그 사람하고 같이 여행하고 있네. 지금 그녀에게 가는 길이야."

브론스키는 골레니셰프의 눈치를 살피며 말했다.

"그래? 전혀 몰랐네. 여기 도착한 지는 얼마나 됐나?"

골레니셰프는 사실을 다 알고 있으면서도 모르는 척 화제를 돌렸다.

"나흘째네."

브론스키는 새로운 사람을 만날 때마다 자신을 이상한 눈으로 보지 않을까 걱정했었다. 그런데 의외로 사람들은 두 사람의 관계를 잘 이해해주었다. 그러나 그것은 이해하는 것이 아니라 회피하는 것이었다. 그런 일에 이러쿵저러쿵하는 것은 피곤한 일이라 생각한 것이다. 골레니셰프 역시 그런 사람 가운데 하나였다.

골레니셰프는 안나의 아름다움과 당당한 태도에 감동했다. 남편과 아들을 버리고 명예마저 버린 여자가 어떻게 당당하고 명랑할 수 있을까 궁금했는데, 그녀를 보니 그 이유를 알 것 같았다.

"그 집이라면 안내서에도 나와 있어."

골레니셰프는 브론스키가 빌렸다는 팔라초에 대해 말했다.

"그 집에 틴토레토의 그림이 걸려 있거든. 그의 만년의 작품이지."

"어때요, 날씨도 좋은데 다녀오지 않겠소?"

브론스키가 안나에게 물었다.

"좋아요, 잠깐만 기다려요. 모자를 쓰고 나올게요. 날씨가 덥다고 했죠?"

안나는 문가에 서서 걱정스러운 눈길로 브론스키를 보았다. 골레니셰프를 대하는 자신의 태도가 적절한지 알 수 없었던 것이다.

"아니, 그렇게 덥지는 않아요."

그가 부드럽게 말하자 안나는 그제야 안심하는 눈치였다.

"자넨 여기서 계속 사는 건가?"

브론스키가 골레니셰프에게 물었다.

"응, 요즘엔 『두 개의 기원』 제2부를 쓰고 있네. 아니, 아직 자료를 수집하고 있는 중이지. 정확하게 쓰려고. 러시아에서는 우리가 비잔틴의 후예라는 사실을 인정하지 않잖아."

그는 조금 흥분해서 설명하기 시작했다. 그러나 브론스키는 『두 개의 기원』 제1부조차 알지 못했으므로 말하기가 곤란했다. 그러다 그의 설명을 듣고 어느 정도 줄거리를 파악하게 되었다.

대화가 무르익자 골레니셰프의 눈에 분노의 빛이 감돌기 시작하더니 논박도 점점 심해졌다. 명문가 출신이며 사관학교에서 늘 수석을 놓치지 않았던 그가 그토록 흥분하는 까닭을 브론스키는 이해할 수 없었다. 특히 그의 마음에 들지 않았던 것은 골레니셰프가 그를 자극한 삼류 작가들과 똑같이 그들에게 화를 내고 있다는 점이었다.

안나가 옆에 오자 골레니셰프는 하던 말을 멈추었다. 안나는 명랑한 목소리로 그림에 대해 이야기했다. 골레니셰프도 그림에 흥미가 있었으므로 안나와 대화가 잘 통했다.

"그 방은 알렉세이에게 훌륭한 아틀리에가 될 거예요."

안나는 돌아오는 길에 골레니셰프에게 말하고는 브론스키를 바라보았다.

"당신이 꼭 그 방을 쓰세요."

안나는 브론스키에게 다정하게 말했다. 골레니셰프와 친해질 거라는 생각에 괜히 아닌 척할 필요가 없다고 생각한 것이다.

"자네가 그림을 그리나?"

"응, 전에 조금 그렸지. 요즘 다시 그리기 시작했네."

브론스키가 얼굴을 붉혔다.

"보통 솜씨가 아니에요. 전 그림에 대해서는 잘 모르지만 비평가들이 칭찬할 정도예요."

안나는 빠르게 회복하면서 더없는 행복을 느끼고 있었다. 남편에게 미안하다는 생각은 들지 않았다. 오히려 물에 빠져 집요하게 매달리는 사람을 떨쳐낸 기분이었다. 자기가 나쁘다는 것은 알고 있었다. 그러나 그것만이 그녀가 살 수 있는 길이었다.

'다른 방법이 없었으니까.'

안나는 그렇게 자신을 합리화했다.

'대신 난 소중한 것을 잃어버렸어. 명예와 아들을. 이 일로 죽을 때까지 괴롭겠지만 이혼은 바라지 않아. 나쁜 짓을 했으니 벌을 받아 마땅하지.'

그러나 안나는 조금도 수치스럽지 않았다. 아들과의 이별도 괴롭지 않았다. 딸이 있었기 때문이다. 처음 한동안은 딸에게 완전히 빠져 아들은 생각나지도 않았다.

건강을 되찾자 안나는 삶에 대한 애착이 생겼으며 용서받을 수 없을 만큼 행복감에 젖었다. 그녀는 특히 브론스키와 함께 산다는 사실이 한없이 좋았다. 그가 곁에 있다는 것만으로도 행복했다. 그에 대해 알아가는 것도 기뻤다. 평상복을 입고 있는 그를 보면 사랑에 빠진 처녀처럼 미묘한 감정이 일기도 했다. 뿐만 아니라 그녀는 그가 고마웠다. 한창 일할 사람이 자기 때문에 모든 걸 버렸으니 얼마나 허전할까. 그러나 그는 그 부분에 대해서는 전혀 아쉬워하지 않는 것 같았다. 그는 전보다 그녀를 더 사랑해주었고 그녀가 불편해하지 않도록 신경 썼다. 그녀는 그토록 남자다운 사람이 오직 사랑하는 사람을 위해 모든 걸 버렸다는 사실이 부담스러우면서도 고마웠다.

한편 브론스키는 자신들의 행복이 완전하다고 생각하지 않았다. 그가 바라던 행복이 큰 산이라고 한다면 지금의 행복은 겨우 모래알 정도라고 여겨졌다. 지금의 삶이 잘못됐다는 것을 깨닫기 시작한 것이다. 처음으로 그녀 앞에서 제복 대신 평상복을 입었을 때는 자유를 느끼고 흡족해했지만 그것은 오래가지 않았다. 곧 욕망과 후회가 솟구쳐 올랐다. 그때부터 그는 하루에 열여섯 시간을 채운다는 생각으로 살았다. 예전에 혼자서 외국 여행을 할 때 느꼈던 즐거움도 맛볼 수 없었다. 조금이라도 그런 즐거운 시간을 가지려는 내색을 비치면 안나가 우울해했기 때문이다.

두 사람의 관계가 불분명한 탓에 사교계나 러시아 사람들과 교제하기도 어려웠다. 이제는 유명한 사적도 샅샅이 둘러본 터였다. 따라서 그는 마치 배고픈 짐승이 필사적으로 먹이를 찾듯 무엇에나 손을 댔다. 그림도 그런 의미에서였다. 처음에는 판화를 사 모으다가 지금은 그림 그리는 일로 시간을 보냈다. 그는 그림을 볼 줄 아는 안목이 있었으며 정확하게 그려내는 재주도 있었다. 그는 자신에게 화가가 될 자질이 있다고 판단했다. 그래서 좋아하는 유파의 기법으로 이탈리아 옷을 입은 안나의 초상을 그리기 시작했다. 그 그림은 많은 사람에게 칭찬받을 만큼 훌륭했다.

낡고 오래된 팔라초는 브론스키의 마음속에, 그가 러시아의 지주 혹은 기병대 장교 출신이라기보다 교양 있는 미술 애호가이자 사랑하는 여자를 위해 모든 걸 저버린 겸손한 미술가라는 착각을 불러일으키게 했다.

팔라초로 옮겨 오면서 브론스키의 생활은 많이 좋아졌다. 골레니셰프의 소개로 친구들도 사귀고 그들과 즐거운 시간도 보냈다. 그는 한 이탈리아 회화 교수의 지도로 습작을 시도했고, 중세시대 이탈리아 사람들의 생활에 심취했다. 그래서 중세풍의 모자나 외투를 입고 다니기도 했다.

"이곳에 살면서 아무것도 모르고 있었다니……. 자네 미하일로프의 그림을 아는가?"

아침 일찍 들른 골레니셰프에게 브론스키가 신문을 보여주며 물었다. 미하일로프는 그 도시에 살고 있는 러시아 화가로, 최근에 예약된 그림을 마쳤다고 했다. 신문에는 그와 같이 훌륭한 화가에게 장려금을 주지 않는 정부와 아카데미를 비난하는 기사가 실려 있었다.

"보았네. 천부적인 재능을 가진 것은 사실이지만 그는 지금 잘못된 길로 가고 있네. 그리스도며 종교화에 대한 그림은 이바노프식, 슈트라우스식, 르낭식이라고 할 수 있지."

"그림 주제는 뭔가?"

"빌라도 앞의 그리스도를 주제로 삼고 있는데, 내가 보기엔 새로운 유파의 사실주의 같네. 그리스도가 유대인으로 그려져 있거든."

"어렵게 살고 있다는 건 사실인가?"

그는 러시아의 미술 애호가로서 그를 도와줄 필요가 있다고 생각했다.

"그 사람에게 안나 아르카지예브나의 초상화를 부탁해볼까 하는데."

"내 초상화는 이미 당신이 그렸잖아요. 차라리 아냐(그녀는 자기와 같은 이름을 가진 딸을 그렇게 불렀다)를 그려달라고 하세요."

안나는 이렇게 말하며 딸을 안고 있는 유모와 브론스키를 번갈아 흘끔 보았다. 일전에 브론스키가 연습 삼아 이탈리아인 유모의 얼굴을 그리면서 그녀의 우아한 분위기와 아름다운 얼굴을 칭찬한 적이 있었기 때문이다. 그녀의 존재는 안나에게 유일한 슬픔이었으나 안나는 차마 그것을 내색할 수 없었다.

"자네 미하일로프를 만난 적이 있나?"

브론스키가 안나의 시선을 의식하며 말했다.

"응, 있어. 괴상하고 무례한 사람이야. 무신앙과 유물주의 사상만을 교육받은 사람이지."

"우리 그 미술가를 찾아가 봐요."

브론스키가 그를 도와주고 싶어 하는 것을 눈치채고 안나가 말했다.

골레니셰프도 흔쾌히 승낙했다. 그들은 곧 한 시간 정도 떨어진 미하일로프의 집으로 갔다.

화가 미하일로프는 작업 중이었다. 그는 돈을 청구하러 온 집주인 여자를 적당히 돌려보내지 못했다고 아내에게 몹시 화를 냈다.

"당신에게 스무 번은 말했을 거야. 일일이 끼어들지 말라고. 그렇지 않아도 바보 같은데 이탈리아어로 떠들면 세 배나 더 바보 같아 보인단 말이야."

"당신이 돈을 내면 될 거 아니에요. 그게 내 잘못인가요? 나도 돈만 있으면……."

아내도 지지 않고 대꾸했다.

그렇게 아내와 실랑이를 벌이며 그는 더욱 열심히 작업을 했다. 그때 브론스키 일행이 온 것이다. 유행 지난 바지를 입은 미하일로프는 애써 위엄 있게 보이려 했으나 그런 그의 모습이 그들에게 나쁜 인상을 주었다.

"들어오시죠."

미하일로프는 화실로 들어가면서 브론스키의 얼굴 중에서

광대뼈를 상상으로 그려보았다. 그는 잘 보이지 않는 특징을 잘 잡아내었다. 그의 생각에 오늘 온 손님들은 예술에 문외한이면서도 애호가 혹은 감식가로 자처하는 사람들 같았다.

'여기에 온 이유는 그저 작품 보는 안목을 키우기 위해서일 거야.'

방문객들은 마음대로 그림 덮개를 벗기고 여기저기를 돌아보았다. 미하일로프는 거부감이 들면서도 묘하게 흥분되었다.

"이 작품은 어떻습니까?"

그가 한 작품을 가리켰다.

"지난번 작품보다 한결 좋은데요. 그때와 마찬가지로 빌라도의 모습은 말할 수 없는 감동을 줍니다."

골레니셰프의 말에 미하일로프의 눈이 반짝였다. 미술적인 안목은 초보에 가까웠으나 빌라도의 표정을 높이 평가한 것이 만족스러웠다.

"그리스도의 표정도 잘 표현되어 있어요."

안나는 그리스도의 표정이 가장 마음에 들었다.

"빌라도를 불쌍히 여기고 있다는 것을 금방 알 수 있어요."

"대단해. 저 배경 속의 인물은 금방이라도 튀어나올 것 같군. 저런 게 바로 기교지."

브론스키도 한마디 했다. 그러나 미하일로프는 기분이 좋지 않았다. '기교'라는 말은 마치 나쁜 것을 잘 그릴 수 있는 능력이란 뜻으로 들렸던 것이다. 미하일로프는 그림을 그리는 데는 어떠한 기교도 필요하지 않다고 생각했다.

레빈이 결혼한 지도 석 달이 지나고 있었다. 그는 행복했지만 그 행복은 기대했던 것과는 완전히 달랐다. 그것은 마치 호수 위를 미끄러져 가는 작은 배의 움직임을 멀리서 바라보던 사람이 직접 그 배를 탔을 때 느끼는 그런 경험과 같았다. 말하자면 몸의 중심을 잡고 조용히 타고 가는 것이 아니라, 어느 쪽으로 갈 것인지 끊임없이 생각하고, 발아래엔 물이 있고, 계속해서 노를 저어야 하며, 익숙하지 않은 손은 점점 아파오는 것이었다.

그는 일에만 몰두하고, 아내는 사랑만 받으면 된다고 생각했다. 그래서 키티가 첫날부터 식탁보와 가구와 손님들의 잠자리와 쟁반과 식사에 대해 고민하는 것을 보고 놀랐다. 그리고 그런 사소한 일로 조바심을 내는 그녀의 태도는 때로 그를 불쾌하게 만들기도 했다. 그러나 그는 그런 일이 그녀에게 중요하다는 것을 알게 되었다. 키티는 그런 일을 하면서 하인들이 자기 말을 듣지 않는다고 하소연을 할 때가 있었는데, 그런 그녀의 모습은 귀엽고 사랑스러운 한편 이상하게도 보였다.

레빈은 키티가 결혼 후 어떻게 변했는지 잘 알지 못했다. 그는 남편과 아내 사이에는 부드러움과 존경과 사랑만이 존재한다고 믿었다. 그런데 벌써 부부 싸움을 하고 말았다. 그녀가 당신은 나를 사랑하는 것이 아니라 자기 자신만을 사랑한다며 눈물을 보인 것이다.

첫 번째 다툼의 계기는 그가 새로 지은 농장을 보러 나갔다가 길을 잃고 헤매다 30분쯤 늦은 것이었다. 집에 있을 키티를 생각하며 보고 싶은 마음에 다급하게 집에 들어섰지만 그녀는 싸늘한 표정으로 그를 맞았다.

"즐거웠어요?"

그러곤 비난의 말들을 쏟아냈다. 그도 처음에는 화를 냈지만 아내를 모욕할 수 없다는 생각에 그만두었다. 그 후에도 아무것도 아닌 일로 싸움이 되풀이되었다.

두 사람은 한 달간 모스크바로 여행을 다녀왔다. 그 뒤로는 결혼 생활이 한결 부드러워졌다. 여행에서 돌아온 후 그들은 결혼 생활에 무척 만족했다. 그는 그녀가 곁에 있는 것이 기뻤으며 농사일에 관한 저술도 계속했다. 그는 지금 러시아에서 농업이 발전하지 못한 원인에 대한 글을 쓰고 있었다.

남편이 글을 쓰는 동안 키티는 자수를 놓으며 그의 뒷모습을 바라보았다. 한 번만 돌아보았으면 하고 생각했을 때, 그가 돌아보았다.

"정말 돌아보았네요."

그녀가 감탄하여 소리쳤다.

"무슨 생각을 하고 있었소?"

"모스크바를 생각하고 있었어요. 당신의 뒷모습을 보면서요."

"아, 내게 이런 행복이 오다니!"

그가 아내의 손에 키스를 하는 순간 쿠지마가 들어오자 두 사람은 깜짝 놀라 멀찍이 떨어졌다.

"모두 읍에서 돌아왔나?"

레빈이 물었다.

"방금 돌아와서 짐을 풀고 있습니다."

"빨리 오세요. 그러지 않으면 혼자서 편지를 읽을 거예요. 그리고 같이 피아노 쳐요."

그녀가 서재에서 나가면서 레빈에게 말했다. 혼자 남겨진 레빈은 왠지 자신의 생활이 무기력하게 느껴졌다.

'언제까지나 이런 식의 생활을 계속할 순 없어. 석 달 동안 아무것도 한 일이 없으니 한심하기 그지없군. 오늘부터 일을 하긴 했지만 시작하자마자 손을 놓고 말았어. 키티를 혼자 두고 나가는 게 마음에 걸리긴 하지만 이제 일을 하지 않으면 안 돼. 계속 이렇게 생활하다가 습관이 되면 그녀도 이런 생활에 빠져 버리고 말 거야.'

레빈이 2층으로 올라갔을 때 아내는 새 찻그릇을 앞에 놓고 새 은제 사모바르 옆에 앉아 있었다. 그녀는 늙은 하녀 아가피야를 작은 탁자 옆에 같이 앉히고, 돌리에게서 온 편지를 읽고 있었다.

"마님께서 저를 불러주셨어요. 같이 앉자고 하시면서요."

아가피야는 키티를 보고 정답게 미소 지으며 말했다.

레빈은 그 말을 듣고 아가피야와 키티 사이에 벌어졌던 복잡한 일이 해소되었음을 알았다. 가사 주도권을 빼앗아 버린 새로운 안주인에 대해서 아가피야는 매우 탐탁잖은 감정을 품었었다. 그러나 결국 키티는 그녀를 정복하고 자기를 사랑하게 만든 것이었다.

"돌리가 사르마츠키 댁에서 열린 어린이 무도회에 그리샤랑 타냐를 데리고 갔대요. 거기서 타냐가 후작부인으로 분장을 했대요."

그러나 레빈은 그녀의 이야기에 귀를 기울이지 않았다. 그의 둘째 형인 니콜라이의 정부였던 마리야 니콜라예브나에게서 온 편지를 읽고 있었기 때문이다.

편지는 두 번째로 온 것이었다. 첫 번째 편지는 아무 이유 없이 형이 자신을 쫓아버렸다는 내용이었다. 그녀는 소박한 말투로 자신은 다시 형편없는 생활로 돌아갔지만 괜찮다며 자신보다 더 걱정되는 사람은 니콜라이라고 했다. 자신이 돌보지 않으면 그는 곧 쓰러질지 모른다는 것이었다. 그 생각만 하면 슬퍼서 견딜 수 없다며 그에게 신경을 좀 써달라고 부탁했다.

그런데 이번 편지는 달랐다. 모스크바에서 우연히 니콜라이를 만나 다시 함께 살게 되었다는 것이었다. 그는 어느 현청 소재지에 직장을 구했는데, 거기서 상관과 말다툼을 하고 다시 모스크바로 돌아오는 중에 병을 얻었고, 회복할 가능성이 없다고 했다.

"이 편지를 좀 보세요. 언니가 당신에 대해 썼어요."

키티는 편지를 보여주다가 남편의 표정이 변한 것을 보고 미소를 감추었다.

"니콜라이 형이 위독하다는구려. 다녀와야겠소."

키티의 얼굴도 굳어졌다.

"언제 출발할 건데요?"

"내일."

"나도 같이 가겠어요, 괜찮죠?"

"그게 무슨 소리요?"

그가 꾸짖는 어조로 말했다.

"내가 가는 것은 형이 죽어가고 있기 때문이오. 그런데 당신은 무엇 때문에……."

"무엇 때문이냐고요? 당신이 가는 이유와 마찬가지죠."

'내겐 이토록 중요한 일인데 이 사람은 철없이 혼자 남을 것만 생각하는군.'

그렇게 생각하자 핑계를 대는 그녀의 태도에 더욱 화가 났다.

"절대 안 돼."

그는 딱 잘라 말했다.

"어쨌든 당신이 가면 나도 가겠어요. 기어코요!"

레빈은 어떻게든 아내를 설득시키려 했으나 키티는 듣지 않았다. 그래서 그들은 다음 날 함께 출발하기로 했다.

니콜라이가 묵고 있는 곳은 불결한 싸구려 여인숙이었다. 레빈은 단 하나 남은 방을 키티에게 잡아주었다.

"당신은 형님한테 빨리 가보세요."

레빈은 말없이 방을 나왔다. 그리고 도착한 것을 알고 나와 있던 마리야 니콜라예브나와 만났다.

"형은 좀 어떻습니까?"

"아주 좋지 않아요. 일어나지도 못 하고 당신만 기다리고 있어요. 형이 매우 기뻐할 거예요. 부인도 함께 오신다는 걸 알고 있거든요. 외국에서 부인을 만난 적이 있대요."

마침 그때 키티가 문을 열고 나왔다.

"형님께선 어떠세요?"

레빈은 자신의 입장을 곤란하게 만든 키티 때문에 화가 났다.

"복도에서 그런 말을 할 순 없지 않소?"

"아, 그렇군요. 다녀오세요. 나중에 저를 부르러 사람을 보내주세요."

레빈은 형에게 갔다. 니콜라이는 좁고 더러운 방의 침대에 누워 있었다.

'저렇게 끔찍한 모습이 형이라니!'

"내가 이렇게 변할 줄은 상상도 못 했겠지."

"왜 이제야 연락을 했어요? 결혼할 때 형을 얼마나 찾았는데요. 아내를 불러올게요."

"아아, 그게 좋겠군. 마샤, 여길 좀 치워주고 나가 있어."

잠시 후 키티는 환자에게 다가가 뼈만 남은 앙상한 손을 조심스럽게 잡고 얘기했다.

"소덴에서 뵌 적이 있어요. 인사는 못 드렸지만요. 그땐 제가 제수가 되리라고는 상상하지 못하셨을 테죠?"

"날 몰라보겠죠? 하도 변해서."

"아뇨, 알아볼 수 있어요. 우리에게 알리시길 잘하셨어요. 코스차('콘스탄틴', 즉 레빈의 애칭—역주)는 단 하루도 형님의 일을 걱정하지 않은 날이 없었어요."

레빈은 형을 보는 것만으로도 괴로워서 형의 병세를 냉정하게 판단하지 못하고 쩔쩔맸다. 반면 키티는 남편과 달리 환자를 위해 의사를 부르고, 약국으로 사람을 보내고, 데리고 온 하녀와 마리야에게 방을 청소시키고, 자기도 빨랫감을 들고 가 빨래를 했다. 잠시 후, 악취가 풍기던 방은 몰라보게 깨끗해졌다. 또 니콜라이의 몸을 씻기고, 머리를 빗기고, 새 셔츠로 갈아입혀 자리에 뉘였다.

"훨씬 좋아진 것 같아요. 진작 제수씨가 간호해주었다면 벌써 나았을 거예요. 정말 고마워요."

니콜라이는 그녀의 손을 잡고 어루만졌다. 키티도 두 손으로 니콜라이의 손을 꼭 잡아주었다.

밤이 되어 방으로 돌아온 키티는 남편에게 말했다.

"의사 말로는 앞으로 사흘을 넘기기 어렵다고 해요."

"이제야 고백하지만 당신이 같이 와준 게 얼마나 다행인지 모르겠소."

"이제 그만 주무세요. 앞으로 며칠은 더 걸릴 테니까요."

의사의 진단과 다르게 니콜라이는 열흘이 지나도록 목숨을 이어갔다. 하지만 환자가 너무도 괴로워해 레빈도 키티도 그가 빨리 임종하기를 바랄 수밖에 없었다.

밤 7시가 지나자 마리야가 키티의 방으로 황급히 뛰어 들어왔다.

"큰일 났어요! 곧 돌아가실 것 같아요."

환자는 누구나 죽음이 임박했음을 알 수 있을 만큼 쇠약해져 있었다.

달려온 사제가 기도문을 읽는 동안 니콜라이는 어떠한 생명의 징후도 보이지 않았다. 그는 몸을 쭉 뻗고 숨을 몰아쉬더니 입가에 미소를 띠우고는 이내 눈을 감았다. 사제는 기도문을 다 읽은 뒤 싸늘해진 이마에 십자가를 얹고 "임종하셨습니다"라고 말했다.

형의 죽음을 가까이에서 바라본 레빈은 공포심에 휩싸였으나 키티 덕분에 절망감에 빠지지는 않았다.

죽음이라는 사건 앞에 한 가지 신비스러운 일이 생겼다. 의사는 키티가 임신했음을 레빈에게 알렸다.

카레닌은 안나가 가출했는데도 태연한 척했다. 아내가 나가고 이틀 동안은 예전과 다름없이 청원자를 만나고 회의에도 나가고 식당에서 식사도 했다. 그러다 모자 가게 점원이 안나가 치르지 않은 계산서를 들고 수금하러 오자 허세를 부릴 기력을 잃고 말았다. 갑자기 맥이 빠진 것이다.

안나는 그가 현지사로 근무할 때 만났다. 그는 안나에게 모든 애정을 쏟아부었다. 그 바람에 친구도 사귀지 못했다. 그런 탓에 이 지경에 처해도 하소연할 사람이 없었다. 그가 절망 속에 괴로워할 때 리디야 이바노브나 백작부인은 그를 잊지 않고 찾아주었다.

"아무도 만나지 않겠다는 당신의 뜻을 어기고 올 수밖에 없었어요. 난 모든 얘기를 다 들었어요."

"난 이미 지쳐버렸습니다. 더 이상 버틸 힘이 없어요. 게다가 아들이 나를 보는 눈빛을 감당할 수가 없습니다."

"네, 알아요. 내가 힘이 되어줄게요. 그런 일엔 여자가 필요하니까요. 내게 맡겨주세요. 댁의 가정부 노릇을 해드리겠어요."

"어떻게 감사를 드려야 할지……."

"내게 고맙다고 하지 말고 하느님께 하세요."

리디야 이바노브나 백작부인은 열정적으로 카레닌의 집안일을 돌보았다. 세료자에게는 어머니가 돌아가셨다고 말했다.

리디야는 남편과 별거 중이었다. 그녀는 남편에게 애정을 느끼지 못해 다른 사람에게 사랑을 쏟아야만 했다. 지금은 그 대상이 카레닌인 것이다. 백작부인은 며칠 전 안나와 브론스키가 페테르부르크에 왔다는 소식을 듣고 흥분했다. 그녀는 카레닌이 그들과 마주치지 않도록 애썼다. 몇몇 사람을 통해 두 사람이 무엇을 하고 있는지 알아보기도 했다. 그들이 떠난다는 소식을 듣고 안심하고 있던 다음 날 아침에는 안나가 보낸 편지를 받고 깜짝 놀랐다.

리디야 이바노브나 백작부인, 당신의 따뜻한 온정에 감사를 보내며 감히 이런 편지를 드립니다. 다름이 아니라 이곳을 떠나기 전에 아들을 한 번 만나게 해주세요. 당신에게 이런 부탁을 드리는 이유는 저로 인해 알렉세이 알렉산드로비치가 괴로워하길 바라지 않기 때문입니다. 세료자를 제게 보내주시든 장소를 정하고 시간을 알려주시든 해주신다면 고맙겠습니다. 당신의 도움이 제게 얼마나 깊은 감동을 주는지 모릅니다.

편지를 받은 리디야 이바노브나 백작부인은 감정이 상해 편지를 가져온 심부름꾼에게 이렇게 말했다.

"답장은 없다고 해!"

그날은 궁전에서 축하연이 있었다. 카레닌은 알렉산드르 네프스키 훈장을 받았지만, 그의 관운은 안나의 가출과 때를 같이하여 끝났음을 모든 사람이 알고 있었다. 모르는 것은 당사자뿐이었다.

카레닌은 축하연에서 돌아오는 길에 리디야 이바노브나 백작부인의 저택에 들렀다.

"축하해요. 우리 천사는 어떻게 지내고 있죠?"

백작부인이 훈장을 바라보며 말했다.

"만족스럽게 지낸다고는 할 수 없습니다. 그 아인 아무것에도 관심이 없어요."

"그렇군요. 잠시 의논할 일이 있어요. '그녀'가 지금 페테르부르크에 와 있어요."

그는 안나 얘기를 듣자 몸을 부르르 떨었다. 리디야 이바노브나 백작부인은 안나가 보낸 편지를 보여주었다. 편지를 읽은 그는 고개를 떨구었다.

"난 거절할 권리가 없어요. 그 사람 요구대로 만나게 해줍시다. 난 모든 걸 용서했습니다."

"당신이 용서한다고 해도 그녀가 아이 마음을 휘저어놓을 거예요. 그 아이는 엄마가 죽은 줄로 알고 있어요. 그런데 갑자기 엄마가 나타나면 어떻게 생각하겠어요?"

"거기까진 미처 생각하지 못했습니다."

카레닌은 그녀의 말이 옳다고 생각했다.

"나라면 절대로 허락하지 않겠어요. 허락하고 나면 아드님뿐만 아니라 당신도 고통스러울 거예요. 도대체 두 사람이 만나서 뭘 어쩌겠다는 거죠? 그녀에게 양심이 있다면 절대 이런 부탁을 할 수 없어요. 해서도 안 되고요. 허락하신다면 내가 그녀에게 편지를 쓸게요."

리디야 이바노브나 백작부인은 카레닌이 자신의 의견에 찬성하자 안나에게 편지를 썼다.

당신과 세료자의 만남은 어린 마음에 상처만 남기고 비난하는 마음을 심어주는 것밖에 되지 않을 것 같습니다. 그러니 당신의 남편이 거절하신 것은 기독교의 사랑의 정신에서 비롯된 처사임을 양해해주시기 바랍니다. 전능하신 하느님의 은총이 당신과 함께하기를 빌며.

이 편지는 안나를 욕되게 만드는 것이었다.

안나와 브론스키는 페테르부르크에 도착하자 일류 호텔에 묵으면서 그날로 브론스키의 형을 찾아갔다. 어머니도 모스크바에서 와 있었다. 형수도 어머니도 안나에 대해선 한마디도 하지 않았다. 하지만 형만이 다음 날 아침 브론스키를 찾아와 안나에 대해 조용히 물었다.

"남들이 뭐라고 하든 난 상관없어요. 하지만 친척들이 나와 계속 관계를 유지하겠다면 안나와도 같은 관계를 가져주어야겠어요. 그녀의 이혼이 성립되면 우린 곧 결혼할 테니까요."

"알았어. 나로선 반대할 이유가 없다. 하지만 세상이 이 문제를 어떻게 받아들일지 결정하기 전에는 네가 옳은지 어쩐지 판단할 수 없어. 어쨌든 안나를 만나게 해줘."

다음에 브론스키가 만난 것은 벳시였다.

"마침내 왔군요."

그녀는 기뻐하며 그를 맞았지만 안나의 이혼 문제가 아직 해결되지 않은 것을 알고는 실망하여 말했다.

"난 그런 건 어떻게 되든 상관없지만, 세상의 완고한 사람들은 당신들이 정식으로 결혼하지 않는 이상 냉정하게 대할 거예요."

벳시의 태도로 브론스키는 자신이 사교계로부터 기대할 수 있는 건 아무것도 없다는 사실을 깨달았다.

하지만 형수인 바랴는 다를지도 몰랐다. 페테르부르크에 도착한 다음 날, 그는 바랴를 찾아갔다.

그는 바랴에게 기대를 걸었다. 그녀만큼은 안나를 받아들일 거라고 생각하고 솔직하게 자기의 희망을 고백했다.

"도련님은 내가 도련님을 위해선 무슨 일이라도 하리라는 걸 잘 아시잖아요. 하지만 이번엔 아무 도움도 드릴 수가 없어요. 남편이 사회생활 하는 데도 유리할 게 없고요. 그래도 한 번은 찾아갈게요. 하지만 집으로 초대할 순 없어요. 이유는 그분도 잘 아실 거예요."

바랴는 브론스키의 어두운 얼굴을 조심스럽게 쳐다보면서 말했다.

형수가 그러니 다른 사람들은 말할 것도 없었다. 브론스키는 사교계를 떠나 낯선 도시에 사는 것처럼 생활해야 했다.

안나가 러시아에 돌아온 목적 가운데 하나는 아들을 만나는 것이었다. 그러나 막상 와보니 자기를 바라보는 시선이 곱지 못해 아들을 만나는 일이 쉽지 않았다. 그러다 카레닌과 리디야 이바노브나 백작부인과의 친밀한 관계를 알고, 안나는 그녀에게 편지를 썼다. 그런데 편지를 전달하고 온 호텔 심부름꾼에게서 뜻밖의 답변, 즉 답장이 없다는 전갈을 받았을 때 안나는 심한 모욕감을 느꼈다. 또한 이 슬픔을 브론스키와 함께 나눌 수도 없었다.

별수 없이 그녀는 남편에게 편지를 쓰기로 했다. 그때 리디야 이바노브나 백작부인으로부터 답장이 왔다. 편지를 읽고 그녀는 격분하고 말았다.

'그 사람들은 오직 나를 욕보이고, 아이를 괴롭히려고 해. 그런데도 왜 내가 그들의 뜻을 따라야 하는 거지? 난 적어도 거짓말은 하지 않아.'

그녀는 세료자의 생일날 직접 집으로 찾아가 아들을 만나고, 그들의 거짓말을 폭로하겠다고 결심했다.

다음 날 아침 안나는 남편의 집 현관 벨을 눌렀다.

"무슨 일인지 알아봐. 어느 댁 부인인지 모르겠는걸."

문지기 조수가 문을 열자 안나는 안으로 들어가, 주머니에서 3루블 지폐를 꺼내 그에게 쥐어주었다. 그녀가 두 번째 문까지 오니 조수와 교대한 문지기가 "어느 분을 보러 오셨습니까?" 하고 물었다.

안나는 시치미를 떼고 대답했다.

"난 스코로두모프 공작님의 심부름으로 세르게이 알렉세이치의 생일을 축하하기 위해 왔습니다."

"도련님은 아직 안 일어나셨습니다. 잠시만 기다려주시겠습니까?"

문지기는 그녀의 외투를 받아 들다가 베일 속의 얼굴을 보고 깜짝 놀랐다.

"어서 오세요, 마님."

안나는 무슨 말인가 하려다 면목 없는 표정으로 계단을 올라갔다.

세료자는 예전부터 쓰던 침대 위에 셔츠 바람으로 앉아 있었다.

"세료자!"

세료자는 한동안 자기 앞에 꼼짝 않고 서 있는 어머니를 이상한 듯 보고 있다가, 곧 싱긋 웃으며 말했다.

"엄마! 난 알고 있었어요. 오늘이 내 생일이니까. 엄마가 오실 줄 알았어요."

안나는 아들의 모습을 찬찬히 살펴보았다. 몰라보게 커버린 아들의 발이 낯설기도 했다.

"엄마, 왜 울어요?"

"기뻐서 그래. 너무 오랜만에 만나서. 하지만 이젠 울지 않을게. 세료자, 넌 엄마가 죽었다고 생각했니?"

"아니요. 난 그 말을 믿지 않았어요. 난 다 알고 있었다고요."

세료자는 자신의 머리를 쓰다듬고 있는 어머니의 손을 잡아 입을 맞췄다.

그 무렵 밖에서 하인들은 크게 동요하고 있었다. 이 부부를 만나게 해서는 안 된다는 것을 알고 있었으므로 어떻게든 두 사람이 얼굴을 마주치지 않도록 해야 했다. 때마침 유모 마리야 예피모브나가 들어왔다.

"마침 잘 오셨소. 꾀 좀 빌립시다."

하인 코르네이는 유모에게 사정 설명을 했다.

"큰일 났군요. 코르네이, 당신은 어떻게든 나리가 천천히 올라오시도록 해주세요. 그사이에 난 마님을 돌려보낼 테니."

유모는 세료자의 방으로 가서 안나의 손과 어깨에 입을 맞추며 눈물을 흘렸다.

"오랜만입니다, 마님."

"아, 유모! 아직까지 이 집에 있는 줄 몰랐어."

"아니에요. 오늘이 도련님 생신이어서 축하드리러 왔습니다."

유모가 귓속말로 안나에게 뭐라고 속삭였다. 그러자 안나는 수치심 비슷한 것을 얼굴에 떠올리며 벌떡 일어났다. 그러나 그녀는 도저히 '안녕'이란 말을 할 수 없었다.

"세료자, 아버지를 사랑해드리렴. 아버지는 엄마보다 훌륭하신 분이니까. 엄만 아버지에게 죄를 지었어. 이다음에 크면 알게 될 거야."

"아냐, 엄마보다 좋은 사람은 없어."

결국 안나는 울음을 터뜨렸다.

"오십니다!"

유모가 소리치자 세료자가 침대에 엎드려 울기 시작했다. 안나는 아들의 젖은 얼굴에 키스하고 재빨리 몸을 돌렸지만 카레닌과 딱 마주치고 말았다. 그녀는 카레닌이 멈칫하는 사이 재빨리 베일을 내리고 밖으로 뛰쳐나갔다. 아들의 생일 선물도 전해주지 못한 채로.

안나가 호텔 방에 우두커니 선 채 중얼거렸다.

'이제 다 끝났어. 다시 난 혼자야.'

그녀는 아들과의 해후가 그토록 마음을 흔들어놓으리라고는 예상하지 못했다.

유모가 딸아이를 안고 왔다. 안나는 자신이 이 아이에 대해서 느끼는 애정은 세료자에게 느끼는 것에 비하면 애정이라고도 할 수 없다는 것을 깨달을 수 있었다. 그런데 그 세료자와 영원히 헤어지고 말았다. 안나는 유모에게 아기를 데리고 나가게 했다. 문득 오늘 아침은 한 번도 브론스키를 보지 못했다는 것이 생각났다. 그녀는 그에게 빨리 와달라고 사람을 보냈다. 심부름꾼은 곧 답장을 가지고 왔다. 손님이 있으나 곧 가겠으며, 지금 페테르부르크에 와 있는 야쉬빈 공작을 데려가도 괜찮겠

냐는 내용이었다.

'어제 낮부터 계속 만나지 못했는데 혼자 오지 않고 야쉬빈과 같이 오겠다고?'

안나는 어쩌면 그가 이제 더 이상 자신을 사랑하지 않을지도 모른다는 생각이 들었다. 어제 함께 식사하지 않은 것도 그렇고, 이곳에 있는 동안 방을 따로 쓰자고 한 것도 그렇고, 단둘이 있기를 피하고 친구를 데리고 온다는 일조차도 그의 애정이 식었다고 생각하게끔 했다.

안나는 전보다 더 정성 들여 화장을 했다. 준비를 마치고 나오니 응접실에 야쉬빈과 브론스키가 이미 와 있었다. 브론스키는 그녀가 깜빡 잊고 탁자 위에 올려둔 아들의 사진을 보느라 안나에게 눈길을 주지 않았다. 대신 야쉬빈이 눈인사로 그녀를 맞았다.

"우린 구면이죠? 작년에 경마장에서 만났었죠."

그녀는 브론스키에게서 아들의 사진을 재빨리 빼앗으며 야쉬빈에게 말했다.

"올해 경마는 어땠나요? 전 대신 로마에서 경마를 봤어요. 아, 당신은 외국 생활을 싫어하시죠. 몇 번 뵙지는 못했지만 당신의 취미에 대해서는 잘 알고 있답니다."

안나는 부드럽게 미소 지으며 말했다.

"그것참 유감이군요. 제 취미란 것이 대부분 못된 것이니 말입니다."

야쉬빈은 안나와 잠시 이야기를 나누다가 브론스키가 시계를 보는 것을 눈치채고 군모를 집어 들었다.

"저녁에 식사하러 오세요. 알렉세이는 연대 사람들 가운데 당신을 가장 좋아하니까요."

안나가 말했다.

"그건 정말 영광입니다."

야쉬빈이 미소 지으며 말하는 것을 보고, 브론스키는 안나가 그의 마음에 들었음을 알아차렸다.

야쉬빈이 인사를 한 뒤 먼저 나가고, 브론스키가 남았다.

"당신도 갈 거예요?"

"지금 가도 늦겠소."

브론스키는 안나에게 대답하고 야쉬빈 쪽을 향해 소리쳤다.

"먼저 가! 나도 바로 갈 테니까."

안나는 두 손으로 브론스키의 손을 잡으며 말했다.

"알렉세이, 당신 마음이 변한 건 아니죠? 난 이곳에 있는 것이 너무 괴로워요. 언제 이곳을 떠날 수 있는 거죠?"

"곧 떠날 거요. 이 생활은 나도 괴롭소."

브론스키는 이렇게 말하고 자기 손을 빼냈다.

안나는 화난 듯 "다녀오세요"라고 말하고 방을 나갔다.

브론스키와 야쉬빈이 돌아왔을 때, 안나는 나가고 없었다. 그가 나가자마자 어떤 부인이 찾아와 함께 외출했다는 것이다.

안나가 행방도 알리지 않고 나갔다는 것, 그리고 이렇게 늦었는데도 돌아오지 않았다는 것, 아침에 말없이 외출한 것, 외출에서 돌아와서 이상하게도 흥분 상태였다는 것 등 그는 오늘 안나와 얘기를 좀 해야겠다고 생각했다. 그래서 그녀의 응접실에서 그녀가 돌아오기를 기다렸다. 하지만 안나는 혼자가 아니라 고모뻘 되는 오블론스키 공작의 딸을 데리고 왔다. 안나는 브론스키는 안중에도 없는 듯 아침에 물건을 산 이야기를 하기 시작했다. 그녀의 마음에 특별한 것이 생긴 것이 분명했다.

식사는 4인분이 준비되어 모두 식당으로 가려는데, 투슈케비치가 벳시 공작부인의 전갈을 가지고 들어왔다. 직접 작별 인사를 하러 오지 못해 미안하다며 대신 안나에게 6시 반에서 9시 사이에 와달라는 것이었다. 안나가 다른 사람과 마주치지 않도록 신경 써서 맞춘 시간이었지만 안나는 알아차리지 못했다.

"어떡하죠, 나도 그 시간엔 갈 수 없는데."

"부인께서 섭섭해하시겠군요."

"나도 섭섭해요."

"하지만 당신도 파티(가수 이름—역주)의 노래를 들으러 오시겠죠?"

"좌석을 잡을 수만 있다면……"

"제가 구해드리죠."

"어머, 정말 고마워요. 함께 식사하시겠어요?"

브론스키는 기가 막혔다. 공작의 노처녀 딸을 데려온 것도 그렇고, 별 볼 일 없는 투슈케비치를 만찬에 초대한 것도 그렇고, 자신의 처지는 생각하지도 않고 사교계 사람들이 모두 모이는 파티의 공연에 가려고 하다니, 이해할 수가 없었다. 그러고는 보란 듯이 투슈케비치와 야쉬빈에게 애교를 부렸다.

식사가 끝나고 투슈케비치가 좌석을 구하러 나가자, 브론스키는 2층으로 갔다. 안나는 이미 파리에서 맞춘 가슴이 깊게 파인 벨벳을 댄 엷은 빛깔의 비단옷을 입고, 값비싼 레이스의 머리 장식을 달고 있었다.

"정말 극장에 갈 생각이오?"

"왜요, 난 가면 안 되나요?"

"아니, 뭐 안 될 이유야 없겠지만, 그런 장소에 가면 좋지 않다는 걸 당신도 알잖소."

"아뇨, 난 모르겠어요."

브론스키는 비로소 그녀가 일부러 자신의 처지를 모른 척한다는 걸 알고 증오에 가까운 분노를 느꼈다. 어째서 이 여자는, 눈에 띄는 옷차림을 하고 공작의 노처녀 딸과 함께 연극을 보러 간다는 것이 타락한 여자로서 자신을 인정하는 것일 뿐 아니라 사교계와 절교한다는 의미임을 알지 못하는 것일까?

그는 그녀를 아끼는 마음이 점점 엷어지는 것을 느꼈다. 그는 야쉬빈과 함께 코냑을 마셨다.

"어때, 우리도 갈까?"

야쉬빈이 콧수염 밑으로 희미한 미소를 지으며 말했다.

"난 안 갈 거야. 볼일이 있네."

브론스키가 우울한 얼굴로 대꾸했다.

"난 약속이 있으니 가야겠네. 자네도 마음이 변하거든 오게. 크라신스키의 자리가 남아 있으니."

그러면서 야쉬빈은 생각했다.

'아내도 귀찮지만 아내가 아닌 여자는 더 귀찮다니까.'

혼자 남은 브론스키는 초조하게 방을 거닐었다.

'오늘이 네 번째 공연이지. 형수와 어머니도 참석했겠지. 지금쯤이면 그녀가 극장에 나타났겠군. 난 왜 그녀의 보호를 투슈케비치에게 위임하고 만 걸까? 그녀는 날 왜 이 지경까지 몰아넣는 걸까?'

브론스키는 하인에게 예복을 준비하라고 지시했다.

브론스키가 극장에 도착한 것은 8시 반이었다. 복도에는 좌석을 안내하는 직원과 팔에 털외투를 걸치고 문에서 독창을 듣고 있는 두 사람의 하인 말고는 아무도 없었다. 곧 카덴차가 끝나고 문 안쪽에서 박수 소리가 흘러나왔다.

브론스키는 아래층 정면의 일반석 중앙으로 들어갔다. 그때 맨 앞줄에 앉아 있던 세르푸호프스키가 그를 불렀다. 브론스키는 그의 옆으로 갔다. 안나는 보이지 않았다. 그러나 어디 있는지 둘러보기만 하면 금방 알 수 있을 것이었다. 브론스키는 오페라글라스를 꺼내 1층에서 2층까지 특별석을 유심히 살펴보았다. 모자를 쓴 부인과 대머리 노인 옆에, 거만하고 눈이 부실 만큼 아름다운 안나의 얼굴이 레이스 테 안에서 미소 짓고 있었다. 그녀는 야쉬빈에게 뭐라고 얘기하고 있었다.

그녀는 그가 있는 쪽은 돌아보지도 않았다. 그러나 그는 그녀가 이미 자기를 보았을 것이라는 생각이 들었다. 안나의 왼쪽으로 이웃해 있는 칸막이 좌석에는 카르타소프 부부가 있었다. 안나와 친했던 사이로, 브론스키도 그들을 알고 있었다. 마르고 몸집이 작은 카르타소프 부인은 안나에게 등을 돌린 채 관람석 안에 서서, 남편이 입혀주는 외투를 입으며 흥분하여 뭐라고 떠들어대고 있었다. 대머리 신사는 아내를 달래느라 진땀을 빼고 있었다. 아내가 나간 뒤에도 남편은 안나에게 인사하고 싶은 듯, 오랫동안 우물쭈물했다.

안나는 창백해진 얼굴에 노기를 가득 띄우고 한참을 중얼거렸다. 노신사는 할 수 없이 밖으로 나갔다. 브론스키는 카르타소프 부부와 안나 사이에 무슨 일이 있었는지 알지 못했으나, 안나가 모욕을 당했다는 것쯤은 알 수 있었다. 그는 불안한 마음에 어머니와 형의 관람석으로 갔다. 어느 정도 사정을 알 수 있을 것 같았기 때문이다.

형수 바랴는 흥분하면서 말했다.

"정말 저 카르타소프 부인 같은 심술쟁이가 또 어디 있겠어요? 형한테서 들었는데요, 그녀가 안나를 모욕했대요. 그녀의 남편이 안나와 얘기를 하려 하자 큰 소리로 실례되는 말을 하고는 나가버렸다는 거예요."

그때 소로키나 공작의 딸이 특별석 문을 열고, 브론스키 백작 부인이 그를 찾는다는 말을 전했다.

"널 기다리고 있었다."

그는 어머니가 통쾌해하고 있다는 것을 알았다.

"넌 왜 카레닌 부인을 모른 척하니. 그녀는 다른 사람들의 소문거리가 됐어. 눈에 띄는 옷차림에 타고난 미모를 빛내며 이 사교계에 나타나다니, 뻔뻔스럽기도 하지."

"어머니, 그런 말씀은 하지 말아달라고 했잖습니까?"

"난 남들이 그런다는 말을 전했을 뿐이야."

브론스키는 자리를 떴다.

안나는 이미 집에 와 있었다. 안나는 화가 난 나머지 흥분을 감추지 못하며 슬퍼했다.

브론스키는 그녀가 측은했다. 사랑의 맹세만이 그녀를 진정시킬 수 있기에 낯간지러운 말로 그녀를 위로해주었다. 하지만 마음속으로는 이런 상황을 만든 안나를 비난하고 있었다.

얼마 후 두 사람은 감정을 풀고 시골로 떠났다.

6부

 돌리는 아이들과 함께 포크로프스코예에 있는 레빈 부부의 집에서 여름 한철을 보냈다. 레빈 부부가 그녀의 집이 황폐해진 것을 보고 같이 지내자고 설득했기 때문이다. 아이들과 가정교사를 데리고 온 오블론스키 가족 외에도, 처음으로 임신한 딸을 보살펴 주는 것을 자신의 의무로 여기고 있는 노공작부인과, 키티가 외국에 있을 때 사귄 친구로 키티가 결혼하면 찾아오겠다던 바렌카도 손님으로 와 있었다.

 온 가족이 식탁에 모여 앉았다. 돌리의 아이들은 바렌카와 가정교사와 함께 버섯을 따러 갈 장소에 대해 상의했다. 그러자 지식과 학문으로 손님들 사이에서 숭배에 가까운 존경을 받고 있던 세르게이 이바노비치까지 거기에 끼어들었다.

 "나도 버섯 따기를 좋아하는데, 데려가 주시겠습니까?"

그는 바렌카를 쳐다보며 말했다.

"저희야 좋죠."

바렌카가 얼굴을 붉히며 대답했다. 그것을 보고 키티와 돌리는 의미심장한 눈빛을 교환했다. 식사가 끝나자 세르게이 이바노비치는 동생과 이야기하면서 아이들이 나올 문 쪽을 힐끔거렸다. 레빈은 형 옆 창가에 걸터앉았다.

그때 돌리의 딸 타냐가 바구니와 세르게이 이바노비치의 모자를 휘두르며 뛰어나왔다.

"바렌카가 기다리고 있어요."

"지금 갑니다, 바르바라 안드레예브나."

세르게이 이바노비치는 호주머니에 손수건과 시가 케이스를 넣으며 말했다.

"바렌카는 정말 좋은 사람이에요, 그렇죠?"

키티가 남편에게 말했다. 세르게이 이바노비치가 들으라고 하는 소리였다.

"정말로 아름다워요. 얼마나 고상한 아름다움이에요! 바렌카! 물방앗간이 있는 숲에 계실 거죠? 우리도 조금 있다 뒤따라갈게요."

키티가 소리쳤다.

"몸이 무거운 것도 까맣게 잊어버렸구나, 키티!"

노공작부인이 문에서 급히 나오며 말했다.

"넌 그렇게 큰 소리를 질러선 안 돼."

바렌카는 키티의 목소리에 이어 그녀 어머니의 잔소리를 들고 경쾌한 발걸음으로 키티에게 다가왔다. 키티가 지금 바렌카를 부른 이유도, 그녀의 생각으로는 오늘 숲에서 벌어질 중대사에 대해서 마음속으로 바렌카를 축복해주기 위해서였다.

"바렌카, 만약에 말이에요. 어떤 일이 실현된다면 난 정말 기쁠 거예요."

그녀는 바렌카에게 이렇게 속삭였다.

"당신도 함께 가시나요?"

당황한 바렌카는 그녀의 말을 못 들은 체하며 레빈에게 물었다.

"네, 갑니다. 하지만 탈곡장까지만 같이 가고 거기에 남아 있을 겁니다."

"왜요? 거기에 무슨 볼일이 있어요?"

키티가 물었다.

"새 짐수레를 좀 살펴봐야 하거든. 당신은 어디 있을 거요?"

"난 테라스에 있을게요."

테라스에는 노공작부인과 돌리와 키티, 그리고 아가피야 미하일로브나가 잼을 만들기 위해 모였다.

"엄마, 전 어쩐지 오늘 결정될 것 같은 느낌이 들어요. 그렇게 되면 얼마나 좋을까요! 엄마는 어떻게 생각하세요?"

키티가 말했다.

"그는 러시아에서 가장 좋은 짝을 만날 수 있는 사람이야. 젊진 않지만 그 사람 정도면 많은 여자가 지금도 시집오려고 할 걸. 물론 바렌카도 훌륭하지만 그는 좀 더……."

"아니에요. 엄마도 아시잖아요. 그들에게는 이보다 더 좋은 연분은 없을 거예요. 그는 아내의 재산이나 지위 따위가 필요 없는 분이에요. 그에게 필요한 건 아름답고 착하고 차분한 아내죠. 물론 그녀가 그를 좋아하지 않는다면 문제가 되겠지만…… 그렇지는 않은 것 같아요. 언니는 어떻게 생각해?"

"그래, 그녀와 함께라면 그도 안정을 찾을 수 있을 거야."

돌리가 맞장구를 쳤다.

"아, 남자가 청혼을 하는 것은 정말 신기한 일이야……. 모든 장애물이 한꺼번에 무너져 버리는 느낌이지."

돌리는 오블론스키와의 과거를 회상하면서 미소를 지었다. 그리고 세 여인은 똑같은 생각에 잠겼다.

키티가 맨 먼저 침묵을 깼다. 결혼 전 마지막 겨울과 브론스키에게 마음이 끌렸던 일이 떠오른 것이었다.

"다만 한 가지……, 바렌카의 옛 로맨스 말인데요. 저는 세르게이 이바노비치에게 마음의 준비를 해두라고 얘기하고 싶어요. 남자들은 여자의 과거에 대해 무서울 만큼 질투가 강하니까요."

"모두가 그렇지는 않아. 넌 네 남편을 기준으로 생각하는 거야. 그는 지금도 브론스키에 대한 기억으로 괴로워하고 있지?"

돌리가 말했다.

"응."

키티가 대답하자 공작부인이 걱정스러운 듯 참견했다.

"난 도무지 모르겠구나. 그런 일이야 어느 아가씨에게나 있는 일이잖니. 요즘 같은 때에 너 같은 아가씨들을 억지로 붙잡아 둘 수도 없고 말이야……. 게다가 너희는 도를 넘어선 적도 없잖아."

"결국 그때 안나가 온 것이 키티에게는 다행이었죠. 안나에게는 큰 불행이었지만요. 그때 안나는 너무 행복해했고 키티는 자신을 불행하다고 생각했는데, 이제는 완전히 반대가 돼버렸으니 말이에요! 전 종종 안나가 생각나요."

"아니 저런, 무슨 그런 역겹고 추잡스럽고 인정머리 없는 여자를 생각하니?"

어머니는 키티가 브론스키가 아닌 레빈과 결혼한 것이 아직도 서운하다는 듯이 말했다.

"그만하세요. 전 그 일에 대해선 생각하고 싶지도 않아요."

그때 계단을 올라오는 레빈의 발소리가 들렸다.

"생각하고 싶지 않다니…… 뭘?"

레빈은 테라스에 들어서며 물었다. 그러나 아무도 그 말에 대답하지 않았기 때문에 그도 더 이상 묻지 않았다. 그러나 그는 뭔가 그의 앞에서는 말하기 거북스런 얘기가 오갔던 것을 눈치챘다.

키티와 레빈은 버섯을 따러 가기 위해 집을 나섰다. 임신한 몸으로 험한 시골길을 마차로 가는 건 위험하다는 공작부인의 말에 따라 두 사람은 걸어가기로 했다. 레빈은 이미 잠시 동안의 불쾌한 기억을 싹 잊어버렸다. 지금은 그녀가 임신한 몸이라는 생각을 잠시도 잊지 않고, 욕망을 초월한 완전히 순결한 감각으로, 사랑하는 여인이 옆에 있다는 쾌감을 느끼고 있었다.

"당신, 피곤하지 않소? 더 바짝 기대요."

그가 말했다.

"괜찮아요, 당신과 둘이 걷는 것만으로도 충분히 좋아요. 여러 사람들과 지내는 것도 즐겁지만 당신과 단둘이 지내던 겨울밤이 그리워요."

"그때도 좋았지만 지금이 훨씬 더 좋소. 어느 쪽이나 다 좋아요."

그는 키티의 손을 꼭 쥐면서 말했다.

"당신이 들어왔을 때 우리가 무슨 이야길 하고 있었는지 알아요? 세르게이 이바노비치와 바렌카에 대해서 이야기하고 있었어요. 당신도 눈치챘죠? 난 정말 그렇게 되길 바라고 있어요. 당신은 어떻게 생각해요?"

"글쎄, 어떻게 생각해야 좋을지……."

레빈은 웃으면서 대답했다.

"세르게이 형은 그런 문제에 있어선 정말 수수께끼 같은 사람이오. 당신에게도 말했었지……."

"알아요, 그분이 세상을 떠난 어떤 아가씨를 사랑했었다는 것 말이죠?"

"내가 아직 어렸을 때의 일이었소. 그 무렵의 형을 기억해요. 형은 굉장히 매력적인 사람이었소. 하지만 그 일이 있은 뒤로 여성에 대한 형의 태도는 말이오, 다들 여자가 아니라 다만 인간에 지나지 않았소."

"하지만 바렌카에게는 그렇지 않은 것 같아요."

"그럴 수도 있겠지. 하지만 형은 정신적인 삶을 추구하는 순결하고 고상한 사람이라……."

"그래서요? 그게 그분 결점이라도 된다는 말인가요?"

"아니, 형은 혼자만의 정신적인 삶에 너무 익숙해 있어서 실재와 조화를 이룰 수 없소. 그런데 바렌카 역시 하나의 실재니까 말이오."

"당신은 세르게이가 사랑이란 걸 할 수 없는 분이라고 생각하는군요."

"할 수 없다는 뜻은 아니오. 하지만 형에게는 사랑을 하는 데 필요한 약점이란 것이 없소……. 난 늘 그런 형을 질투했지. 이렇게 행복하게 지내고 있는 지금도 역시 부러워요."

레빈은 웃으면서 말했다.

"그럼 당신은 지금이라도 세르게이 이바노비치가 되고 싶어요? 그분처럼 사회적인 일을 하고, 그것을 사랑하고 있기만 하면 그걸로 충분하다고 생각하는 거예요?"

"그렇진 않소. 너무 행복해서 아무것도 모르는 게 문제지. 그건 그렇고, 당신은 형이 오늘 청혼할 거라고 생각하오?"

"그럴 거라고 생각하긴 했는데, 또 그러지 않을 것 같기도 해요. 그저 간절히 바랄 뿐이에요."

"아, 벌써 마차가 우릴 따라잡았군."

"키티, 피곤하지 않니?"

마차를 타고 뒤따라오던 공작부인이 소리쳤다.

"아뇨, 전혀요."

"힘들면 마차에 오르렴. 온순한 말이니까 얌전히 걷게 하면 될 거야."

그러나 마차에 탈 필요가 없었다. 바로 그 근처에 이르렀기 때문에 그들은 모두 걸어서 갔다.

바렌카는 아이들에게 둘러싸인 채 즐거워하고 있었다. 그러면서도 좋아하는 남자에게 고백받을지도 모른다는 생각에 들떠 있는 그녀는 무척 매력적으로 보였다. 세르게이 이바노비치는 그녀와 나란히 거닐면서 그녀에게 눈을 떼지 못하고 있었다. 그녀의 다정한 눈빛과 말투와 행동은 그가 청춘 시절에 겪었던 특별한 감정을 되살렸다.

'잘 생각해서 결심해야 한다. 철없는 아이처럼 순간적인 충동에 빠져서는 안 돼.'

그는 자작나무 숲의 가장자리에서 홀로 떨어져, 호두나무의 거무칙칙한 덤불이 바라보이는 숲 한가운데로 들어갔다. 주위는 완벽할 정도로 고요했다. 그는 시가를 한 개비 꺼내어 입에 물었다.

'어째서 안 된다는 거지?'

그는 생각했다.

'이게 단순한 정욕이라면, 내 시적인 삶에 어긋나는 것이라면……. 아냐, 그렇지는 않아. 난 단지 마리를 잃었을 때 이 세상

이 끝나는 날까지 그녀와 함께하겠다고 다짐했던 것을 지키려는 것뿐이야.'

세르게이 이바노비치는 설령 맹세를 깨뜨린다 해도 다른 사람 눈에 비친 자기의 시적인 역할이 손상되는 것에 불과하다고 느끼고 있었다.

'그 점을 제외하면 감정을 거스를 이유가 없어. 만약 내가 이성에만 의지해서 선택한다면, 이 이상의 사람은 절대 찾아낼 수 없을 테니까!'

바렌카는 아내의 자질을 고루 갖추고 있었다. 그녀는 아름답고 젊었으나, 그렇다고 해서 어린애는 아니었다. 게다가 그녀는 사교계라는 것에 반감을 품고 있었지만, 그와 동시에 사교계를 잘 알고 상류사회의 여성에게 필요한 몸가짐을 익히고 있었다. 또 그녀는 종교적이었다. 그것도 키티처럼 무조건적인 신앙이 아니라 생활 그 자체가 신앙이었다. 바로 세르게이 이바노비치가 바라는 아내의 조건을 모두 갖춘 셈이었다. 뿐만 아니라 그녀는 가난하고 외로워서 키티처럼 친척들을 몰고 와서 남편을 불편하게 할 일도 없을 것이었다. 다만 한 가지 문제가 되는 것은 그의 나이였다. 그러나 그의 집안은 대대로 장수했고, 그에게는 흰머리가 한 가닥도 없었다. 더구나 그가 스스로 20년 전과 다름없이 젊다고 느끼고 있다면 나이가 무슨 의미가 있는가? 그와 같은 생각에 그의 가슴은 뿌듯해지고 충동의 물결이 일었다. 그는 자기 마음이 결정됐음을 느꼈다. 버섯을 따려고 막 몸을 구부렸던 바렌카가 유연한 몸짓으로 일어나 이쪽을 돌아봤다. 세르게이 이바노비치는 시가를 던지고 결연한 걸음으로 그녀를 향해 걸어갔다.

'바르바라 안드레예브나, 난 아주 젊었을 때부터 이상적인 여인을 그리며 그 여인을 아내라고 부를 수 있다면 얼마나 행복할까 생각했습니다. 난 기나긴 인생을 살았고, 이제야 비로소 내가 찾던 이상형을 만났습니다. 당신을 사랑합니다. 당신에게 청혼하고자 합니다.'

세르게이 이바노비치는 바렌카에게 가면서 이렇게 중얼거렸다.

그녀는 세르게이 이바노비치가 다가오는 것을 눈치채고도 일어서지 않았다. 그러다 그가 옆에 서자 조용히 미소를 머금고 쳐다보았다.

바렌카는 그가 뭔가 말하고 싶어 한다는 것을 깨달았다. 그것이 무엇인지 짐작한 그녀는 기쁨과 두려움으로 가슴이 두근거려서 심장이 얼어붙을 것만 같았다. 그들은 아무도 그들의 이야기를 들을 수 없을 만큼 먼 곳으로 걸어갔다. 하지만 그는 아무 얘기도 꺼내지 않았다.

또 몇 분이 흘렀고, 그들은 아이들과 더 멀리 떨어져서 완전히 둘만 남게 되었다. 바렌카의 심장은 그녀 자신에게도 들릴 정도로 몹시 두근거렸다. 그녀는 자기 얼굴이 홍당무같이 되었다가 새파랗게 질렸다가 다시 붉어지는 것을 느꼈다.

세르게이 이바노비치의 아내가 된다는 것은 슈탈 부인에게 신세를 지는 처지에 있다가 온 그녀에게는 더없는 행복처럼 생각되었다. 그뿐 아니라 그녀는 자신이 그를 사랑하고 있다고 확신했다. 그리고 그것이 조금 있으면 결정될 것이다. 그녀는 두려웠다. 그가 말을 해도 두렵고 하지 않아도 두려웠다.

지금이 아니면 다시 고백할 기회가 없을 것이다. 세르게이 이바노비치도 그것을 느꼈다. 바렌카의 눈매며 홍조를 띤 뺨, 그리고 내리깔고 있는 눈 속에 기대의 빛이 흘러넘쳤다. 그는 그것을 보자 그녀가 가엾게 느껴졌다. 만약 자신이 아무 말도 하지 않는다면 그녀를 모욕하는 셈이 되리라. 청혼을 위해 생각해두었던 말도 마음속으로 되풀이해보았다. 그런데 막상 입을 열자 엉뚱한 말이 튀어나오고 말았다.

"흰 버섯과 자작나무 버섯은 어떻게 다른가요?"

바렌카는 입술을 바르르 떨며 대답했다.

"갓은 거의 비슷하지만 기둥 부분이 달라요."

이런 말들이 입에서 나온 순간, 그도 그녀도 모든 것이 끝났다는 것을 알았다. 그때까지 극도에 이르던 흥분도 가라앉기 시작했다.

두 사람은 자연스레 방향을 바꾸어 아이들이 있는 쪽으로 걸어왔다. 바렌카는 마음이 아프고 부끄러웠지만, 동시에 안도감을 느꼈다.

집으로 돌아온 세르게이 이바노비치는 자신이 그릇된 판단을 했다는 것을 깨달았다. 그는 마리에 대한 추억에서 벗어날 수 없었던 것이다.

아이들이 차를 마시는 동안 어른들은 발코니에서 이야기를 나누었다. 모두 세르게이 이바노비치와 바렌카 사이에 중대한 사건이 벌어졌다는 사실을 알고 있었지만, 모른 체하며 그것과 관계없는 다른 문제에 대해 떠들어댔다.

"두고 봐라. 아버지는 오시지 않을 테니까."

노공작부인이 말했다.

그날 밤 그들은 기차를 타고 오기로 한 오블론스키를 기다리고 있었다. 노공작은 어쩌면 자기도 갈지 모른다고 편지를 보내온 참이었다.

"네 아버지가 오시지 않는 이유를 난 알지. 젊은 사람들은 젊은 사람들끼리 어울려야 한다는 게 아버지 생각이거든."

"그래서 아버지가 이렇게 우리만 있게 하신 거구나. 그동안 아버지를 통 뵙지 못했어요."

키티가 말했다.

"어쨌든 아버지께서 오지 않으시면 내가 가봐야겠구나."

"왜요, 엄마!"

두 딸이 동시에 외쳤다.

"생각 좀 해보려무나. 아버지의 심정을……."

갑자기 노공작부인의 목소리가 떨리기 시작했다. 세 딸을 모두 시집보낸 뒤 집이 텅 비어버리자, 그녀는 자신에 대해서나 남편에 대해서나 늘 슬퍼해왔던 것이다.

그때 가로수 길 저쪽에서 바퀴 소리가 들려왔다.

"스티바예요!"

레빈이 발코니 아래서 소리쳤다.

"아버님도 같이 오시는 것 같아요. 키티, 위험하니까 계단으로 오지 말고 돌아서 와요."

그러나 마차 안에 앉아 있던 사람을 노공작이라고 생각한 것은 레빈의 착각이었다. 그는 쉬르바츠키가의 육촌 형제인 바센카 베슬로프스키였다. 오블론스키는 그를 훌륭한 청년이며 열정적인 사냥꾼이라고 소개했다.

레빈은 존경하는 노공작 대신 낯선 바센카 베슬로프스키가 왔다는 사실에 실망했다. 더구나 그가 키티의 손등에 다정하게 키스를 하자 기분까지 나빠졌다.

"당신 부인과 나는 사촌이자 오랜 친구 사이입니다."

베슬로프스키는 레빈의 손을 꽉 잡으면서 말했다.

"당신은 정말 예뻐졌군, 돌리."

오블론스키는 아내의 손에 입을 맞추고 그 손을 다른 손으로 가볍게 두드리면서 말했다.

레빈은 그 모든 것이 마음에 들지 않았다.

'저 입술로 어젠 누구와 키스했을까?'

그는 아내에게 다정하게 대하는 오블론스키를 보며 생각했다. 그리고 돌리를 보자, 그녀 또한 마음에 들지 않았다.

'그녀는 그의 사랑을 믿지 않아. 그런데도 왜 저렇게 반가워하는 거지? 역겨워!'

그는 또 자기 집에 온 손님을 반기듯 바센카를 환영하는 공작부인도, 세르게이 이바노비치도 마음에 들지 않았다. 왜냐하면 레빈은 형이 오블론스키를 좋아하지 않는다는 것을 알고 있었기 때문이다. 바렌카도 불쾌했다. 속으로는 결혼할 궁리만 하고 있는 주제에 친절한 체하는 꼴이라니. 그중에서도 가장 못마땅한 사람은 키티였다. 환영하는 사람들 가운데 그녀가 끼어 있었기 때문이다. 특히 불쾌했던 것은 그녀가 그의 미소에 답할 때 보인 특별한 미소였다. 그는 사무소에 일이 있다는 핑계로 사람들을 뒤로하고 밖으로 나왔다.

레빈은 저녁 식사를 하러 오라는 부름을 받고서야 비로소 집으로 돌아왔다. 키티와 아가피야 미하일로브나는 식탁에 놓을 포도주에 대해 의논하고 있었다.

"잠시 앉아봐, 돌리. 베슬로프스키가 안나를 보고 왔어. 여기서 70베르스타 떨어진 곳에 있는데, 나도 한번 가볼 생각이야. 베슬로프스키, 이리 와봐!"

오블론스키가 말했다.

바센카는 부인들 쪽으로 자리를 옮겨 키티와 나란히 앉았다.

"당신이 그녀에게 갔었다고요? 그래, 어떻게 살고 있나요?"

돌리가 물었다.

"두 사람은 아주 잘 살고 있어요."

"앞으로 어떻게 할 생각이래요?"

"겨울이 되면 모스크바로 갈 것 같습니다."

"우리 모두 그들의 집에 간다면 정말 재미있을 거야! 자네는 또 언제 갈 건가?"

오블론스키가 바센카에게 물었다.

"7월 한 달은 거기에서 지낼 생각이에요."

"당신도 가겠어?"

오블론스키는 아내를 돌아보며 말했다.

"갈래요. 오래전부터 가려고 했어요. 하지만 당신이 갔다 온 다음에 혼자 갈래요. 난 그녀가 안타까워 죽겠어요."

"그것도 좋지. 키티는?"

오블론스키가 물었다.

"저요? 제가 뭣 때문에 가요?"

키티는 얼굴을 붉히며 남편을 힐끗 쳐다보았다.

레빈의 질투는 이 몇 분 동안, 특히 그녀가 베슬로프스키와 이야기하고 있을 때 그 뺨을 물들였던 홍조 때문에 이미 극도에 달해 있었다.

다행스럽게도 공작부인이 키티를 잠자리에 들게 한 덕분에 레빈은 고민을 덜 수 있었다. 하지만 바센카가 키티에게 작별 인사로 손에 키스를 하려고 하자 키티가 얼굴을 붉히고 손을 움츠리며 거칠게 거절하는 것을 보고 다시 고민하게 되었다.

"우리 집엔 이런 풍습이 없어요."

그의 눈에는 바센카가 그리하게끔 만든 그녀에게 잘못이 있는 것 같았다.

레빈이 찜찜한 얼굴로 침실로 가자, 키티가 두려운 듯 가까이 다가왔다.

"혹시 베슬로프스키 때문에 기분 나빴어요?"

이 말에 그는 결국 울화통을 터뜨리며 모든 것을 말해버렸다. 그리고 이 고백이 부끄러웠던 그는 한층 마음이 들끓었다.

"나는 질투하는 게 아니오. 질투라니 어림없지. 하지만 그가 그런 무례한 눈빛으로 당신을 보는 것은 참을 수가 없소."

"눈빛이 어땠게요?"

키티는 오늘 밤 그의 말과 몸짓, 그리고 모든 뉘앙스를 가능한 한 생각해내려고 노력하면서 물었다.

"당신 혹시 저녁 식사 때 우리가 이야기하던 것 때문에 그래요?"

"그래요, 그거!"

레빈은 깜짝 놀란 듯이 말했다.

그녀는 그에게 그들이 나눈 이야기를 들려주었다. 레빈은 잠자코 있다가 그녀의 파랗게 질린 겁먹은 듯한 얼굴을 들여다보더니 별안간 머리를 움켜쥐었다.

"키티, 내가 당신을 괴롭혔소! 용서해줘요! 전부 내 잘못이오."

"아뇨, 난 당신이 안쓰러워요."

"아니, 이제부터 난 일부러라도 그 사람을 여름내 여기에 있도록 하고 다시없이 친절하게 대해주겠소."

레빈이 그녀의 손에 입을 맞추면서 말했다.

다음 날, 부인들이 아직 일어나기도 전에 사냥용 마차와 짐수레가 현관 앞 차도에 대기하고 있었다. 가장 먼저 나온 사람은 바센카 베슬로프스키였다. 뒤를 이어 오블론스키가 나왔다.

"이 집 주인은 어떻게 된 거예요?"

바센카 베슬로프스키가 물었다.

"준비를 끝내고 또 아내에게 달려간 모양이야."

레빈은 아내에게 달려가 어제의 어리석은 행동을 용서해줄 것인지 다시 한 번 확인하고, 몸조심하라는 당부를 하고 있었다. 사냥 때문에 이틀씩이나 집을 비우는 것에 화를 내지 않겠다는 다짐도 받았다. 더불어 레빈은 내일 아침에 잘 있는지 편지를 써서 심부름꾼 편에 보내달라고 부탁했다.

키티는 언제나처럼 이틀이나 남편과 떨어지는 것이 쓸쓸했다. 그러나 유난히 훤칠하고 늠름해 보이는 그의 활기찬 모습에 자신의 슬픔을 잊고 기꺼운 마음으로 그를 보냈다.

"미안합니다, 여러분!"

마차에 오른 레빈은 집안일과 농장일 모두를 뒤로하고 사냥을 하러 간다는 기쁨에 팽팽한 흥분을 느끼고 있었다. 한편으로 그는 어젯밤 바센카 베슬로프스키를 오해했던 것에 양심의 가책을 느꼈다. 바센카는 소탈하고 선량하고 쾌활한, 그야말로 훌륭한 젊은이였다. 다만 마치 축제를 맞은 양 들뜬 분위기와 거침없는 모습이 조금 거슬렸다.

3베르스타쯤 갔을 때, 베슬로프스키는 갑자기 시가와 지갑이 없는 것을 알아차렸다. 오다가 떨어뜨린 것인지 탁자 위에 두고 온 것인지 알 수 없었지만 470루블이나 들어 있었으므로 그대로 내버려 둘 수가 없었다.

"아무래도 제가 이 돈산의 여벌 말을 타고 집에 가봐야겠습니다."

"아니, 마부를 보내면 됩니다."

레빈은 바센카의 몸무게가 적어도 6푸드는 나갈 거라고 생각하고, 마부를 대신 보내고 손수 쌍두마차를 몰기 시작했다.

"어느 길로 가야 하지?"

오블론스키가 말했다.

"계획은 이래. 먼저 그보즈데보로 갈 거야. 그보즈데보 바로 앞에 늪이 있는데 멧도요가 많이 살거든. 그보즈데보 끝에 멋진 도요새 늪고 있고. 거기서 야숙을 하고 내일 큰 늪을 향해 출발하는 거야."

그들이 두 번째 늪에 이르렀을 때, 발밑 흙무더기의 가장자리에서 이상한 소리가 들렸다.

"잡아!"

멧도요가 아닌 진짜 도요새가 발아래에서 날아올랐다. 그러나 레빈이 총을 든 바로 그 순간, 철퍼덕하는 물소리가 베슬로프스키의 외침 소리와 함께 들려왔다. 베슬로프스키가 도요새를 겨누고 있는 것이 보였다. 레빈은 그대로 방아쇠를 당겼다. 총알이 빗맞았다고 확신한 그는 주위를 둘러보다가, 말과 마차가 길이 아닌 늪 속에 있는 것을 보았다. 베슬로프스키가 사냥하는 것을 구경하려고 마차를 몰고 오다가 그만 말을 수렁에 빠지게 하고 만 것이다.

"어째서 이런 데로 들어왔습니까?"

레빈은 차갑게 말하고, 마부를 소리쳐 불러 말을 수레에서 풀었다. 그는 사냥을 방해하고 말을 수렁 속에 빠지게 한 베슬로프스키에게 몹시 화가 났다.

레빈은 마차를 끌어 올린 뒤, 모든 것을 정돈하고 나서 도시락을 꺼냈다.

"왕성한 식욕은 양심이 깨끗하다는 증거입니다."

바센카 베슬로프스키가 영계를 두 마리째 먹기 시작하며 익살을 떨었다.

"자, 이걸로 우리의 불행은 끝났습니다. 이제부터는 모든 일이 순조롭게 진행될 겁니다. 그러나 나는 속죄하기 위해 마부석에 앉을 의무가 있습니다. 당신들을 안전하게 모셔다 드리겠습니다."

그는 마부에게 고삐를 넘기라는 레빈의 말에도 아랑곳하지 않고 마차를 몰았다.

바센카 베슬로프스키가 너무 빨리 말을 몰아 그들은 예정보다 훨씬 일찍 늪에 도착했다. 레빈은 어떻게 하면 베슬로프스키와 떨어져서 마음대로 사냥할 수 있을까 궁리했다.

"근사한 늪이군. 독수리까지 보이고."

오블론스키가 갈대숲 위에서 원을 그리며 날고 있는 두 마리의 큰 새를 올려다보며 말했다.

레빈이 강 오른쪽에 펼쳐진 질척한 목초지 가운데에 있는 거무스름한 초록색 섬을 가리켰다.

"바로 저기서부터 늪이 시작되죠. 저 주변에는 여러 개의 덤불이 있고 멧도요가 많습니다. 저곳에서 도요새를 열일곱 마리나 잡은 적도 있어요. 그럼 두 팀으로 나눠 개 한 마리씩 데리고 사냥한 다음 저기 물레방아가 있는 데서 만나기로 합시다."

"그럼 오른쪽이 더 넓으니까 자네들 둘이 그쪽으로 가. 난 왼쪽으로 가겠네."

오블론스키가 말했다.

"좋아! 우리가 오블론스키보다 더 많이 잡자고요. 자, 갑시다!"

바센카가 흔쾌히 동의했다. 레빈은 별수 없이 두 사람의 결정에 따랐다.

레빈은 처음 쏜 것이 실패하면 하루 종일 실패하는 징크스가 있었다. 이날도 그랬다. 도요새는 굉장히 많았다. 하지만 총을 쏠수록, 베슬로프스키 앞에서 더욱더 수치심을 느꼈다. 마침내 그는 포기할 지경에 이르고 말았다.

발사는 계속되고 화약 연기는 자욱이 피었지만, 사냥 자루 속에는 자그마한 도요새가 겨우 세 마리 있을 뿐이었다. 한편 반대쪽에서는 오블론스키의 "클라크, 가져와!" 하는 소리가 계속 들렸다.

레빈과 바센카 베슬로프스키는 갈대숲 쪽으로 갔다.

"어이, 사냥꾼들! 이리 와서 한잔하고 가시오!"

참을 들고 있던 농부들 가운데 한 명이 소리쳤다.

"뭐라는 겁니까?"

베슬로프스키가 물었다.

"보드카를 한잔 주겠다는 겁니다."

"함께 갑시다. 재미있을 것 같군요."

"갔다 오십시오. 물레방아로 가는 길은 금방 찾을 수 있습니다."

그는 보드카 한 잔과 빵 한 조각이 간절했지만 스스로를 타이르곤 오리숲으로 갔다. 그 뒤쪽으로 오블론스키가 보였다. 땀으로 범벅이 된 모습이었다.

"어때? 총소리는 많이 들리던데."

오블론스키가 쾌활하게 미소 지으며 말했다.

"자네는?"

물을 것도 없이 오블론스키의 사냥 가방은 불룩했다. 그는 도요새를 열네 마리나 잡은 것이다.

"굉장한 늪지야! 베슬로프스키가 자네를 방해했나 보군. 두 사람이 개 한 마리로 사냥하자니 불편했겠지."

오블론스키는 그의 마음을 이해하고 겸손하게 말했다.

그들이 머물기로 한 농가에는 이미 바센카 베슬로프스키가 도착해 있었다.

"저도 지금 막 왔습니다. 실컷 먹고 마시고요. 인심이 아주 좋은 사람들이더군요."

오두막은 사냥꾼들의 부츠와 진흙투성이 개들로 금방 더러워졌다. 그들은 저녁을 먹고 몸을 씻은 뒤 풀을 깔아놓은 헛간으로 가서 잠을 청했다. 날은 이미 어둑해졌지만 사냥꾼들 가운데 그 누구도 잠을 자려 하지 않았다. 그때 헛간 문이 열리며 집주인이 들어왔다.

"아직 안 자고 무슨 일이오?"

바센카 베슬로프스키가 집주인에게 물었다.

"잠이라니요! 저희는 불침번을 서야죠."

"저 소리 좀 들어보세요. 여자들이 노래를 부르고 있어요. 누가 부르는 거죠?"

"젊은 하녀들이 부르는 소리랍니다."

"같이 나가서 산책이라도 합시다! 오블론스키, 같이 가요!"

"나는 누워 있는 게 좋아."

"그럼 나 혼자라도 가겠어요."

바센카 베슬로프스키가 벌떡 일어나 구두를 신었다.

"아무래도 잠이 오지 않아. 가지 않겠나?"

오블론스키가 몸을 일으키면서 말했다.

"아니, 난 가지 않겠어."

레빈이 대답했다.

"자네가 아내에게 어떻게 하는지 알고 있네. 자네 부부에게는 이틀 동안 집을 비우는 게 대단히 중요한 문제지. 그런 식으로 언제까지 살 수 있을 것 같나. 남자에게는 남자의 생활이 있어야 해."

"농장 하녀를 꾀는 게 남자의 생활인가?"

"안 될 것도 없지. 큰일 나는 것도 아닌데 말이야. 가정만 잘 지키면 되는 거야."

"그럴지도 모르지."

"빨리 나오세요. 참으로 근사한 아가씨가 있어요!"

베슬로프스키가 외치는 소리에 오블론스키가 서둘러 나갔다.

아침 일찍 눈을 뜬 레빈은 친구들을 깨웠다. 그러나 바센카 베슬로프스키는 양말도 벗지 않은 채 깊은 잠에 빠져 있었고, 오블론스키는 일찍 나가기 싫다고 말했다. 할 수 없이 레빈은 혼자 나갔다.

"일찍 일어나셨군요."

오두막에서 나오던 안주인이 친절하게 말을 걸었다.

"사냥이나 하려고요. 이쪽으로 가면 늪이지요?"

"네, 집 뒤로 곧장 가세요. 우리 집 타작마당을 지나 다시 삼밭을 지나면 샛길이 나와요."

안주인 말대로 가보니 해가 떠오르기 전에 늪에 도착할 수 있었다.

늪을 향해 달려가던 라스카가 몸을 돌렸다. 도요새의 냄새를 맡은 것이다.

"라스카! 저기다!"

레빈은 반대편을 가리키며 말했다. 순간 호로록 우는 소리와 함께 멧도요가 날아올랐다. 레빈은 재빨리 방아쇠를 당겼다. 이어 등 뒤에서도 멧도요 한 마리가 날아올랐다. 두 번 모두 명중했다.

첫 번째 목표를 맞히면 그날 사냥은 순조롭다는 사냥꾼들의 미신은 역시 옳았다. 레빈은 도요새를 열아홉 마리나 잡고 오리도 한 마리 잡았다. 그는 10시가 다 되어갈 무렵 숙소로 돌아왔다. 두 친구는 이미 아침 식사를 끝낸 상태였다.

오블론스키가 부러워하자 레빈은 뿌듯했다. 키티의 쪽지를 가지고 온 심부름꾼을 만나 더욱 기뻤다.

난 건강하고 즐겁게 지내고 있어요. 내 곁에는 지금 새로운 하녀인 마리야 블라시예브나가 함께 있거든요. 그녀는 내가 어떤지 보러 왔는데, 그녀에게 당신이 돌아올 때까지 함께 있어달라고 했어요. 다른 분들도 모두 건강하고 즐겁게 지내고 있으니 아무 걱정 마세요. 사냥이 즐거우면 하루 더 머물러도 괜찮아요.

사냥의 성과와 아내의 편지에 그는 매우 기뻤다.
"이번 여행 아주 즐거웠습니다. 당신은 어땠어요, 레빈?"
베슬로프스키가 물었다.
"나도 굉장히 만족스러웠습니다."
레빈은 진심으로 대답했다. 이제 그는 바센카 베슬로프스키에게 적의가 아닌 친근감을 느꼈다.

이튿날 10시, 레빈은 일찌감치 농장을 돌아보고 바센카의 방문을 노크했다.
"들어오세요."
"잠은 잘 잤소?"
레빈이 창가에 앉으며 말했다.
"죽은 듯이 푹 잤습니다. 부인들은 벌써 일어났지요? 잠깐 산책을 하면 기분이 맑아질 것 같은데. 말 좀 구경시켜주십시오."
레빈은 손님과 정원을 거닐다 마구간에 들러 함께 체조를 한

다음 객실로 들어갔다.

바셰카 베슬로프스키가 사모바르 옆에 앉은 키티에게 다가가며 말했다.

"멋진 사냥이었습니다. 부인들께선 이런 즐거움을 모르시니 안타까운 일입니다."

'별다른 뜻은 없겠지. 저 남자 역시 안주인에게 무슨 말이든 해야 하니까.'

레빈은 애써 의미를 갖다 붙였다.

'저건 안 돼!'

그는 베슬로프스키가 키티에게 허리를 구부린 채 이야기를 하고, 키티가 새빨개진 얼굴로 베슬로프스키를 보고 있는 광경을 보며 움찔했다. 베슬로프스키의 행동과 눈빛은 순수하지 못했고, 키티의 행동과 눈빛 역시 마찬가지였다.

"왕관은 무거운 것이로다(푸슈킨의 희곡 「보리스 고두노프」의 한 구절-역주)!"

오블론스키는 레빈의 심리 상태를 눈치채고 그에게 농담을 던졌다.

"코스차, 어디 가요?"

"내가 없는 동안 기계 기사가 왔다는데 아직 그를 만나보지 못했소."

그는 키티를 외면한 채 대답하고는 곧장 아래층으로 내려갔다. 그러나 그를 향해 조심성 없이 빠르게 걸어오는 귀에 익은 아내의 발소리가 들렸다.

"무슨 일이오?"

그는 그녀에게 무뚝뚝하게 물었다.

"난 이렇게 살 수 없어요. 나도 괴롭지만 당신도 괴롭잖아요. 대체 우리가 무엇 때문에 이러는 거죠?"

"솔직히 말해봐요. 그자의 태도에 무례한 점이 없었소?"

그는 그날 밤과 마찬가지로 또다시 두 주먹을 가슴에 움켜쥔 자세로 아내 앞에서 말했다.

"있었어요. 하지만 코스챠, 그게 내 잘못이 아니라는 것쯤은 알잖아요? 나도 아침부터 계속 정숙한 태도를 보이려고 다짐하고 있었는데……."

키티가 흐느끼며 말했다.

레빈은 아내를 2층에 데려다 주고 돌리에게 갔다.

"무슨 일 있었어요?"

돌리가 걱정하며 묻자 레빈은 쉽게 털어놓을 수 있었다.

"네, 스티바가 온 뒤로 우리는 오늘 두 번이나 싸웠습니다."

돌리는 현명하고 이해심 깊은 눈으로 그를 바라보았다.

"한 가지만 물어볼게요. 그 신사의 태도에 남편으로서 모욕감을 느낄 만한 점이 있었나요?"

"글쎄, 뭐라고 말해야 좋을까요……."

"사교계의 상식으로 본다면 그 사람의 태도는 자연스러운 것이에요. 젊고 아름다운 부인의 기분을 맞추고 있으니까요. 사교계 남편이라면 도리어 기뻐할 일이죠."

"네, 그렇군요. 그런데 당신은 벌써 눈치채고 있었군요."

레빈은 우울하게 말했다.

"나뿐만 아니라 스티바도 눈치챘어요. 남편도 차를 마시며 '베슬로프스키가 키티에게 마음이 있나 봐'라고 말했거든요."

"그렇다면 그냥 둬선 안 되겠네요. 그 사내를 내쫓아 버리겠습니다."

"그러면 안 돼요. 정 그러고 싶으시다면, 제가 스티바에게 말할게요. 남편이 좋은 말로 타일러서 데리고 갈 거예요."

"아니, 괜찮습니다. 제가 직접 말하겠습니다."

레빈은 마차를 대기시켜놓은 뒤 손님방으로 갔다.

바센카는 마침 트렁크에서 물건들을 꺼내고 말을 타기 위해 가죽 각반을 다리에 차고 있었다.

"당신에게 하고 싶은 말이……. 당신을 역으로 모셔다 드리겠습니다."

"무슨 일이 있나요?"

"손님이 오기로 해서요. 아니, 손님은 오지 않아요. 하지만 이만 돌아가 주셔야겠습니다. 저의 무례는 좋으실 대로 생각하셔도 상관없습니다."

바센카가 벌떡 일어났다.

"직접 설명해주시지요……."

"말씀드릴 수 없습니다. 그리고 듣지 않는 편이 더 좋을 겁니다."

바센카는 어깨를 으쓱하고 경멸하는 듯한 미소를 띠더니 고개를 끄덕였다.

"오블론스키를 볼 수 없을까요?"

"곧 이리로 보내겠습니다."

친구를 통해 그가 이 집에서 쫓겨나게 되었다는 말을 듣고 이 무슨 황당한 짓이냐며 오블론스키가 버럭 소리쳤다.

"부탁이니 제발 이유를 알아내려 들지 말게. 나로서는 최선의 방법이었으니까. 저 친구가 이 집을 떠난다고 해서 큰일 날 일은 없네. 오히려 머물러 있으면 나와 아내가 몹시 불쾌할 뿐이야."

"하지만 그에게는 모욕적인 일이야!"

"그건 내게도 모욕이고 고통이네! 질투한다는 건 어리석은 짓이니까."

잠시 후 여행용 마차가 덜컹거리며 그의 앞을 지나갔다. 바센카 베슬로프스키는 마차의 건초 위에 앉았다. 그 마차에는 좌석이 없었기 때문이다.

돌리는 계획대로 안나를 찾아갔다. 돌리로서는 여동생에게 괴로움을 주거나 그 남편에게 불쾌한 느낌을 갖게 한다는 것은 참으로 마음 아픈 일이었다. 그녀는 레빈 부부가 브론스키와 어떤 교섭도 갖고 싶어 하지 않는다는 것을 잘 알고 있었다. 그러나 그녀는 잠깐이라도 안나를 찾아가, 자신의 마음은 변하지 않았다는 것을 알리는 것이 자신의 의무라고 생각했다.

돌리는 이 여행을 함에 있어서 레빈에게 폐를 끼치지 않으리라 마음먹고 마차를 빌리기 위해 마을로 심부름꾼을 보냈다. 레빈은 그 사실을 알고 돌리에게 불만을 털어놓았다.

"어째서 제가 불쾌해할 것이라고 생각하셨습니까? 설사 그렇다고 할지라도 당신이 제 말을 쓰시지 않는다면 제겐 더욱더 불쾌한 일이지 않겠습니까? 그러니 우리 집 말을 타고 가세요."

돌리는 승낙하지 않을 수 없었다. 떠나기로 한 날, 레빈은 처형을 위해서 사두마차와 교체할 말을 준비했다. 돌리는 레빈의 권유에 따라 먼동이 트기 전에 출발했다. 마부석엔 마부 말고도 레빈이 만일의 사태에 대비하기 위해 보낸 사무소 사람이 앉아 있었다.

돌리는 어느 틈엔가 꾸벅꾸벅 졸고 있었는데, 문득 눈을 떠 보니 마차는 말을 교체하기 위해 한 농가로 다가가고 있었다. 마을 길을 지나 마차는 조그만 다리에 다다랐고, 농사꾼의 아낙들이 큰 소리로 떠들면서 다리 위를 지나가고 있었다.

'모두들 열심히 살고 있구나. 그래, 모두들 저렇게 살고 있어. 바렌카도 그렇고 안나도 그래. 나만 그렇지 못해. 사람들은 안나를 손가락질하지만, 그녀는 자신이 원하는 삶을 살고 있어. 그녀가 우리 집에 와서 내게 충고를 했을 때, 만약 그때 충고를 듣지 않고 새로운 인생을 시작했다면 지금보다 낫지 않았을까. 그랬다면 나도 다른 사람의 사랑을 받았을지도 모르는데……'

그녀는 아직 늦지 않았다고 생각했다. 돌리는 안나처럼 한 청년과 사랑에 빠지고 남편에게 고백하는 것을 상상했다. 그런 생각을 하자 한결 기분이 좋아졌다.

안나의 집에 다다를 즈음 돌리는 길 한복판에서 안나를 만났다. 안나는 그녀의 일행들과 함께 말을 타고 있었다. 낡은 마차에 앉아 있는 사람이 돌리라는 것을 알아챈 순간 안나는 말에서 뛰어내려 돌리를 향해 달려왔다.

"돌리!"

얼마나 반가운지 안나는 돌리의 얼굴에 입을 맞추고 얼굴을 보고 다시 입을 맞추었다. 돌리는 브론스키와 인사를 나누고 일행들을 소개받았다. 바셴카 베슬로프스키가 바르바라 공작의 딸을 돌리에게 소개했고, 돌리는 못마땅한 표정을 지었다. 그녀가 부유한 친척들의 식객 노릇을 하며 떠돌아다닌다는 것을 알고 있었기 때문이다. 소개가 끝나고 안나는 돌리의 마차에 올랐다. 안나는 여전히 아름답고 매력적이었다.

안나가 자기 이야기를 늘어놓기 시작했다.

"언니는 나 같은 처지에 행복할 수 있을까 생각하겠지만, 난 행복해요. 물론 고통스러운 시간도 있었지만 다 지난 일이고, 지금은 정말 행복해요."

"나도 행복해요. 그런데 그동안 왜 편지 안 했어요?"

돌리가 나무라듯 말했다.

"그럴 만한 용기가 없었어요. 내 입장 잘 알고 있잖아요."

"나한테도 그래요? 용기가 없었다고요? 내가 얼마나……."

돌리는 오면서 생각한 것들을 말하려다가 지금은 그런 이야기를 할 때가 아닌 것 같아 그만두었다.

"그 얘기는 나중에 해요."

"아니, 왜요! 언니는 내 처지를 어떻게 생각하는데요?"

"난 아무 생각도 안 해요. 변함없이 아가씨가 좋을 뿐이에요.

사랑한다는 것은 있는 그대로를 사랑하는 것이지 이것저것 따지는 게 아니거든요."

"혹시 내가 언니에게 불만이 있었대도 이렇게 와준 것과 지금 한 말로 다 잊었어요."

눈물을 글썽거리며 말하는 안나의 손을 돌리는 꼭 잡았다.

저택에 도착하자 브론스키는 돌리가 머물 곳을 생각해보았다.

"저기 발코니가 달려 있는 커다란 방에 모시는 것이 좋지 않겠소?"

"그곳은 너무 멀어요. 거기보다는 저쪽 모퉁이 방이 좋아요. 언제든지 만날 수 있도록 말이에요."

안나는 브론스키에게 대답하고 돌리를 향해 말했다.

"며칠이나 머물 거예요? 설마 하루만 있다 가는 건 아니겠죠?"

"애들 때문에……."

"그래도 안 돼요. 그런 건 나중에 얘기하고 일단 들어가요."

안나가 돌리를 방으로 안내했다. 안나는 그 방은 용서를 빌어야 할 정도로 초라한 방이라고 했지만, 돌리가 보기에는 외국의 일류 호텔 방 같았다. 둘은 방에 앉아 그동안의 안부를 물으며 이야기를 나누었다.

안나가 잠시 옷을 갈아입으러 간 사이, 돌리는 방을 둘러보았다. 방은 무척이나 호화스러웠다. 프랑스제 벽지를 비롯하여 세면대, 화장대, 소파, 탁자, 바닥에 깔린 양탄자에 이르기까지 모두 다 새로운 것들뿐이었다. 분부를 받고 온 하녀까지 돌리보다 더 세련되고 멋졌다. 실수로 천을 대어 기운 블라우스를 꺼낸 돌리는 창피함에 얼굴이 새빨개졌다. 다행히 그 순간 오래전부터 알고 지낸 사이인 안누슈카가 들어왔다. 세련되고 멋졌던 그 하녀는 안나에게 불려 갔기 때문에 안누슈카와 돌리는 단둘이 있게 되었다.

안누슈카는 돌리가 어찌나 반가운지 쉴 새 없이 조잘댔다.

"미안하지만 이것을 좀 빨아주겠어?"

돌리는 그녀의 입을 막으려고 일부러 빨랫감을 만들어 건넸다. 빨래를 받고 안누슈카가 다시 조잘대기 시작했다. 이제 무엇으로 저 입을 막나 싶었는데, 마침 안나가 들어왔다.

"딸은 잘 커요?"

"아니(안나는 딸을 이렇게 불렀다)요? 이탈리아인 유모 때문에 귀찮은 일이 많긴 했지만 아주 건강해요. 몇 번이나 그만두게 하려고 했는데 아니가 잘 따라서 그냥 두었어요."

"그런데 그건 어떻게 됐어요?"

돌리는 아니가 어느 쪽 성을 따르기로 했는지 물으려 했다. 그러나 안나의 안색이 어두워지는 것을 보고 주제를 바꿨다.

"젖은 떼었나요?"

하지만 안나는 이미 눈치채고 말았다.

"묻고 싶은 건 그게 아니죠? 그 아이 성에 대해서는 알렉세이 역시 고민 중이에요. 아직까지 카레닌가의 딸로 되어 있거든요."

안나는 속눈썹밖에 보이지 않을 정도로 눈을 가늘게 뜨고 말했다.

"이 얘기는 천천히 하기로 하고 아이를 보러 가요. 요즘은 엉금엉금 기어 다닌다니는데 아주 예뻐요."

이 저택의 사치스러움에 놀란 돌리는 아이의 방에서 한층 더 놀랐다. 영국에서 들여온 장난감 수레며 보행기며 당구대식의 요람이며 특이하게 생긴 욕조 등 한눈에 보기에도 값비싸 보이는 것들이 즐비했다. 아니는 속옷 하나만 걸친 모습으로 탁자 옆 조그만 팔걸이의자에 앉아 스프를 받아먹고 있었다.

"나는 가끔 내가 필요 없는 사람처럼 느껴져요."

안나가 아니의 방을 나서며 말했다.

"첫아이 때는 이렇지 않았는데……. 내가 세료자를 만난 건 알고 있죠?"

안나가 초점 없는 눈으로 먼 곳을 바라보며 말했다.

"그 이야기는 나중에 천천히 할게요. 믿을 수 없겠지만, 나는 마치 갑자기 산더미 같은 진수성찬을 받아 무엇부터 먹어야 할지 모를 때처럼, 무슨 이야기부터 해야 할지 모르겠어요."

돌리는 잠자코 그녀의 말을 들었다. 이내 안나는 이야기를 시작했다.

"우선 우리 집에 있는 사람들부터 얘기할게요. 바르바라 공작 영애에 대한 언니와 오빠의 생각은 잘 알고 있어요. 하지만 그분은 좋은 분이에요. 페테르부르크에 있을 때 시중드는 사람이 필요했던 적이 있었어요. 그때 마침 그분이 나타난 거예요. 그분 덕분에 내 처지도 상당히 편하게 되었어요. 언니는 내가 페테르부르크에 있었을 때 얼마나 비참했는지 몰라요."

다음으로 스비야슈스키에 대해 이야기했다.

"그는 아주 훌륭한 사람이에요. 알렉세이가 여기선 유력 인사 잖아요. 요즘 알렉세이에게 부탁할 일이 있는 모양이에요. 투슈케비치는 전에 벳시를 쫓아다니다 버림받고 요즘은 여기 와 있어요. 알렉세이 말에 의하면 본인이 그럴싸하게 보이려고 하는 것을 상대방이 그대로 받아주면 대단히 기분이 좋아지는 사람이에요. 베슬로프스키……, 그에 대해선 언니도 알고 있죠. 참 귀여운 도련님이에요."

베슬로프스키의 이야기가 나오자 안나가 장난꾸러기 같은 미소를 지었다.

"레빈과의 사건은 꽤 충격적이었어요. 굉장히 젊고 순진한 사람인데, 정말 믿기지 않았어요. 알렉세이 주변에는 별의별 사람들이 다 있어요. 그이가 집중할 수 있게 하려면 집안 분위기를 활기차게 만들어야 해요. 그 밖에 독일인 집사도 있고, 의사와 건축 기사도 있어요. 꼭 조그마한 궁전 같죠?"

"고모님, 언니를 데리고 왔어요. 무척 만나고 싶어 하셨지요?"
안나는 돌리와 테라스로 나갔다. 테라스에는 바르바라 공작의 딸이 브론스키를 위해서 팔걸이의자의 덮개를 수놓고 있었다. 그녀는 잠시 당황하더니 안나가 나가자 자신의 입장을 설명하기 시작했다. 자신이 안나의 집에 머무는 이유는 자기가 안나를 길러준 카체리나 파블로브나보다 더 안나를 사랑하기 때문이며, 모두가 등을 돌린 이때에 자신이라도 안나의 곁에 있어줘야 할 것 같아서라는 것이었다.

"언제라도 안나의 남편이 이혼을 해주면 난 다시 옛날처럼 혼자 살 거예요. 두 사람은 아주 잘 살고 있어요. 두 사람을 심판할 수 있는 것은 하느님이지 우리가 아니에요. 스티바가 당신을 여기로 보낸 건 정말 잘한 일이에요."

안나가 들어오면서 두 사람의 이야기는 중단되었고, 당구장에 있던 남자들도 함께 따라 들어왔다. 안나와 스비야슈스키, 그리고 돌리와 브론스키가 서로의 대화 상대가 되어 정원을 걷기 시작했다.

돌리는 안나를 이해한다는 듯한 바르바라 공작의 딸도 그랬지만 브론스키도 불쾌했다. 안나는 이해해도 브론스키는 이해할 수 없었다. 돌리는 이전부터 그가 마음에 들지 않았다. 이제 와서 보니 거만하고 내세울 건 재산뿐인 사람이었다. 돌리는 그런 감정을 숨기고 화젯거리를 찾았지만 저택이나 정원밖에 이야기할 게 없었다. 처음에는 조심스럽더니 정원에 대한 이야기가 나오자 브론스키는 신이 나서 설명하기 시작했다.

"괜찮으시다면 병원을 한번 둘러보시겠습니까? 여기서 멀지 않습니다. 모두 같이 가시죠."

브론스키는 일행을 안으로 안내했다. 그는 러시아에서 제일 좋은 병원을 만들 것이라며 열정에 찬 목소리로 공사 중인 건물 곳곳을 소개했다. 갖가지 신식 집기와 의료 기구도 보여주었다.

돌리는 그 모든 것이 마음에 들었다. 일에 열중하는 브론스키의 태도까지도 마음에 들었다. 그제야 그녀는 안나가 그에게 반한 이유를 알 수 있었다.

새로 사 온 수말을 구경하러 간다는 일행을 먼저 보내고 브론스키는 돌리를 집으로 데려갔다. 돌리는 그가 할 말이 있어서 그런 것임을 눈치챘다. 여러 가지를 상상해보았으나 짐작할 수가 없었다. 마침내 일행이 사라지자 그가 이야기를 시작했다.

"바르바라 공작 영애를 제외하고는 안나의 주변 사람들 중 우리를 찾아주신 분은 당신뿐입니다. 우리의 고통을 이해하시고, 여전히 그 사람을 사랑하고 그 사람의 힘이 되어주려고 생각하셨기 때문이겠지요."

"그래요, 하지만 안나가……."

"저보다 안나의 고통을 절실하게 느끼는 사람은 없을 겁니다."

돌리의 말을 자르며 브론스키가 말했다.

"그건 당신 때문에 안나가 고통받고 있다고 생각해서 생긴 죄의식 아닐까요? 물론 사교계에서 안나가 곤란한 입장이라는 건 알고 있어요."

"페테르부르크에서 2주 동안 머물며 그녀는 지옥과도 같은 사교계를 경험했습니다."

"하지만 여기서는 당신도 안나도 사교계의 필요성을 느끼지 않는 한……."

"저는 사교계 따위의 필요성을 전혀 못 느낍니다!"

그가 경멸하듯 말했다.

"그렇다면 행복하게 살 수 있잖아요. 안나는 진심으로 행복해하고 있어요."

"맞습니다. 그녀는 엄청난 고통을 겪고 다시 태어났습니다. 하지만 저는 어떻습니까? 전 우리의 미래가 걱정스럽습니다."

이어서 브론스키는 그와 그녀의 딸이 카레닌가의 딸로 되어 있다는 것과, 앞으로 태어날 자식들도 법적으로 카레닌가의 자식이 되리라는 것과, 자신의 그 무엇도 자식에게 물려줄 수 없다는 것 때문에 괴롭다는 이야기를 했다. 그리고 이 고민을 들으면 안나가 너무나 고통스러워할 것을 알기에 말하지 못한다는 사실까지도 털어놨다.

"저와 그녀 사이에서 태어난 아이가 제 자식이 아니라 우리를 증오하는 사람의 자식이 된다고 상상해보십시오. 이 얼마나 비참한 일입니까?"

돌리가 안타깝게 되물었다.

"물론 그렇겠지요. 하지만 안나가 무엇을 할 수 있겠어요?"

그러자 브론스키는 안나가 남편에게 이혼을 요구하는 한 통의 편지만 보내도 모든 것이 해결될 것이라고, 안나가 너무나 고통스러워할 것임을 알지만 그 방법밖에 없다고 말했다.

"물론 편지를 요구하는 것은 잔인한 행위입니다. 하지만 자식들의 행복과 운명이 더 중요합니다. 뻔뻔스러울지 모르지만 부디 안나를 설득해주세요. 그래서 이혼을 청하는 편지를 쓰도록 해주세요."

"알았어요, 얘기해볼게요. 그런데 안나는 어째서 그 문제에 대해 생각하지 않은 거죠?"

돌리는 눈을 가늘게 뜨던 안나의 버릇을 떠올렸다. 그것은 누가 생활의 비밀스런 내면을 건드리면 나오는 버릇이었다.

'자신의 생활을 직시하기 싫어 의식적으로 그러는 것 같았어. 하지만 나와 그녀를 위해 반드시 말하겠어.'

저녁 시간이 되자 객실에 하나둘 사람들이 모이기 시작했다. 안나는 돌리와 브론스키가 무슨 이야기를 나누었는지 궁금했지만 내색하지 않았다.

만찬은 저택만큼이나 호화로웠다. 브론스키는 식탁을 세심히 살펴보고는 집사에게 고개를 끄덕였다. 돌리는 그것을 보고 저택의 모든 것이 주인의 배려에 의해 이루어지고 있다는 것을 알 수 있었다. 반대로 안나는 그 어떤 것에도 관심이 없었다. 그녀는 다른 사람들과 마찬가지로 손님의 입장이었다. 단 한 가지 다른 것이 있다면 대화를 이끌어 간다는 점이었다. 안나는 대화에 어울리지 못하는 사람들까지 능숙하고 자연스럽게 끌어들이며 안주인 노릇을 했다.

그날 밤 돌리는 하루를 가만히 되돌아보았다. 그녀는 그날 하루 동안 노련한 배우들 틈에 섞여 연극을 한 기분이었다. 게다가 자신의 서투른 연기가 연극 전체를 망치고 있는 것 같았다. 그래서 계획을 바꿔 내일 바로 돌아가야겠다고 결심했다. 이제 곧 안나가 찾아올 거라고 생각하니 불쾌감마저 느껴졌다. 돌리는 혼자서 여러 가지 상념에 잠기고 싶었던 것이다.

돌리가 막 잠자리에 들려고 할 때 안나가 잠옷 차림으로 찾아왔다. 안나는 온종일 몇 번이고 돌리에게 자신의 속마음을 털어놓고 싶어서 단둘이 있는 때를 기다렸다.

"키티는 어때요? 나에게 화가 나 있지 않아요?"

"화라뇨, 아니에요."

"그럼 증오하고 있나요? 아니, 경멸하죠? 키티는 행복한가요? 레빈은 훌륭한 사람이라고 들었어요."

"훌륭하다는 말로는 부족해요. 난 그 사람보다 훌륭한 사람을 본 적이 없어요."

"아, 그 말을 들으니 나도 기뻐요. 훌륭하다는 말로는 부족하다니!"

진심으로 기뻐하는 안나의 모습에 돌리는 가슴에 맺힌 응어리가 풀어지는 느낌이 들었다.

"이제 아가씨에 대한 이야기를 해봐요. 아까 브론스키와 대화를······."

"알고 있어요. 그런데 그이가 무슨 말을 하던가요?"

"그는 아가씨와 자신을 위해 고민하고 있다고 했어요. 그 사람이 원하는 건 아니와 아가씨가 법적으로도 그의 딸이 되고 아내가 되는 거예요. 훗날 태어날지도 모르는 아이도 그렇고요."

"그런 일이라면 걱정할 것 없어요. 난 더 이상 아이를 갖지 못하니까요. 병을 앓고 난 후 의사가 말했어요. 만약 내가 아이를 낳는다 해도 그 아이는 남의 성을 따르는 불행한 인생을 살게 될 거예요."

"그러니까 이혼이 필요한 거예요."

그러나 안나는 말을 끝까지 들으려 하지 않았다.

"내가 그 생각을 안 한 것 같아요? 단 하루도, 단 한 시간도 그 생각을 하지 않은 때가 없었어요. 그 생각만 하면 미쳐버릴 것 같아요. 나는 이미 모르핀 없이는 잠을 잘 수가 없을 정도예요. 하지만 그는 절대 이혼해주지 않을 거예요. 왜냐하면 그 사람은 지금 리디야 이바노브나 백작부인의 영향을 받고 있거든요."

"그래도 가능한 일은 모두 시도를 해봐야 해요."

돌리가 속삭이듯 말했다.

"내가 편지를 보내면 모욕적인 답장을 받거나 승낙을 얻겠죠. 하지만 세료자는요? 그들은 내게 아들을 내주지 않을 거예요. 그럼 내 아들은 나를 미워하면서 성장하겠죠. 나는 세료자와 알렉세이 둘 다 사랑해요. 나 자신보다 더요. 나에게 필요한 건 오직 그뿐인데, 그게 안 된다면 무슨 소용이 있겠어요? 그러니 날 비난하지 말고 무엇에 대해서도 판단하지 말아줘요."

안나는 두 손으로 가슴을 누른 채 눈물을 흘렸다.

다음 날 아침, 돌리는 주인 부부의 만류에도 불구하고 브론스키의 집에서 나왔다.

가을이 될 때까지 브론스키와 안나는 이혼에 대한 해법을 찾지 못했다. 두 사람은 아무 데도 가지 말자고 약속했다. 하지만 자기들만의 생활이 길어질수록, 생활에 변화를 줘야 한다고 생각했다.

안나는 손님이 없을 때에도 정성 들여 화장을 하고 책도 열심히 읽었다. 외국 신문과 잡지, 농업, 건축, 말의 사육, 스포츠에 대한 것까지 읽었다. 또 병원 건축에 대해서도 여러 가지를 연구하면서 자신이 브론스키에게 얼마만큼 소중한 존재이며, 그가 버리고 온 것을 얼마만큼 그에게 보상할 수 있을까를 생각했다.

브론스키는 그런 안나의 노력이 고마웠지만 한편으로는 부담스럽기도 했다. 그 부담감은 시간이 지날수록 심해졌다.

10월에 카쉰 현에서 귀족 선거가 있었다. 카쉰 현에는 브론스키와 스비야슈스키, 세르게이 이바노비치와 오블론스키의 영지가 있었고, 레빈의 영지도 조금 있었다. 이 선거를 위해 모스크바와 페테르부르크, 해외에서까지 사람들이 모였다. 브론스키도 오래전부터 이 선거에 부쩍 관심을 보이고 있었다.

전날 브론스키와 안나는 카쉰 현으로 떠나는 문제를 두고 신경전을 벌였다. 브론스키는 지금껏 한 번도 보여준 적 없는 단호한 태도로 여행을 떠나겠다고 선언했다. 그런데 놀랍게도 안나는 아무렇지도 않게 돌아올 날짜를 묻는 것이었다. 깜짝 놀라 쳐다보는 그에게 미소까지 지어 보였다. 그는 안나가 비밀리에 계획하고 있는 일이 있다는 것을 눈치챘지만 우선 그녀와의 다툼을 피하고 싶어 믿는 척했고, 어느 정도는 정말 믿었다.

"당신이 지루해하지 않았으면 좋겠군."

"그럴 거예요. 어제 고티에 서점에서 책 한 상자를 받았거든요."

그는 일부러 그녀의 속마음을 확인하지 않고 선거를 위해 떠났다. 이런 식으로 석연치 않게 그녀와 작별해버린 것은 그들이 관계를 맺은 이래 처음 있는 일이었다.

'이러다 보면 안나도 점점 익숙해지겠지. 그녀를 위해서라면 뭐든지 다 할 수 있지만, 남자로서의 독립된 삶까지 양보할 수는 없어.'

9월이 되자 레빈은 키티의 분만을 위해 모스크바로 거처를 옮겼다.

카쉰 현에 영지를 소유하고 있는 세르게이 이바노비치는 셀레즈네프 현의 선거권을 가지고 있는 레빈과 동행했다.

카쉰 현에서는 엿새째가 되어서야 현의 귀족회장 선거가 실시되었다.

레빈은 세르게이 이바노비치나 오블론스키나 스비야슈스키와 어울리고 싶지 않았다. 그 사이에 브론스키가 끼어 있었기 때문이다. 어제도 선거장에서 그를 보았지만 함께 어울리고 싶지 않아 애써 피해온 터였다. 그래서 그는 창가로 가서 주위를 둘러보았다.

그때 스비야슈스키가 다가와 레빈의 팔을 잡고 자기편 사람들에게로 갔다. 이제 레빈은 더 이상 브론스키를 피할 수 없게 되었다.

"반갑습니다. 쉐르바츠키 공작 댁에서 한 번 뵈었었죠."

브론스키가 레빈에게 손을 내밀며 말했다.

"네, 기억합니다."

레빈은 이렇게 말하고는 새빨갛게 얼굴을 붉히더니 이내 몸을 돌리고 형과 이야기를 시작했다. 브론스키도 살짝 미소 지으며 스비야슈스키와 이야기를 시작했는데, 그 역시 레빈과 이야기를 나누고 싶은 마음이 없는 눈치였다. 그때 투표가 시작되었고 그들은 뿔뿔이 흩어졌다.

선거는 후보로 나서고자 하는 사람을 한 명 한 명 표결에 붙여 선출하는 것에서부터 시작되었다. 서기가 첫 번째 지원자의 이름을 불렀다. 군 귀족회장들은 공이 담긴 접시를 들고 현 귀족회장의 탁자로 갔다.

"오른쪽에 넣으면 되네."

오블론스키가 레빈에게 속삭였다. 그러나 레빈은 투표함 앞에 서자 갑자기 뭐가 뭔지 모르게 되어 공을 왼쪽에 넣고 말았다.

첫 번째 투표가 끝나고 곧 결과가 발표되었다. 첫 번째 지원자는 많은 표를 얻어 후보에 선출되었다.

"이제 끝났죠?"

레빈이 세르게이 이바노비치에게 물었다.

"이제 시작일 뿐입니다. 다른 후보가 더 많은 표를 얻을 수도 있어요."

스비야슈스키가 세르게이 이바노비치 대신 미소를 지으며 말했다. 레빈은 거기에 미묘한 거래가 있다는 것을 알고 그만 탈출하고 싶었다.

지원자로 이름을 올렸던 사람들은 자신의 이름이 표결에 붙여질 때마다 "사퇴합니다"라고 말했다. 이름이 불리고 사퇴한다는 소리가 번갈아 들리는 일은 한 시간쯤 계속되었다.

선거는 예상했던 이가 다수의 표를 얻어 현의 귀족회장으로 당선되었다.

그날 밤, 신당의 많은 인사가 브론스키의 저택에서 만찬을 즐겼다. 브론스키가 선거에 참여한 이유는 시골 생활의 따분함에서 벗어나고 싶은 것도 있었지만, 안나에게 자신의 권리를 확실하게 해두기 위해서였다. 그는 이제 이곳 귀족사회의 새로운 얼굴이었다. 그가 영향력을 가지게 된 건 그의 가문과 재산, 그리고 훌륭한 저택을 시내에 가지고 있다는 것, 게다가 시골에서 데려온 뛰어난 요리사에다 옛 친구인 현 지사와의 우정 덕분이었다. 그는 만일 앞으로 3년 안에 결혼하게 되면, 자신도 직접 선거에 출마해봐야겠다는 욕심이 생겼다.

만찬은 풍성하고 고급스러웠다. 러시아 포도주 상인으로부터 구입한 것이 아닌 해외에서 직접 사들인 포도주와 훌륭한 음식으로 만찬에 참석했던 사람들은 모두 즐거워했다.

브론스키도 매우 만족했다. 시골에서 그토록 유쾌한 모임을 갖게 될 줄은 전혀 몰랐다.

어느덧 만찬이 끝나고 사람들이 하나둘씩 일어서기 시작했다. 그때 하인이 쟁반에 편지를 담아 왔다.

"보즈드비젠스코예에서 심부름꾼이 도착했습니다."

브론스키는 얼굴을 찡그렸다. 편지는 안나가 보낸 것이었다. 브론스키는 편지를 읽기도 전에 무슨 내용일지 짐작했다. 선거가 닷새 안에 끝날 것으로 예상하고 금요일에 돌아가겠다고 했는데 오늘이 벌써 토요일이었던 것이다.

아니가 병이 났는데 폐렴이 될지도 모른대요. 바르바라 공작 영애는 도움은커녕 방해만 되고, 당신은 어디서 무엇을 하는지 소식도 없네요. 그래서 내가 직접 가보려 했지만 당신이 불쾌해할 것 같아서 생각을 바꿨어요. 어떻게 해야 좋을지 답장을 주세요.

'어린애가 아픈데 이곳에 직접 오려 했다고? 게다가 이 적의 어린 말투는 뭐야?'

브론스키는 선거를 마친 뒤의 즐거운 분위기와 집으로 돌아가야 하는 우울함 사이에서 갈등하다가 결국 첫 야간 기차를 타고 집으로 떠났다.

그동안 안나는 지옥 같은 나날을 보내고 있었다. 브론스키가 어디론가 떠날 때마다 되풀이되는 소동이 오히려 그와의 관계를 악화시킨다고 생각한 안나는 그와 떨어져 있는 것을 최대한 침착하게 견뎌보고자 결심했었다. 그러나 브론스키가 선거로 떠나던 날 그녀에게 던진 차갑고 냉혹한 시선에 그녀는 심한 모욕감을 느꼈고, 그가 떠나기도 전에 그녀의 평정은 무너져 버리고 말았다.

'그는 언제든, 어디든 갈 수 있는 권리가 있어. 하지만 내겐 아무 권리도 없어. 그의 차가운 시선은 이제 애정이 식었다는 증

거야.'

안나는 지금까지 그랬던 것처럼 자신의 애정과 매력을 이용해서 그를 붙들 수밖에 없었다. 다른 방법이 있다면 남편과 이혼하고 그와 정식으로 결혼하는 것뿐이었다. 그래서 브론스키가 그 말만 꺼내면 곧바로 승낙하기로 결심했다.

안나는 혼자 산책을 하고 병원도 둘러보고 책도 읽었지만, 그가 카쉰 현에서 무엇을 할까 하는 생각에서 헤어나지 못했다. 바로 그때 딸이 아프기 시작했고, 그녀는 브론스키에게 편지를 보낸 것이다.

마침내 마차 소리가 들리자 안나는 자리에서 벌떡 일어났다. 그러나 그녀는 그 자리에 가만히 서 있었다. 속이 들여다보이는 편지를 보낸 것이 갑자기 부끄러웠기 때문이다. 하지만 그보다 더 두려운 건 그의 태도였다. 더구나 딸의 상태는 무척 좋아져 있었다. 그 사실이 그녀를 더욱 초조하게 했다. 그때 그의 목소리가 들렸다. 그러자 그녀는 모든 것을 잊고 기쁘게 그에게 달려갔다.

"아니는 좀 어떻소?"

"이제 괜찮아요. 많이 좋아졌어요."

"다행이군."

그는 안나의 머리 모양과 옷차림을 훑어보았다. 모두 그를 위해 꾸민 것이었다.

"당신은 괜찮소?"

그는 그녀의 손에 입을 맞추며 말했다.

'아무래도 좋아. 그가 여기에 있기만 한다면……'

늦은 밤, 둘만 남았을 때 안나는 브론스키에게 물었다.

"솔직히 말해봐요. 편지를 받고 짜증 났죠? 내 말을 믿지 않았죠?"

"그래, 그 편지는 정말 이상했소. 아니가 아프다면서 네게 오겠다고 하니 말이오."

"하지만 모두 사실이었어요. 지금 당신은 날 의심하고 불만스러워하고 있죠? 다 알아요."

"한순간도 의심한 적 없소. 다만 남자로서 해야 할 일들이 있다는 거요. 곧 집안일로 모스크바에 가야 하는 일도 그렇고. 그런데 당신은 왜 그렇게 초조해하지? 내가 당신 없이는 살 수 없다는 걸 모르오?"

"당신이 모스크바에 간다면 나도 따라가겠어요. 이곳에 혼자 남아 있긴 싫어요. 우린 헤어지든지 함께 있든지 선택해야 해요."

"그중 하나가 내 소원이라는 걸 알잖소. 하지만 그러기 위해서는……"

"이혼해야 한다는 거죠? 알았어요. 그 사람에게 편지를 쓰겠어요. 난 내가 이렇게 살 수 없다는 걸 알았어요. 당신과 함께 가겠어요."

안나는 마침내 이혼을 간청하는 편지를 썼고, 브론스키와 함께 모스크바로 떠났다.

7부

 레빈 부부가 모스크바에 온 지 석 달째가 되는 때였다. 키티의 출산 예정일은 이미 오래전에 지나 있었다. 그러나 키티의 배 속에는 여전히 아이가 있었으며, 두 달 전과 달라진 점도 그다지 눈에 띄지 않았다. 의사도, 산파도, 돌리도, 어머니도, 그리고 레빈도 초조해하기 시작했으나 키티는 여전히 침착하고 행복해했다.

 사랑하는 사람들에 둘러싸여 상냥하고 친절한 보살핌을 받는 것이 너무나 즐거워, 키티는 더 이상 바랄 게 없을 정도였다. 다만 시골에서는 차분하고 다정하게 사람들을 대했던 남편이 모스크바에 온 뒤로는 달라졌다는 사실이 마음에 걸렸다. 그는 줄곧 안절부절못하며 항상 허둥댔다. 그리고 모욕당할까 봐 두려워하는 사람처럼 신경을 곤두세웠다. 키티는 그런 남편이 안타까웠으나 도시에서 생활한다는 것이 그에겐 쉽지 않은 일임을 이해했다.

남편은 카드놀이를 좋아하지도 않고 클럽에도 가지 않았다. 오블론스키 같은 사내와 어울린다는 것은 술을 마시고 어딘가로 몰려간다는 것을 뜻했다. 그 어딘가를 생각하면 키티는 소름이 끼쳤다. 그렇다면 사교계에 나가는 것은 어떨까? 그러나 사교계의 젊은 여자들을 생각하면 그러라고 할 수 없었다. 그렇다고 그녀나 어머니, 언니처럼 집에만 틀어박혀 있으랄 수도 없었다. 그럼 저술을 계속하게 한다면? 실제로 남편은 글을 써 보려고 도서관에 다녔었다. 그러나 그는 일을 하지 않을수록 오히려 시간에 쫓겼다. 게다가 이곳에 와서 저술에 관한 말을 너무 많이 해서 이젠 흥미를 잃어버린 터였다.

모스크바로 온 뒤로 유일하게 좋은 점은, 두 사람 사이에 단 한 번도 싸움이 일어나지 않았다는 것이었다. 크게 질투할 법한 일이었던 키티와 브론스키의 만남도 남편은 대수롭지 않게 넘겼다.

키티의 대모인 마리야 보리소브나 노공작부인이 키티를 만나고 싶어 해, 그녀는 무거운 몸을 이끌고 아버지와 함께 그 노부인을 찾아갔다가 그곳에서 브론스키를 만난 것이다.

그와의 만남에서 키티가 스스로를 나무랄 일이 있다면, 평상복 차림의 브론스키를 본 순간 숨이 멎고 피가 심장으로 솟구쳐 얼굴이 확 달아올랐다는 것뿐이었다. 그러나 그것은 단 몇 초에 불과했다. 아버지가 일부러 큰 소리로 브론스키에게 말을 걸었고, 그 이야기가 끝나기 전에 그녀는 그와 자연스럽게 대화할 수 있도록 충분히 마음의 준비를 마쳤다. 그녀는 그와 몇 마디 나누고, 또 그가 '우리의 의회'라고 하며 선거에 대해 농담을 했을 때는 부드럽게 미소까지 보였다. 그리고 이내 공작부인 쪽으로 얼굴을 돌리고, 그가 일어서기 전까지 단 한 번도 그를 쳐다보지 않았다.

그녀는 이 만남에서 자신의 처신에 대해 만족했다. 그녀 역시도 브론스키를 그렇게 아무렇지 않게 대할 수 있으리라고는 전혀 생각지 못했던 것이다.

그녀가 마리야 보리소브나 공작부인 집에서 브론스키를 만났다는 이야기를 했을 때 레빈이 눈살을 찌푸린 채 그녀를 똑바로 쳐다보고 있었기 때문에, 이 이야기를 털어놓는 것은 그녀에게 굉장히 어려운 일이었다.

"당신이 없어서 아쉬웠어요. 하지만 당신이 있었다면 난 그처럼 자연스럽게 행동하지 못했을 거예요."

그녀가 진심 어린 눈으로 그를 바라보며 말하자, 그는 곧 마음을 가라앉히고 이런저런 질문을 했다. 그녀가 처음에는 얼굴이 붉어졌지만 이윽고 처음 만난 사람처럼 가벼운 마음으로 그를 대할 수 있었다는 말을 전해주자, 레빈은 기분이 좋아졌다. 그는 상당히 기뻐하며 이제는 선거장에서와 같이 냉랭하게 굴지 않고, 브론스키와 만나면 친절히 대하겠다고 했다.

"얼굴도 보기 거북할 정도로 싫은 사람이 있다는 건 괴로운 일이니까 말이지."

레빈은 11시쯤 집을 나서서 여러 가지 볼 일을 본 뒤에 클럽에 갔다. 장인이 레빈의 자리를 예약해두었기 때문에 가지 않을 수 없었다.

레빈이 식당에 들어섰을 때 뒤쪽에서 익숙한 목소리가 들렸다.

"자네도 지금 왔나?"

오블론스키였다. 레빈은 오블론스키와 함께 몇 명의 친구와 합석해 즐겁게 이야기하며 만찬을 즐겼다.

식사가 끝나갈 무렵 브론스키가 키가 훤칠한 근위대령과 함께 나타났다. 브론스키는 명랑한 얼굴로 오블론스키와 악수를 하고 나서 레빈에게도 손을 내밀었다. 그리고 옆에 있는 근위대령을 야쉬빈이라고 소개했다.

"다시 뵙게 되니 반갑습니다. 그때 선거장에서 당신을 찾았었는데, 벌써 떠나셨더군요."

브론스키가 말했다.

"네, 그렇게 됐습니다."

레빈은 클럽 분위기 때문인지, 마신 술 때문인지, 브론스키와 대화하면서 이 사내에 대해 아무런 적의를 느끼지 않았다. 그는 이야기하는 동안, 아내가 마리야 보리소브나 공작부인 댁에서 그와 만났다고 이야기한 것까지 말하고 말았다.

"아아, 마리야 보리소브나 공작부인, 그분은 정말 좋은 분이지!"

오블론스키가 끼어들어 그녀에 관한 재미있는 일화를 소개했다. 이에 브론스키가 얼마나 사람 좋게 웃어대던지, 레빈은 그와 완전히 화해한 느낌이 들었다.

레빈이 잠시 식탁을 떠나 장인과 담소를 나누고 돌아왔을 때, 오블론스키는 한쪽 구석에 서서 브론스키와 무언가 이야기를 나누고 있었다.

"그녀는 따분해서 그러는 게 아니야. 상황이 애매해서 그렇지."

레빈은 이 말을 듣고 안나의 얘길 하고 있다는 걸 알고 황급히 자리를 피하려 했다. 그러나 오블론스키가 그를 불러 세웠다.

"레빈!"

그를 부르는 오블론스키의 눈에 물기가 어려 있었다. 이것은 그가 술을 마셨을 때나 깊이 감동했을 때 볼 수 있는 현상이었다. 지금은 둘 다였다.

"레빈, 가지 마."

그는 이렇게 말하고 무슨 일이 있어도 레빈을 놓치지 않겠다는 듯 그의 팔을 꽉 잡았다.

"이 사람은 둘도 없는 나의 진실한 친구야."

그는 브론스키에게 말했다.

"자네 역시 그래. 그래서 나는 두 사람이 친하게 지내길 바라네. 또 그렇게 되리라 믿고. 자네들은 모두 좋은 사람들이니까."

"이거 입이라도 맞춰야겠군요."

브론스키가 농담을 하면서 한쪽 손을 내밀었다. 그러자 레빈은 그 손을 재빨리 굳게 잡았다.

"레빈이 안나와 모르는 사이라는 거 아냐?"

오블론스키가 브론스키에게 말했다.

"그래서 난 이 친구에게 안나를 소개해줄 생각이야. 자, 가지, 레빈!"

"정말이야? 그렇다면 당장에라도 집에 가고 싶군. 그녀도 몹시 기뻐할 거야. 그런데 야쉬빈이 마음에 걸려서 말이야. 그가 게임을 끝낼 때까지 같이 있어주고 싶은데. 계속 잃고 있거든. 그 친구를 말릴 수 있는 건 나뿐이니까."

브론스키가 말했다.

"그렇다면 할 수 없지. 우리끼리 가세. 괜찮지? 안나는 집에 있네. 오래전부터 자넬 데리고 가겠다고 그 애에게 약속했어. 자네 오늘 밤 계획이 있나?"

"농업협회에 가기로 스비야슈스키와 약속하긴 했지만 괜찮네. 안 가도 돼."

"좋아, 가자고! 어이, 내 마차가 와 있는지 확인해주게."

오블론스키가 하인에게 소리쳤다.

레빈은 늙은 하인에게 클럽비를 지불한 다음, 두 팔을 크게 흔들면서 출구 쪽으로 나갔다.

그는 마차가 울퉁불퉁한 길을 요동치며 달리는 것을 온몸으로 느끼며, 안나에게 가는 것이 과연 바람직한 일인가 생각해보았다. 그러나 오블론스키는 그에게 생각할 여유를 주지 않았다.

"정말 기뻐. 자네에게 그 애를 소개하게 되다니. 돌리도 오래전부터 그걸 바라왔지. 자네도 곧 알게 될 테지만 안나는 정말 훌륭한 여자라네. 그런데 그 애는 지금 굉장히 괴로운 처지에 빠져 있다네."

"무슨 일이 있나?"

"이혼 수속을 밟고 있거든. 진작 해결되었을 것을 아들 문제 때문에 석 달째 질질 끌고 있네. 이혼만 성립되면 그 애는 브론스키와 결혼할 거야. 어쨌든 지금은 두 사람 일을 모르는 사람이 없는 이 모스크바에서 아무 데도 나가지 않고 돌리 외엔 누구도 만나지 않고 있네. 그 어리석은 바르바라 공작의 딸조차 창피했는지 떠나버렸지. 다른 여자 같았으면 어찌할 바를 몰랐을 거야. 하지만 그 애는 자기 생활을 얼마나 잘 꾸려나가고 있는지 몰라. 어린이 책 집필에, 그 집 영국인 말 훈련사의 아이들까지 돌보고 있어. 그 훈련사가 주정뱅이거든. 사내아이들은 중학교에 입학시키려고 안나가 직접 러시아어를 가르치고 있고, 계집아이는 아예 떠맡았지."

마차가 마당으로 들어섰다. 오블론스키는 요란스럽게 벨을 눌렀다. 하인이 문을 열자 다짜고짜 현관으로 들어갔다. 레빈은 오블론스키의 뒤를 따르면서도 자기 행동에 확신이 서지 않았다.

오블론스키와 레빈은 검은 갓을 씌운 램프를 밝힌 어두운 서재로 들어갔다. 벽에는 반사경의 빛을 받고 있는 안나의 초상화가 있었다. 그것은 이탈리아에서 미하일로프가 그린 것이었다. 레빈은 초상화를 보자 그만 넋을 잃고 그것을 뚫어지게 바라보았다. 새까만 고수머리와 드러난 어깨와 팔, 부드러운 솜털이 덮인 입가에 어슴푸레한 웃음을 드리운 아름다운 여인이 그를 바라보고 있었다.

"어머나, 반가워요."

바로 옆에서 갑자기 그를 향한 목소리가 들렸다. 그가 넋을 잃고 보았던 초상화의 주인공이었다. 실체의 그녀는 그림만큼 아름답지는 않았으나, 초상화에서는 느끼지 못한 또 다른 매력이 있었다.

"오래전부터 당신과의 만남을 기대하고 있었어요. 스티바와의 우정도 그렇고, 또 당신의 부인에 대해서도…… 부인과는 아주 잠깐밖에 사귀지 못했지만, 그때의 꽃과 같은 인상을 지금도 생생하게 기억하고 있어요. 곧 엄마가 되신다면서요!"

그녀는 두 사람을 번갈아 바라보며 유연하게 말했다. 레빈은 그녀에게 좋은 인상을 남겼다는 것을 느끼자 이내 마음이 가벼워졌다.

"정말 잘 그렸지?"

레빈이 초상화를 자꾸 쳐다보는 것을 알아채고 오블론스키가 말했다.

"이렇게 훌륭한 초상화는 본 적이 없네."

레빈이 그림에서 실물 쪽으로 눈길을 옮기자 안나에게서 특별하고 아름다운 빛이 떠올랐다. 순간 레빈의 얼굴이 새빨개졌다.

레빈은 그녀와 이야기하는 것이 정말 즐거웠다. 안나는 자연스럽고 재치 있게 말할 뿐만 아니라 정중한 태도로 상대방의 의견을 존중할 줄 알았다.

차를 마시는 동안에도 마찬가지로 유쾌하고 알찬 이야기가 계속되었다. 어떤 말에 대한 것이든 그녀가 답을 하면 레빈에게는 좀 더 특별한 의미로 다가오는 것 같았다. 레빈은 대화하는 내내 안나의 슬기와 교양, 솔직함에 넋을 잃고 있었다. 전에는 그녀를 비난했던 그가 지금은 어느새 그녀를 변호하고 그녀의 입장을 걱정하기에 이르렀다.

10시가 지나 오블론스키가 돌아가려고 일어서자, 레빈은 같이 일어나면서도 어쩐지 서운한 마음이 들었다.

"안녕히 가세요."

안나는 그의 손을 잡고 호소하는 듯한 눈빛으로 그의 눈을 쳐다보면서 말했다.

"정말 즐거운 시간이었어요. 부인께도 꼭 전해주세요. 전 옛날과 마찬가지로 부인을 사랑하고 있다고요. 제 입장을 용서하실 수 없다면, 영원히 용서하지 말아달라고요. 절 용서하기 위해선 저와 같은 경험을 해야 할 텐데, 그분께는 그런 일이 일어나지 않기를 바라니까요."

"네, 그렇게 전하겠습니다."

레빈은 얼굴을 붉히며 말했다.

'정말 놀랍고 사랑스럽고 가엾은 여자로구나.'

레빈은 오블론스키와 헤어지고 집으로 돌아오면서 안나에 대해 생각했다. 그녀와 주고받았던 단순한 대화와 그때의 그녀의 미세한 표정을 떠올릴수록 점점 더 그녀에 대한 연민에 빠져들었다.

집에 도착해 아내에게 가면서도 그는 안나와의 만남을 떠올렸다. 안나에 대해 느꼈던 부드러운 연민 속에 부적절한 뭔가가 있었다는 게 마음에 걸렸다.

"지금까지 뭘 하다 이제 온 거예요?"

키티는 레빈의 눈 속에서 평소와 다른 수상한 빛을 발견하고는 물었다.

"브론스키를 만났소. 그런데 같이 있어도 아무렇지 않더군. 앞으로 다시 만날 생각은 없지만 만나게 돼도 이젠 어색하지 않을 것 같소."

그는 그를 만날 생각은 없다면서 그 길로 안나한테 갔던 것을 떠올리고 얼굴이 붉어졌다.

"그다음엔 어디를 갔어요?"

"스티바가 안나에게 가자고 자꾸만 청해서 말이오."

레빈은 이 말 끝에 얼굴이 더욱 빨개졌다. 이제야 비로소 안나에게 갔던 일이 잘못한 것이었음을 깨달은 것이다.

"당신 설마 화내진 않겠지? 스티바가 부탁해서 간 거니까."

"물론이에요."

대답은 그렇게 했으나 키티의 눈빛은 심하게 흔들렸다.

"굉장히 매력적이고, 굉장히 가엾은 여자였소."

그는 이렇게 말하면서 안나가 전해달라고 한 말을 키티에게 전했다.

"그렇죠, 정말 안됐어요."

레빈은 키티의 침착한 태도에 안심하고 옷을 갈아입으러 갔다. 그런데 옷을 갈아입고 돌아와 보니 키티가 그 자리에 그대로 앉아 있었다. 그가 다가가자 키티는 갑자기 울음을 터뜨렸다.

"당신 그 더러운 여자에게 반해버리고 말았군요. 당신 눈빛만 봐도 알아요. 우리 그냥 돌아가요. 나는 내일 돌아가겠어요."

레빈은 오랫동안 아내를 달랠 수 없었다. 연민과 술기운 탓에 안나의 교활한 수작에 넘어간 거라고 인정하고, 앞으로 다시는 그녀를 만나지 않겠다는 다짐을 하고서야 겨우 아내를 진정시킬 수 있었다.

안나는 손님을 배웅하고 난 뒤 방 안을 거닐었다. 그녀는 레빈이 자신의 유혹에 넘어왔다는 사실을 알았다.

'나는 아내가 있는 남자에게까지 영향을 줄 수가 있는데, 어째서 그는 내게 그렇게 냉정한 걸까? 이 모스크바에서 지내는 게 얼마나 괴로운지 그가 알아주고 나를 더 가엾게 여겨주었으면…….'

안나는 자기연민으로 눈물을 흘리면서 중얼거렸다.

그때 벨이 울리자 그녀는 얼른 눈물을 닦아내고 책을 펼쳐 들었다. 브론스키가 약속한 시간에 돌아오지 않아 화가 났다는 것을 보여주기 위해서였다. 그러면서도 눈물을 흘렸던 것은 알게 하고 싶지 않았다.

"그래, 지루하진 않았소?"

그가 활기찬 얼굴로 다가오면서 경쾌한 목소리로 물었다.

"정말이지 도박에 빠진 사람들의 열정이란 무시무시하더군."

"아뇨, 지루하지 않았어요. 이미 오래전에 지루함을 이겨내는 방법을 터득했거든요. 오빠가 레빈과 함께 왔다 갔어요."

"아, 그들이 당신을 보고 싶어 했었지. 어땠소, 레빈은 마음에 들었소?"

"네, 좋은 분이더군요. 야쉬빈은 어떻게 됐어요?"

"처음엔 1만 7천 루블까지 땄소. 내가 가자 하니까 금방 갈 것처럼 하더니 또 되돌아갔지 뭐요. 지금은 한창 잃고 있소."

"오빠에게는 야쉬빈 때문에 남아 있겠다고 했다면서요. 그런데 왜 그분을 두고 왔어요?"

순간 브론스키의 얼굴이 싸늘하게 굳어졌다.

"첫째, 난 당신에게 그런 말을 전해달라고 부탁한 적 없소. 둘째, 난 거짓말은 하지 않소. 그냥 거기 남아 있고 싶어서 남아 있었을 뿐이오. 안나, 또 왜 이러는 거요?"

그는 안나에게 몸을 구부리면서 한쪽 손을 내밀었다. 그러나 그녀는 이 화해의 몸짓이 기쁘면서도 불쑥 반발심이 일었다.

"물론 남아 있고 싶었으니까 남아 있었겠죠. 당신은 늘 하고 싶은 대로 하니까요."

그녀는 격앙된 목소리로 말했다.

브론스키는 내밀었던 손을 거두고 몸을 돌렸다.

"당신은 내가 고집부리는 걸로밖에 안 보이겠죠. 그래요, 고집이에요. 당신은 내 고집을 꺾기만 하면 되겠지만 나는……."

그녀는 다시 자신이 가여워져 울음이 터질 것만 같았다.

"지금처럼 당신이 내게 적의를 품고 있다는 걸 느낄 때면 내가 얼마나 불행해지는지, 나 자신이 얼마나 두려워지는지 조금이라도 알아준다면······."

그는 안나의 절망적인 모습에 몸서리가 쳐졌다.

"왜 그런 말을 하는 거요? 말해봐요, 내가 어떻게 하면 좋겠소? 당신을 평안하게 해줄 수만 있다면 난 무슨 짓이라도 할 수 있소, 안나!"

"아니에요, 됐어요. 나도 내가 왜 이러는지 모르겠어요. 아마 너무 외로워서 그랬나 봐요. 이 얘기는 그만둬요. 참, 경마는 어떻게 됐어요?"

그는 경마장에서 있었던 일을 자세하게 설명해주었다. 그러나 그의 목소리는 차츰 차가워졌다. 안나를 달래주고 만 자신의 행동이 스스로 생각해도 불만스러웠던 것이다.

사람은 환경에 적응하게 되어 있다. 불과 석 달 전만 해도 레빈은 지금과 같은 상황에서 편히 잘 수 없었다. 아무 목적도 없이 하루를 살고, 수입을 초과하는 지출을 하고, 아내가 사랑했던 남자와 우정을 맺고, 타락한 여자를 방문했으며, 더구나 그 여자에게 마음을 뺏겨 아내를 슬프게 하고서도 태연하게 잠들 수 있다니.

레빈은 7시쯤 어깨를 흔드는 키티의 손길에 잠에서 깨어났다.

"놀라지 마세요. 진통이 시작된 것 같아요. 아무래도 리자베타 페트로브나를 불러와야겠어요."

 그녀는 그의 놀란 얼굴을 보고 그의 손을 잡아 자기 가슴에, 그리고 입술에 댔다. 그는 부랴부랴 정신없이 일어나 가운을 걸치고 그녀를 찬찬히 보면서 멍하니 서 있었다. 사람을 부르러 나가야 했으나 그녀에게서 눈을 뗄 수가 없었다. 문득 어젯밤 그녀가 겪은 슬픔을 떠올리자, 자신이 혐오스러워 견딜 수가 없었다.

 "엄마에게는 내가 사람을 보냈어요. 그러니 당신은 어서 리자베타 페트로브나를 데려오세요."

 키티는 벨을 울렸다.

 "이제 파샤가 올 테니까 나는 괜찮아요."

 "그럼 리자베타 페트로브나에게 사람을 보내고 나는 의사에게 다녀오겠소. 더 필요한 건 없소?"

 "네, 네, 어서 다녀오세요."

 그녀는 이미 진통으로 그의 이야기가 귀에 들어오지 않았다.

 레빈이 막 집을 나서려고 할 때 침실에서 처절한 신음 소리가 들려왔다.

 "하느님, 자비를 베풀어주소서! 도와주소서!"

 신앙이 없으면서도 그는 이러한 말을 입으로만이 아니라 마음속 깊이 되풀이했다.

 키티가 진통한 지도 몇 시간이 지났다. 그러나 상황은 조금도 진전되지 않았다. 칸막이 저쪽에서 리자베타 페트로브나가 촛

불을 켜달라고 부탁했을 때, 벌써 저녁 5시가 되었다는 것을 알고 레빈은 깜짝 놀랐다. 그는 고통스러운 가운데에도 남편을 위해 억지로 미소를 짓는 키티를 보았다. 그리고 백발을 풀어헤친 채 복받쳐 오르는 눈물을 참고 있는 공작부인도, 돌리도, 굵다란 궐련을 태우고 있는 의사도, 침착한 표정으로 안심을 주는 리자베타 페트로브나도, 찡그린 얼굴로 홀 안을 서성이는 노공작도 보았다.

'하느님, 용서해주소서! 도와주소서!'

그는 마음속으로 계속 기도했다.

촛불은 벌써 다 타들어 갔다. 돌리가 의사에게 와서 좀 쉴 것을 권했다. 그때 갑자기 찢어질 듯한 비명 소리가 들렸다. 그 소리가 너무나도 끔찍했기 때문에 레빈은 그대로 얼어붙고 말았다. 그러나 의사는 격려하는 듯한 미소를 지어 보였다.

그는 벌떡 일어나 침실로 가보았다. 리자베타 페트로브나는 아래턱을 약간 떨고 있었으나 그 확고한 눈빛은 키티의 얼굴에 머물러 있었다. 아내는 땀에 젖은 채 남편의 손을 찾았다.

"가지 마세요. 가면 안 돼요. 난 두렵지 않아요. 엄마, 귀걸이를 좀 떼어주세요. 걸리적거려요. 당신은 괜찮아요? 이제 거의 다 왔어요, 거의. 리자베타 페트로브나……."

그녀는 이렇게 말하고 웃어 보이려 했으나 갑자기 얼굴이 무섭게 일그러졌다.

"아니야, 무서워! 난 죽고 말 거예요! 저리 가요, 저리 가!"

이어서 아까와 같은 날카로운 비명 소리가 울려 퍼졌다. 레빈은 머리를 움켜쥐고 방 밖으로 뛰쳐나왔다.

"선생님, 도대체 어떻게 된 겁니까?"

그는 의사의 팔을 붙잡고 물었다.

"이제 다 끝나갑니다."

이렇게 말하는 의사의 표정이 너무나도 심각했으므로 레빈은 그 말을 아내가 죽어가고 있다는 뜻으로 받아들였다. 그는 정신없이 침실로 뛰어 들어갔다. 끊임없이 이어지는 무서운 비명 소리는 점점 더 참혹하게 변해가고 있었다. 그 소리는 절정을 향해 치닫는가 싶더니 갑자기 뚝 그쳐버렸다. 그리고 이내 사람들의 손길이 오가는 분주한 소리가 들렸다. 그는 고개를 들었다. 두 손을 힘없이 늘어뜨린 채 키티가 아름다운 얼굴로 말없이 그를 바라보고 있었다. 그는 침대 옆에 무릎을 꿇고 아내의 손을 가져가 연거푸 입을 맞추었다.

"건강한 도련님이에요! 안심하세요!"

리자베타 페트로브나가 떨리는 손으로 갓난아이의 등을 가볍게 두드리며 말했다.

키티는 무사히 아이를 낳았고 괴로움은 끝났다. 레빈은 뭐라 설명할 수 없을 만큼 행복했다. 하지만 아기는? 어디에서 무엇 때문에 왔으며, 도대체 누구란 말인가. 그가 이 작은 존재에 대해서 느낀 감정은 기대했던 바와 전혀 달랐다. 이 감정 속에는 즐거움도 기쁨도 없었다. 그것은 다치기 쉬운 새로운 약점을 하나 얻게 되었다는 자각이었다. 아기는 그에게 뭔가 불필요한 존재로 여겨졌다. 그래서 그는 오랫동안 아기에게 익숙해질 수 없었다.

 오블론스키의 경제 사정은 매우 심각한 상태에 놓여 있었다. 게다가 올겨울에는 돌리까지 처음으로 재산권을 주장해 대금 수령증에 서명하는 것을 거부했다. 그의 생각에는 봉급이 너무 적은 것이 문제였다. 그리하여 그는 두 눈을 부릅뜨고 살피기 시작해 꽤 괜찮은 자리 하나를 발견했다. 바로 남부 철도와 은행 기관의 상호신용대리위원회의 위원 자리였다. 그 자리는 연봉 7천 루블에서 1만 루블의 봉급을 받을 수 있었고, 관직을 그만두지 않고도 차지할 수가 있었다. 더욱이 두 대신과 한 귀부인과 두 유대인에게 허락만 받으면 되었다. 그러한 사람들에게는 이미 다리를 놓아둔 터라 오블론스키는 그들을 만나기 위해 페테르부르크로 갔다. 더불어 카레닌으로부터 이혼에 대한 확답을 얻어 오겠다고 누이인 안나에게 약속한 것도 있었다.

 오블론스키는 카레닌의 서재에 앉아 러시아 재정에 대한 카레닌의 의견서를 들으며, 자기의 용건을 꺼내기 위해 그의 낭독이 끝나기를 기다렸다가 조심스럽게 입을 열었다.

 "저 말이야, 자네한테 부탁이 있어. 언제 포모르스키를 만나게 되거든 내가 남부철도상호신용대리위원회의 위원 자리에 관심이 있다고 한마디 해주지 않겠나? 지나가는 말이라도 좋아."

 "이 문제에 관해선 볼가리노프에게 말하는 게 더 낫지 않겠습니까?"

 "볼가리노프라면 이미 얘기가 돼 있어."

이렇게 말하면서 오블론스키의 얼굴이 붉어졌다. 아침에 그 유대인을 찾아갔다가 불쾌한 일을 당한 것이 생각났기 때문이다. 볼가리노프는 그를 다른 손님들과 함께 두 시간이나 응접실에서 기다리게 하더니, 어렵게 만난 뒤에는 거절이나 다름없는 답변을 했다.

"그리고 말이야, 할 얘기가 또 있네. 안나에 관한 거야."

안나라는 이름을 듣자마자 카레닌의 얼굴빛이 확 바뀌었다.

"카레닌, 난 지금 자네를 정치가가 아닌 한 인간으로, 그것도 선량한 인간, 기독교인으로 보고 말하는 거네. 부디 그 애를 불쌍히 여겨주게."

"내가 보기에 안나는 원하는 것은 모두 가진 것 같은데요."

카레닌이 날카로운 목소리로 말했다.

"아, 카레닌, 제발 언쟁은 그만두자고. 이미 지나간 일이 아닌가. 지금 그 애는 자네가 이혼해주기만을 바라고 있어."

"그러나 내가 아들을 맡겠다고 조건을 달면 안나는 이혼하지 않으려 할 겁니다. 그래서 나는 그렇게 답장했고 그 문제는 이미 끝났다고 생각하고 있어요."

"그게 그렇지가 않아. 두 사람이 헤어졌을 때 자네는 지극히 관대했네. 그 애에게 자유와 이혼을 허락해주었지. 그 애는 그걸 너무 고맙게 생각한 나머지 자네에 대한 죄의식에 사로잡히고 말았다네. 그래서 이것저것 잘 생각하지를 못했네. 그러는 사이에 그 애는 알게 되었어. 자신의 처지가 얼마나 절망적인지를."

"난 안나가 어떻게 생활하는지 관심 없습니다."

카레닌이 눈썹을 올리면서 말을 가로막았다.

"그렇게 말하지 말게. 물론 자네는 자업자득이라고 하겠지. 그 애도 그걸 알기 때문에 자네에게 부탁하지 못하는 거야. 하지만 우리 집안사람들은 모두 자네가 자비를 베풀어주길 바라고 있어. 그 애가 괴로워하는 게 자네에게 무슨 의미가 있나? 나한테 맡겨만 주면 자네를 대신해서 모든 일을 깔끔히 정리하겠네. 자네도 전에 그러겠다고 약속하지 않았나?"

"물론 전에는 그랬지요. 하지만 난 아들에 대한 문제로 이미 이야기가 끝난 걸로 생각하고 있었습니다. 안나도 이제는 좀 마음을 너그럽게 가질 필요가 있지 않겠습니까."

카레닌은 떨리는 목소리로 간신히 말했다.

"안나는 자네의 관대한 마음에 모든 것을 맡기고 있는 거라네. 그 애는 오직 지금의 절망적인 처지에서 자네가 구해주기를 바라는 거지. 안나는 이제 아들을 데려가겠다고 하지도 않네. 카레닌, 제발 그 애를 생각해주게. 자네가 그런 약속을 안 했더라면 그 애도 깨끗이 단념하고 시골에서 살았을 거야. 하지만 자네가 약속했기 때문에 모스크바에 온 걸세. 벌써 6개월이야. 제발 그 애를 불쌍히 여겨주게. 뒷일은 내가 다 알아서 하겠네. 자네가 걱정하는 일은……"

"내가 걱정하는 건 그런 게 아닙니다. 나는 신자입니다. 기독교의 계율에 어긋나는 행동을 할 수는 없습니다."

"하지만 기독교에서나 우리 나라에서나 이혼은 허용되지 않나."

"그런 의미가 아닙니다."

"이해가 안 가는군. 그 당시 기독교 정신에 따라 모든 것을 용서한 자네가 아니었던가? 우린 그런 자네에게 진심으로 감사했었네. 그런데 이제 와서……."

"부탁입니다. 이제 그만, 그 얘긴 그만하세요!"

카레닌이 새파랗게 질려서 턱을 덜덜 떨며 외쳤다.

"미안하네. 자네를 괴롭혔다면 용서해주게. 나는 단지 심부름꾼으로서 부탁받은 말을 전하러 온 것뿐이야."

오블론스키는 난처한 듯 웃으며 말했다.

"일단 잘 생각해보겠습니다. 확답은 모레 드리지요."

카레닌이 신중한 표정을 지으며 말했다.

오블론스키가 막 돌아가려고 할 때 코르네이가 들어와서 알렸다.

"세르게이 알렉세이치 도련님이 오셨습니다."

"세르게이 알렉세이치가 누구지?"

오블론스키는 혼자 묻고 이내 기억해냈다.

"아, 세료자!"

'참, 안나가 그 애를 만나보라고 했지.'

그는 생각했다.

안나는 할 수만 있다면 아들을 데리고 와달라고 부탁했다. 지금으로선 그런 일은 생각할 수조차 없게 되었지만. 오블론스키는 그래도 조카를 만나게 되어 기뻤다.

카레닌은 오블론스키에게 안나에 대해선 한마디도 하지 말라고 당부했다.

"세료자는 엄마를 만난 뒤 몹시 아팠습니다. 한때는 위독해지기도 했지만 적절한 치료를 받고 이제 겨우 회복되었지요. 지금은 학교에 다니고 있습니다."

"오, 아주 멋진 청년이 되었구나! 이젠 세료자가 아니라 세르게이 알렉세이치라 불러야겠어."

오블론스키는 푸른 윗옷에 긴 바지를 입고 늠름하게 들어오는 잘생긴 소년을 보고 감탄하며 말했다. 소년은 아버지의 손님으로만 알고 인사를 했다가 외삼촌이라는 것을 알아보고는 화가 난 것처럼 얼굴을 돌려버렸다.

"살이 좀 빠지고 키가 컸구나. 어때, 나를 기억하겠니?"

오블론스키가 말했다.

"네, 외삼촌."

그는 외삼촌의 얼굴을 흘끗 보고 눈을 내리깔았다.

"그래, 잘 지냈니? 요즘은 어떻게 지내고 있어?"

세료자는 얼굴을 붉힌 채 아무런 대꾸도 하지 않고 외삼촌의 손에서 자기 손을 빼내 빠른 걸음으로 서재를 나가버렸다.

세료자가 어머니를 못 본 지도 벌써 1년이 지났다. 그 이후로 그는 어머니 이야기를 한 번도 듣지 못했다. 가끔 어머니가 생각날 때면 계집애들 같은 감상이라 여겼고, 불화로 헤어진 부모님 가운데 아버지 곁에 남게 되었다는 사실에 익숙해지고자 노력했다.

세료자는 어머니와 닮은 외삼촌을 보게 된 것이 여간 불쾌하지 않았다. 그런데 오블론스키가 계단에 앉아 있는 세료자를 보고는 가까이 다가왔다. 그는 세료자에게 쉬는 시간에는 무엇을 하느냐고 물었다.

"철도 놀이를 해요. 어떻게 하는 거냐면, 의자 위에 두 사람이 걸터앉아요. 그게 손님이에요. 그리고 그 의자 위에 한 사람이 올라서면 모두가 의자에 들러붙어서 그걸 끌고 다녀요. 손으로 붙잡아도 되고 허리를 잡아도 돼요. 그리고 온 교실을 쓸고 다니는 거예요. 차장이 제일 어려워요. 용기도 있어야 하고 솜씨도 필요하거든요. 갑자기 멈추기도 하고 누군가 떨어지기도 해서요."

"그래, 아주 어렵겠구나."

오블론스키는 어머니를 빼다 박은 세료자의 눈을 서글픈 마음으로 들여다보며 말했다. 그는 안나 이야기는 하지 않겠다고 약속했으나 참을 수가 없었다.

"엄마 기억하니?"

"아뇨."

세료자가 재빨리 대답하고 고개를 숙였다. 외삼촌은 더 이상 아무것도 물을 수 없었다.

그로부터 30분 후, 풀이 죽어 계단 위에 앉아 있는 세료자를 보고 슬라브인 가정교사가 소리쳐 물었다.

"왜 그래요? 넘어져서 다쳤어요? 그러니까 그 놀이는 하지 말랬잖아요. 위험한 놀이라고요."

"넘어져서 다친 게 아니에요."

"그럼 무슨 일이에요?"

"그냥 내버려 두세요! 내가 기억하든 말든 그게 무슨 상관이에요! 나 좀 내버려 두라고요!"

세료자는 가정교사가 아닌 온 세상을 향해 외쳤다.

그리고 이튿날 오블론스키는 카레닌으로부터 안나와 이혼할 수 없다는 편지를 받았다.

브론스키와 안나는 더위와 먼지로 뒤덮인 모스크바의 생활이 고통스럽기만 했다. 그들은 이미 오래전에 보즈드비젠스코예에 가서 살기로 했다. 그런데도 모스크바에 계속 머물고 있는 것은 최근 그들 사이에 문제가 생겼기 때문이었다.

그들이 그렇게 된 데에 외적인 원인은 전혀 없었다. 그것은 내적인 분노였다. 그녀에겐 그의 사랑이 식은 것이 원인이었고, 그에겐 안나가 그녀로 인해 괴로운 이 상황을 가볍게 만들어주기는커녕 더욱 힘들게 하고 있는 데서 비롯된 회한이 문제였다. 두 사람은 서로 상대에게 잘못이 있다고 생각하고 사사건건 그것을 증명하려고 애썼다.

안나는 그의 모든 관심이 자기에게 집중되어야 한다고 생각했다. 그래서 그가 독신 시절에 만난 여자들을 질투하기도 하고, 어쩌면 다른 여자와 결혼할지도 모른다며 상상 속의 여자를 질투하기도 했다. 특히 그녀를 가장 고통스럽게 하는 건 그의 어머니가 그를 소로키나 공작의 딸과 결혼시키고 싶어 한다는 사실이었다.

안나는 그를 원망하고 온갖 것에서 트집을 잡았다. 카레닌이 결단을 내리지 못하는 것도, 자기가 고독한 것도, 아들과 영영 이별하게 된 것도 모두 그의 탓으로 돌렸다.

안나는 서재를 서성거리며 어제 있었던 말다툼의 내용을 세세하게 곱씹어 보았다. 여학교 따위는 불필요하다고 그가 비웃었을 때, 그녀가 그 말에 반박하면서 싸움이 시작되었다. 그는 여성 교육을 비하하는 발언을 하면서, 안나가 보살피는 영국 소녀 한나에게도 물리학 지식은 전혀 필요가 없다고 말했다. 안나는 그가 자신이 열성적으로 하고 있는 일을 비꼬는 거라고 생각했다.

"품위만은 지켜주시죠."

그녀가 이렇게 말하자 그도 벌컥 화를 내며 쏘아붙였다.

"난 당신이 저 계집애에게 지나치게 관심을 쏟는 게 불쾌하오. 그건 너무 부자연스러운 것이니까 말이야."

안나는 폭발하고 말았다. 그녀가 괴로운 생활을 견디기 위해 간신히 쌓아 올린 세계를 그가 무참히 파괴해버렸기 때문이다.

"당신이 야만스럽고 물질적인 것만을 자연스럽게 느낀다니 나도 유감이군요."

그녀는 이렇게 말하고 방을 나가버렸다.

그는 온종일 나가서 돌아오지 않았다. 그녀는 그와의 사이가 틀어진 것이 너무 속상하고 답답해서 참을 수가 없었다. 그래서 전에 없이 자기를 책망하며 그를 변호했다.

'내가 나빴어. 툭하면 신경질이나 내고 질투에 사로잡히니

……. 그이와 화해하고 시골로 돌아가야겠어. 시골에 가면 나도 여유가 생길 거야. 아니야, 그렇다 해도 어떻게 내게 그런 식으로 말할 수가 있어? 딴 여자가 생긴 게 분명해.'

마음을 진정시키려다가도 안나는 몇 차례나 원점으로 되돌아왔다. 그녀는 처음부터 다시 생각했다.

'그이는 미더운 사람이야. 나를 사랑하고 있어. 시간이 지나면 이혼 문제도 해결될 거야. 그래, 그이가 돌아오면, 내겐 잘못이 없지만 그래도 내가 잘못했다고 말하자. 그리고 시골로 돌아가자고 말하는 거야.'

안나는 시골에 가져갈 물건을 싸두려고 하인에게 트렁크를 가져오게 했다.

브론스키는 10시에 돌아왔다.

"어땠어요, 재미있었어요?"

"여느 때와 별반 다르지 않았소."

그는 그녀의 기분이 풀린 것을 알고 유쾌하게 대답했다. 그때 문득 현관 대기실에 놓인 트렁크가 눈에 들어왔다.

"갑자기 시골로 가고 싶어졌어요. 당신도 괜찮죠?"

"좋은 생각이오. 옷을 갈아입고 와서 다시 의논해봅시다. 그동안 차를 준비해줘요."

떼를 쓰는 어린아이를 달래는 듯한 그의 말투에 안나는 욱하는 감정이 불끈 치올랐다. 브론스키가 돌아오자 그녀는 그 기분을 애써 억누르고 밝은 태도로 그를 맞았다.

"그동안 왜 그 생각을 못 했는지 모르겠어요. 꼭 이곳에 있어야만 이혼할 수 있는 것도 아닌데 말이에요. 하지만 이제는 이혼 같은 건 생각하고 싶지도 않아요. 이혼 따위가 내 인생에서 뭐 그리 대수겠어요. 당신도 그렇게 생각하죠?"

"물론이오!"

그는 그녀의 흥분한 얼굴을 불안하게 쳐다보며 말했다.

"그래, 언제 떠날 생각이오?"

"빠르면 빠를수록 좋지만 준비하는 데 시간이 걸리니, 모레쯤이면 어때요?"

"모레는 일요일이잖소. 어머니에게 다녀와야 하는데……"

브론스키가 당황하며 말했다. 어머니란 말에 안나의 표정이 순식간에 굳어졌기 때문이다. 안나는 발끈해서 고개를 휙 돌려 버렸다. 모스크바 근교에서 브론스키의 어머니와 함께 살고 있는 소로키나 공작의 딸이 떠올랐던 것이다.

"거긴 내일 다녀오면 되잖아요?"

"내일은 안 되오. 내일은 가봐야 위임장도 돈도 받을 수가 없소."

"그럼 차라리 시골로 돌아가지 않겠어요."

"또 왜?"

"더 늦게 가느니 안 가는 게 나아요. 월요일보다 늦어진다면 안 갈래요."

"어째서? 그런 건 아무 상관도 없지 않소."

"그야 당신에겐 그렇겠죠. 당신은 나 같은 건 어떻게 되든 관심 없으니까요. 내가 여기서 기댈 수 있는 사람은 오직 한나뿐이에요. 그런데 당신은 그게 부자연스럽다고 했죠. 대체 내가 여기서 어떻게 자연스러운 생활을 할 수 있겠어요?"

그녀는 자신이 결심했던 바와 다른 방향으로 나가고 있다는 걸 알면서도 도저히 참을 수가 없었다. 그가 얼마나 부당한 사람인지 보여주고 싶었다.

"난 그렇게 말한 적 없소. 단지 그런 당치 않은 애정에 공감할 수 없다고 했을 뿐이오."

"당신은 늘 스스로 솔직하다고 자랑하면서 어째서 진실을 감추는 거죠?"

"나는 결코 그런 자랑 따위를 한 적도 없고, 거짓말을 한 적도 없소."

브론스키는 끓어오르는 격정을 누르며 나직이 말했다.

"정말 유감이군. 당신이 나를 존중하지 않다니……."

"존중은 사랑이 없는 자리를 메우기 위해 사람들이 만들어낸 말이에요. 만약 당신이 더 이상 날 사랑하지 않는다면 그렇다고 말해주세요. 그 편이 솔직하니까요."

"도저히 참을 수가 없군!"

브론스키는 의자에서 벌떡 일어나면서 소리쳤다.

"왜 내 인내력을 시험하려는 거지? 참는 데도 한계가 있소."

"그게 무슨 말이에요?"

그녀는 증오의 표정이 드러난 그의 얼굴을 보며 겁에 질려 외쳤다.

"내 말은……."

그는 무슨 말인가를 하려다가 그만두었다.

"도대체 당신이 원하는 게 뭐요? 그걸 알고 싶소."

"내가 뭘 원할 수 있겠어요? 그저 당신이 날 버리지 않기를 바랄 뿐이에요. 내가 정말로 원하는 건 사랑이에요. 하지만 이젠 다 끝났어요."

그녀는 문 쪽으로 걸어갔다.

"잠깐만!"

브론스키는 미간을 찌푸린 채 안나의 손을 붙잡았다.

"대체 왜 이러는 거요? 사흘만 있다가 떠나자는데, 당신은 내가 솔직하지 못하다느니 거짓말을 한다느니 퍼붓고 있잖소."

"나를 위해서 모든 것을 희생했다면서 나를 비난하는 사람은 솔직하지 못한 사람보다 더 나빠요. 매정한 인간이라고요."

안나는 지난번 말다툼 때 나왔던 말을 생각하며 말했다.

"더 이상은 못 참겠어!"

그는 버럭 소리를 지르고 그녀의 손을 뿌리쳤다.

'저이는 나를 증오하는 게 분명해. 다른 여자를 사랑하는 게 틀림없어. 내가 원하는 건 사랑뿐인데, 그게 없어. 이제 정말 끝난 거야. 그럼 끝을 내야지. 하지만 어떻게?'

그녀는 거울 앞 안락의자에 앉아 끊임없이 생각했다.

'이제 어디로 가지? 고모님한테? 아니면 새언니에게? 차라리 외국으로 나갈까? 카레닌은 이런 날 보면 뭐라고 말할까?'

카레닌을 떠올리자 안나는 출산 뒤 병을 앓았던 일이 기억났다.

'왜 난 그때 죽지 않은 걸까?'

그 순간 그녀는 갑자기 자기 마음을 확실히 읽을 수 있게 되었다.

'그래, 죽는 거야! 카레닌과 세료자가 당한 치욕도 불명예도, 나의 이 끔찍한 수치도 죽으면 다 끝낼 수 있어. 그러면 저이도 날 가엾게 여기고 사랑해주겠지? 나 때문에 괴로워서 후회도 할 거야.'

그녀는 자기가 죽은 뒤에 브론스키가 감당하게 될 여러 가지 감정을 그려보았다.

"안나, 당신이 원한다면 모레 갑시다. 난 뭐든지 따르겠소."

그 순간 안나는 울음을 터뜨렸다.

"나를 버려요. 난 당신 목에 달린 무거운 돌이에요. 당신을 괴롭히고 싶지 않아요. 당신을 자유롭게 해주겠어요. 당신은 다른 여자를 사랑하고 있으니까요."

브론스키는 그녀에게 진정하라고 애원하며 그녀의 질투에는 아무런 근거도 없다고 말했다. 자신은 그녀에 대한 사랑을 놓은 적이 없으며 앞으로도 그럴 거라고, 또 지금 이 순간에 더 강렬한 사랑을 느끼고 있다고 했다.

"안나, 당신은 대체 왜 이렇게 당신 자신과 나를 괴롭히는 거요?"

그녀는 그의 부드러운 얼굴과 눈물 섞인 목소리를 느꼈다. 그러자 순식간에 절망적인 질투가 격정적인 애정으로 바뀌었다. 그녀는 그를 끌어안고 머리며 목이며 손에 마구 입을 맞추었다.

이튿날 안나는 아침 일찍부터 떠날 준비를 시작했다. 어제는 서로 양보하느라 월요일에 떠날지 화요일에 떠날지 결정하지 못했지만, 이제 그런 건 상관없었다.

"그럼 난 어머니에게 다녀오겠소. 돈은 예고르를 시켜서 보내달라고 하면 될 테니, 내일은 떠날 수 있을 거요."

그녀가 트렁크 앞에서 물건들을 골라내고 있을 때 브론스키가 들어와 말했다. 안나는 기분이 좋았지만 어머니 얘기가 또 나오자 뭔가에 찔린 듯 찌릿하게 심장이 아파왔다.

"그동안 난 윌슨에게 갔다 올게요. 옷을 좀 가져다주려고요. 그럼 우린 내일 확실히 떠나는 거죠?"

그때 브론스키의 하인이 페테르부르크에서 온 전보 수령증을 받으러 들어왔다. 그러자 브론스키는 마치 무엇인가 숨기려는 것처럼, 수령증이 서재에 있다고 말하고 나서 그녀 쪽으로 얼굴을 돌렸다.

"내일까지 모든 일을 처리하겠소."
"누구에게서 온 거예요?"

그녀는 그의 말을 듣지도 않고 물었다.

"스티바요."

그가 마지못해 대답했다.

"그런데 왜 나한테 보여주지 않았어요? 오빠와 나 사이에 무슨 비밀이 있다고."

브론스키는 하인을 다시 불러 전보를 가져오게 했다.

"스티바는 별것 아닌 일로도 전보를 치는 사람이잖소. 결정된 것도 없는데 전보는 왜 치는 지, 원."

"이혼에 관한 건가요?"

"그렇소. 아직 아무것도 얻지 못했고, 곧 확실한 답을 받기로 했다고 되어 있소. 보시오."

안나는 떨리는 손으로 전보를 받아 들었다. 브론스키가 말한 것과 같은 내용의 끝에는 이러한 구절이 덧붙어 있었다.

희망적이진 않지만 할 수 있는 데까지 해보겠음.

"어제도 말했지만 난 이혼이 되든 안 되든 상관없어요. 그러니 감추지 않아도 돼요."

안나는 붉어진 얼굴로 말했다.

'이런 식이라면 여자들에게서 온 편지도 숨길 수 있을 거야.'

그녀는 생각했다.

"어째서 당신은 이 전보를 내게 숨긴 거죠? 그것에 대해서는 더 이상 생각하고 싶지 않다고 말했잖아요. 그러니 당신도 그것에 대해 관심을 끊어요."

"난 확실히 해두고 싶은 것뿐이오."

"확실히 해두어야 할 것은 그런 게 아니라 사랑이에요."

그녀는 그의 싸늘한 말투에 몸서리를 치며 말했다.

"당신은 무엇 때문에 이혼을 바라는 거죠?"

'아, 또 사랑 타령인가.'

그는 얼굴을 찡그리며 생각했다.

"무엇 때문인지는 당신도 알잖소. 당신과, 앞으로 태어날 우리의 아이들을 위해서요."

"아이는 더 이상 생기지 않을 거예요."

"그것참 유감이구려."

"당신은 아이들 생각만 하지 내 생각은 조금도 하지 않아요."

아이 문제는 오래전부터 그녀의 신경을 거슬리게 하는 요인이었다. 그가 아이를 바라는 건 그녀의 아름다움을 소중히 여기지 않는 증거라고 마음대로 해석했던 것이다.

"나는 당신 어머니가 무슨 생각을 하고 계시든, 당신을 어떻게 결혼시키고 싶어 하시든 조금도 관심 없어요."

"지금 그런 이야기를 하는 게 아니잖소."

"아뇨, 바로 그 얘길 하고 있는 거예요. 나는 심장이 없는 여자라면 그게 노인이든 아니든, 당신의 어머니이든 누구이든, 그런 사람 따위는 알고 싶지도 않아요."

"안나, 부탁이오. 어머니에 대해 그런 식으로 말하지 말아 줘요."

"자기 자식의 행복과 명예가 어디에 있는지 헤아리지 못하는 사람은 심장이 없는 거나 다름없어요."

"다시 한 번 부탁하오. 내가 존경하는 어머니에 대해 무례한 말은 그만두시오."

그는 안나를 노려보며 목소리를 높였다. 안나는 대답하지 않고 지난밤의 열렬한 애무를 하나하나 떠올렸다.

'다른 여자에게도 똑같이 했겠지.'

그녀는 생각했다.

"당신은 어머니를 사랑하지도 않잖아요. 언제나 말뿐이죠!"

"당신이 정 그렇다면 나도……."

"결심해야겠지요. 난 이미 결심했어요."

그때 종마를 사기로 한 보이토프가 도착했고, 안나는 일어서서 방을 나갔다.

잠시 후 브론스키가 그녀의 방으로 들어왔다.

"무슨 일이죠?"

안나가 건조하게 물었다.

"감베타를 팔았소. 혈통 증명서를 가지러 왔소."

그는 더 얘기하고 싶지 않다는 뜻을 담아 말했다. 하지만 그가 방을 나가려는 순간 안나가 무슨 말인가를 한 것 같았다. 그러자 그의 마음은 갑자기 그녀에 대한 연민으로 떨렸다.

"뭐라고 했소, 안나?"

"아뇨, 아무 말도 안 했어요."

그가 다시 기분이 나빠져서 방을 나오려는데, 거울 속에서 입술을 바르르 떠는 창백한 얼굴의 그녀가 보였다. 그는 위로의 말을 해주고 싶었으나, 할 말을 생각하기도 전에 그의 두 다리가 그를 방 밖으로 이끌었다. 그날 그는 하루 종일 바깥에서 지냈다. 밤늦게 돌아오자, 하녀는 안나가 머리가 아프니 아무도 방에 들어오지 말아달라고 부탁했다는 말을 전했다.

두 사람은 지금까지 다툰 채로 하루를 보낸 적이 한 번도 없었다. 이는 마음이 완전히 떠났음을 의미하는 것이었다. 그는 그녀를 미워하고 있으며, 다른 여자를 사랑하고 있는 것이다.

'하지만 그 정직한 사람이 바로 어제 사랑을 맹세하지 않았던가. 그리고 난 벌써 몇 번이나 쓸데없는 절망을 되풀이해왔지.'

안나는 온갖 상념 속에서 하루를 보냈다. 그리고 밤이 되자 하녀에게 머리가 아프니 아무도 방에 들이지 말라고 하고 방으로 돌아왔다.

'만약 그이가 하녀의 말을 듣고도 내 방에 와준다면 나를 아직 사랑하고 있다는 뜻이야. 하지만 오지 않는다면 모든 게 끝났다는 뜻이지.'

그러나 그는 하녀의 말대로 안나에게 들르지 않고 자기 방으로 들어가 버렸다. 이제 다 끝나버린 것이다. 그러자 죽음이 또렷하게 그녀의 마음속에 떠올랐다. 죽음만이 그녀에 대한 그의 사랑을 되살리고, 그를 벌하고, 그녀 마음속의 악령이 그와의 싸움에서 승리를 거둘 수 있는 유일한 수단이었다.

그녀는 자기가 더 이상 세상에 존재하지 않고 그에게 단지 추억으로만 남게 되었을 때 그가 느낄 감정을 그려보았다.

'내가 어떻게 그런 잔인한 말을 그녀에게 할 수 있었을까? 어떻게 그녀에게 한마디도 하지 않고 방을 나올 수 있었을까?'

그는 이렇게 말하리라.

그러다 별안간 죽음의 공포가 엄습해 왔다.

'아니야! 살아야 해! 난 아직 그이를 사랑하고 있고 그이도 날 사랑하고 있어!'

그녀는 그 공포에서 벗어나기 위해 허둥지둥 그의 서재로 갔다.

그는 이미 잠들어 있었다. 안나는 그의 얼굴을 내려다보며 눈물을 억누를 수 없을 만큼 깊은 사랑을 느꼈다. 그러나 그녀는 알고 있었다. 만약 그가 눈을 뜨면 차가운 눈빛으로 그녀를 바라볼 것이고, 그녀 역시 그의 잔인함을 증명하기 위해 그를 괴롭힐 것이다. 그녀는 자기 방으로 되돌아와서 아편을 먹고 새벽녘에야 겨우 얕은 잠에 빠졌다.

그녀는 예전부터 이따금씩 꾸었던 악몽에 또다시 시달렸다. 덥수룩한 턱수염을 가진 늙은 농부가 그녀를 완전히 무시한 채 뜻 모를 프랑스어를 중얼거리면서 쇳덩이를 가지고 무언가를 하고 있었는데, 그 쇳덩이는 그녀를 위해 쓰일 것 같았다. 그녀는 식은땀을 흘리며 깨어났다.

잠에서 깨자 어제의 일이 안개에 싸인 듯 어렴풋이 생각났다.

'다툼이 있었지. 이런 건 몇 번이나 있었던 일이야. 우리는 내일 떠날 거야. 그이에게 준비를 서두르자고 말해야겠어.'

안나는 서재에 있는 그에게 가려고 객실을 지나다가 마차 소리를 들었다. 창밖을 보니 마차에서 연보랏빛 모자를 쓴 젊은 여자가 내리고 있었다. 곧이어 계단을 뛰어 내려가는 발소리가 들리더니 마차 옆으로 다가가는 브론스키의 모습이 보였다. 연보랏빛 모자를 쓴 젊은 여자가 그에게 꾸러미를 건네자 브론스키는 웃는 얼굴로 인사했고, 그녀는 다시 마차를 타고 떠났다.

안나는 다시 어제의 감정이 되살아나 심장이 쿡쿡 찔리는 듯한 느낌을 받았다. 그녀는 자신의 결심을 알리기 위해 그의 서재로 들어갔다.

"소로키나 부인이 따님과 함께 들러 어머니가 보내신 돈과 편지를 전해주고 갔소. 어제 못 받아서 말이오. 머리 아픈 건 어떻소, 좀 나아졌소? 내일 떠날 수 있겠소."

그는 안나의 어둡고 우울한 표정을 못 본 체하며 태연하게 말했다.

"네, 가세요. 난 가지 않겠어요."

그녀가 그를 쳐다보며 말했다.

"안나, 이런 식으로는 살 수 없소……."

"그러니까 가세요. 난 안 가요."

"정말 더 이상은 못 참겠군!"

"당신…… 지금 한 말을 후회하게 될 거예요."

안나의 절망적인 표정에 놀란 브론스키는 그녀를 뒤따라가려 했지만 곧 생각을 고치고 다시 주저앉았다. 안나의 말투가 불쾌하게 느껴졌던 것이다.

'나는 할 만큼 했어. 이제 내가 할 수 있는 건 무시하는 것뿐이야.'

그는 어머니를 만나 위임장에 서명을 받기 위해 그 길로 곧장 마차를 타고 나가버렸다.

'그이가 갔어. 이제 다 끝난 거야.'

안나는 창가에서 브론스키가 떠나는 모습을 보며 중얼거렸다. 그러자 안나의 중얼거림에 대답이라도 하듯 어젯밤의 꿈이

불현듯 떠오르면서 그녀를 두려움에 휩싸이게 했다.
"아냐, 그럴 리 없어!"
그녀는 이렇게 외치고 편지를 쓰기 시작했다.

내가 잘못했어요. 집으로 돌아와요. 의논하고 싶은 게 있어요. 제발 돌아와요. 너무 무서워요.

안나는 하인을 시켜 편지를 브론스키에게 전달하도록 일렀다. 그리고 혼자 남지 않기 위해 아이 방으로 갔다.
'어머나, 무슨 일이지. 내 아이가 아니잖아. 파란 눈에 귀엽고 수줍은 미소를 짓는 그 애는 어디 갔지?'
안나는 딸아이를 보고 의아해했다. 그녀는 머리가 뒤죽박죽 엉켜 있어 방 안에 세료자가 있을 것으로 생각했던 것이다. 아이의 웃음소리와 눈썹을 움직이는 모양이 브론스키를 떠올리게 했으므로 그녀는 터져 나오려는 눈물을 억지로 참고 방을 나왔다.
'그이는 분명 돌아올 거야. 하지만 그 여자와 이야기할 때의 그 웃음은 뭐라고 변명할까? 변명하지 못하더라도 그이를 믿어야지. 믿지 못하면 나에겐 한 가지 길밖에 없어.'
시계를 보니 12분이 지나 있었다.
'지금쯤이면 돌아오고 있겠지. 그이에게 퉁퉁 부은 눈을 보일 순 없지. 세수를 해야겠다. 참, 내가 머리를 빗었던가?'
안나가 거울 앞으로 다가가 보니 머리는 단정하게 손질되어 있었다. 하지만 언제 머리를 매만졌는지는 생각나지 않았다.

'저건 누구지?'

그녀는 거울 속에서 깜짝 놀란 눈으로 자기를 바라보는 얼굴을 보며 생각했다.

'나잖아!'

그녀는 문득 정신이 들어 자신의 몸을 훑어보았다.

'어머, 내가 어떻게 돼가고 있나 봐.'

그녀는 창가로 가서 거리를 바라보았다. 시간상 그가 돌아올 때가 지나 있었다. 그녀가 다시 시간을 확인하려고 시계 쪽으로 다가가는데 마차 소리가 들렸다. 내다보니 브론스키의 마차였다. 그러나 돌아온 것은 그녀가 보낸 하인 미하일뿐이었다.

"백작님은 뵙지 못했습니다. 이미 니제고로드선線 기차로 떠나셨답니다."

"아, 그랬구나. 그럼 이 편지를 가지고 교외의 브론스키 백작부인께 다녀와. 그리고 곧장 답장을 받아 와."

안나는 미하일에게 말한 뒤 생각했다.

'그동안 새언니에게 갔다 와야겠어. 그렇게라도 하지 않으면 미쳐버리고 말 거야. 그래, 그이에게는 전보를 치자.'

급한 일이 있음. 귀가 바람.

그녀는 전보를 친 뒤 옷을 갈아입고 집을 나서며 하녀에게 말했다.

"만약 내가 없는 사이에 전보가 오면 다리야 부인 앞으로 보내줘. ······아니야, 그 전에 돌아올게."

그리고 서둘러 밖으로 나와 마차에 올랐다.

날씨는 아주 좋았다. 안나는 마차 위에 앉아 산뜻한 바깥 풍경을 바라보면서 최근의 사건을 돌이켜보았다. 그러자 자기 처지가 집에서와는 다르게 생각되었다. 죽음도 무섭게 느껴지지 않았다.

'나는 그에게 용서해달라고 빌고 있어. 왜 그랬지? 난 정말 그 없이는 살아갈 수 없는 걸까? 그래, 새언니와 얘기해보자. 언니는 브론스키를 싫어하고 나를 좋아하니까 언니의 충고에 따라야겠어.'

돌리의 집에 도착한 안나는 층계를 오르면서 하인에게 물었다.

"누가 오셨어?"

"카체리나 알렉산드로브나 레비나께서 오셨습니다."

하인이 대답했다.

'키티다! 브론스키가 사랑했던 그 여자! 그이는 그녀를 그리워하며 그녀와 결혼하지 않은 것을 후회하고 있어. 나를 미워하고 나와 살게 된 것을 후회하는 거야.'

안나가 도착했을 때 자매는 수유에 관해 이야기를 나누고 있었다. 안나를 발견한 돌리가 손님을 맞으러 나왔다.

"어머, 아직 안 떠났어요? 오늘 스티바에게서 편지가 왔어요."

"우리도 전보를 받았어요. 손님이 계신 것 같은데······."

안나는 눈으로 키티를 찾으며 대답했다.

"아, 키티가 와 있어요. 지금 몸이 안 좋아서 아이 방에 있어요. 난 그가 거절한 거라고는 생각 안 해요. 스티바도 희망을 품고 있던걸요."

돌리가 눈치를 살피며 말했다.

"난 기대하지 않아요. 이제 바라는 것도 없어요."

안나는 말하고 나서 생각했다.

'키티는 나와 만나는 걸 모욕이라고 생각하는 걸까? 물론 품위 있는 부인이 나 같은 여자를 대면하고 싶지는 않겠지. 여기에 오지 말 걸 그랬어. 오히려 기분이 나빠졌어.'

"어머, 왜요? 난 희망적이라고 생각하는데."

돌리가 호기심 어린 눈으로 안나를 쳐다보면서 말했다. 그녀는 단 한 번도 이처럼 초조하게 구는 안나를 본 적이 없었던 것이다.

"그런데 언제 떠나요?"

"키티는 나 때문에 숨어 있는 건가요?"

안나는 대답 대신 얼굴을 붉히며 문 쪽을 향해 말했다.

"어머, 아니에요! 그 애는 지금 아이에게 젖을 주려는데 잘 안 돼서 내가 좀 거들어주고 있었어요. 아가씨가 와서 얼마나 기뻐하는데요. 곧 나올 거예요."

거짓말에 서툰 돌리가 더듬거리며 말했다.

"저기 봐요. 나오잖아요."

안나가 왔다는 것을 알고 키티는 방에서 나오지 않으려 하다가 겨우 새빨개진 얼굴로 안나 앞에 섰다.

"반가워요."

키티는 떨리는 목소리로 말했다. 그녀는 안나에 대한 적대감과 너그러이 대하고 싶은 희망 사이에서 갈등을 겪고 있었다. 그러나 아름다운 안나의 얼굴을 보자 한순간에 적개심이 사라졌다.

"당신이 날 피하려 했다 해도 난 괜찮아요. 이미 익숙해졌거든요."

키티는 적의를 품고 자기를 바라보는 안나의 눈빛을 보자 그녀가 가엾게 느껴졌다.

"오늘 작별 인사를 하려고 온 거예요."

안나가 일어서면서 말했다. 그러고는 키티를 향해 돌아보았다.

"뵙게 되어 기뻤어요. 지난번 당신 남편이 저희 집에 오셨을 때 당신 얘기를 전해주셨죠. 정말 좋아하지 않을 수 없는 분이에요."

그녀는 분명 악의가 있는 어조로 덧붙였다.

"그분은 지금 어디에 계시죠?"

"시골에요."

키티는 얼굴이 빨개지면서 대답했다.

"그럼 안부 좀 전해주세요. 그럼 잘 있어요, 언니!"

안나는 돌리에게 입을 맞추고 서둘러 나갔다.

"하나도 안 변했네. 여전히 아름다워!"

언니와 둘이 남자, 키티가 말했다.

"그런데 뭔가 애처로워 보여."

"뭔가 달라 보이기는 해. 현관까지 배웅하는데 금방이라도 울음을 터뜨릴 것 같은 얼굴이었어."

돌리가 말했다.

마차에 오른 안나의 기분은 집을 나설 때보다 더 나빠져 있었다.

'언니에게 말하지 않기를 잘했어. 자기가 그렇게도 부러워한 쾌락 때문에 내가 벌을 받았다고 얼마나 기뻐했을까. 키티는 더욱더 그랬을 테고.'

마차는 어느새 집 앞에 멈췄다. 현관의 문지기를 보고서야 그녀는 비로소 편지와 전보를 보냈던 일이 생각났다.

"회신은 왔어?"

그녀가 묻자 문지기는 책상 위에 있던 봉투를 집어 그녀에게 건네주었다.

10시 전에는 못 감. 브론스키.

"심부름 간 사람은?"

"아직 오지 않았습니다."

문지기가 대답했다. 안나는 분노와 복수심이 차올라 2층으로 뛰어 올라갔다.

'내가 직접 찾아가겠어. 가서 하고 싶은 말을 다 해버릴 거야.'

그녀는 브론스키의 모자만 봐도 혐오감으로 치가 떨렸다. 지금쯤 어머니나 소로키나 공작의 딸과 이야기를 나누고 있을 거라는 상상만이 머릿속을 채웠다.

안나는 신문에서 기차 시간표를 살펴보고 밤 8시 2분에 떠나는 기차가 있다는 걸 알아냈다. 그녀는 기차역이나 백작부인의 영지에서 무슨 일이 일어나든 그 후에는 니제고로드선 기차에 올라 처음 닿는 도시에서 머물기로 대강 계획을 잡았다.

정거장으로 가면서 그녀는 그동안은 생각하기를 피해왔던 그와의 관계에 대해서 곰곰이 짚어보았다.

'그이는 내게서 무얼 원했던 걸까? 그래, 그이는 허영심을 만족시켜주는 성취감에 우쭐했던 거야. 그이는 날 차지한 걸 자랑스러워했어. 하지만 이제는 오히려 부끄러워진 거지. 그러면서도 불명예스러운 인간이 되지 않으려고 나와 결혼하고 싶다고 하는 거야.'

안나는 인간관계의 의미를 비로소 알 것 같았다.

'내 사랑은 점점 더 열정적으로 변해가는데 그이의 사랑은 자꾸만 식어가고 있어. 이제는 어쩔 수 없어. 내게는 그이가 전부인데 그이는 내게서 더욱 멀어지려 하니까.'

안나는 갑자기 어떤 생각이 떠올라 감정이 복받쳤다.

'내가 만약 애무만을 갈망하는 정부 이외의 무언가라면 좋겠지만, 나는 다른 무언가가 될 수도 없고 되고 싶지도 않아. 물론 나도 그이가 나를 속이는 짓은 하지 않는다는 것, 소로키나 공작의 딸이나 키티에게 관심이 없다는 것, 나를 버리지 않으리라는 것을 알아. 하지만 그이가 나를 사랑하지도 않으면서 단지 의무감 때문에 다정하게 대해주는 거라면 차라리 미움받는 게 나아! 그건 지옥이야! 그이는 이미 오래전부터 나를 사랑하지 않고 있어. 생각해보자. 이혼을 하고 세료자를 데려오고 브론스키와 결혼한다면…….'

남편 카레닌을 떠올리자 그녀는 혐오감에 몸이 떨렸다.

'이혼을 하고 내가 브론스키의 아내가 되면 키티는 아까 같은 눈빛으로 나를 보지 않게 될까? 세료자는 엄마가 남편이 둘인 것에 대해 이해할 수 있을까? 브론스키와는 행복은 고사하고 고통 없이 살아갈 수 있을까? 아니, 아니!'

그녀는 고개를 저었다.

'불가능해! 난 그이의 불행이 되고 그이는 나의 불행이 되고 말 거야. 아, 세료자. 나 역시 그이처럼 그 애를 사랑한다고 생각하면서 나 자신의 애정에 감동했던 거야. 그이의 사랑에 만족하고 있던 동안은 아이와 떨어져 지내는 걸 불평하지 않았지.'

어느새 마차는 니제고로드 역에 닿았다. 짐꾼들이 그녀를 향해 우르르 뛰어나왔다.

"오비랄로프카행 표를 끊을까요?"

마부인 표트르가 물었다. 안나는 자기가 어디로, 왜 가는지 까맣게 잊고 있다가 한참 만에야 그것을 기억해냈다.

"그래."

그녀는 조그맣고 빨간 손가방을 들고 마차에서 내렸다.

안나는 일등석 대기실로 가면서 자신의 처지에 대해 생각했다. 그러자 또다시 희망과 절망이 뒤섞여 그녀의 상처를 쿡쿡 찔렀다.

 벨이 울렸다. 안나는 홀로 기차 안으로 들어가 스프링 장치가 된 의자에 앉았다. 표트르가 바보같이 웃으며 모자를 치켜들어 인사했다. 그녀는 아무도 보고 싶지 않아 얼른 일어서서 반대쪽 창가로 자리를 옮겼다. 그때 모자 밑으로 헝클어진 머리칼이 비어져 나온 꼬질꼬질한 옷차림의 흉하게 생긴 농부가 창문 옆을 지나갔다.
 '어디서 봤더라? 낯이 익네.'
 안나는 잠시 생각하다 자신의 꿈을 기억해내고는 두려움에 몸을 떨었다.
 두 번째 벨에 이어 세 번째 벨 소리가 나자 기차가 호각 소리, 기적 소리와 함께 출발하기 시작했다.
 안나는 경쾌한 소리를 내면서 레일 위를 미끄러져 나가는 기차에 몸을 맡기고 다시 생각에 잠겼다.
 '우리는 모두 고통받기 위해 창조되었어. 사람들은 그걸 알면서도 자기를 기만하려 하지. 그러나 만약 진실을 보게 된다면 우리는 어떻게 해야 할까? 무얼 보더라도 끔찍하기만 하다면 촛불을 꺼도 되지 않을까? 하지만 어떻게 끄지?'
 기차가 역에 도착하자 안나는 다른 승객들 사이에 섞여 내렸다. 그리고 플랫폼에 서서 자신이 이곳에 온 이유를 떠올리려고 애썼다. 이윽고 그녀는 브론스키에게 회답이 없으면 더 멀리 떠나려고 했던 것을 기억해내고 짐꾼을 불러 브론스키 백작에게 편지를 가지고 갔던 마부가 여기에 있는지 물었다.

"방금 그 댁에서 온 사람이 있긴 한데, 소로키나 공작부인과 따님을 마중하려고 나온 사람입니다. 그 마부는 어떻게 생겼습니까?"

그녀가 짐꾼과 이야기를 나누고 있는데 심부름을 보냈던 마부 미하일이 의기양양하게 그녀에게 다가와 편지를 주었다. 그녀는 편지를 읽기도 전에 심장이 죄어드는 것 같았다.

당신의 편지가 늦게 도착해 유감이오. 10시에 돌아가겠소.

브론스키가 되는대로 갈겨쓴 편지였다.

'역시 그랬구나.'

안나는 악독한 미소를 지으며 중얼거렸다.

"이제 됐으니 자넨 집으로 돌아가."

그녀는 미하일에게 조용히 말했다. 심장은 세차게 뛰고 있었다.

'더 이상은 너 따위에게 휘둘리지 않겠어.'

그녀는 브론스키도 아니고 자기 자신도 아닌, 자기를 괴롭히는 무언가를 향해 말했다. 그리고 플랫폼을 따라 계속 걸었다.

'이제 어디로 가지?'

안나는 플랫폼 끝까지 갔다. 화물 열차가 들어오고 있었다. 플랫폼이 흔들리자 그녀는 기차를 탄 듯한 기분이 들었다.

그러자 문득 처음 브론스키와 만났던 날 기차에 치여 죽은 사람이 떠올랐다. 그녀는 자신이 무엇을 해야 할지 깨달았다. 그녀는 가벼운 걸음으로 선로 쪽으로 이어진 층계를 내려가 바로 옆을 지나가는 기차에 바짝 다가섰다. 그리고 천천히 달려오는 첫 번째 차량의 앞바퀴와 뒷바퀴의 중간 지점을 노렸다.

'저기다! 저기 저 한가운데로 뛰어들면 그를 벌하고 동시에 모든 사람과 나 자신에게서 벗어날 수 있어.'

첫 번째 차량이 가까이 왔을 때 안나는 몸을 던지려고 했다. 그러나 빨간 손가방이 그녀를 붙잡는 바람에 기회를 놓치고 말았다. 그녀는 성호를 그었다. 이어 두 번째 차량이 들어오는 순간, 그녀는 손가방을 내던지고 차체 밑으로 엎드리듯 뛰어들어 바닥을 짚었다. 그러자 바로 그때 오싹한 공포가 느껴졌다.

'여기가 어디지? 난 뭘 하는 걸까? 무엇 때문에?'

그녀는 몸을 일으켜 뒤쪽으로 물러나려고 했다. 그러나 순간 거대한 것이 무자비하게 안나의 머리를 받아버리고는 그 등을 할퀴며 질질 끌고 갔다.

'하느님, 용서하소서!'

안나가 저항할 수 없는 힘을 느끼면서 낮게 말하는데, 몸집이 작은 농부가 뭐라고 중얼거리면서 쇳덩이를 가지고 일을 하고 있었다.

8부

1년 전 세르게이 이바노비치는 6년간의 집필 끝에 「유럽 및 러시아의 국가 체제의 원리와 형태 개론」이라는 제목으로 책을 펴냈다. 그는 자기가 쓴 책이 사회에 강렬한 반향을 일으키리라 기대했지만, 3주가 지나도록 사회는 물론 학계에서조차 아무런 반응이 없었다.

마침내 석 달째가 되어 어떤 진지한 잡지에 비평문이 실렸는데, 비평은 몹시 혹독할 뿐만 아니라 내용을 완전히 엉뚱하게 해석해놓은 것이었다.

이 비평이 있고 나서도 그의 저서에 대해서는 죽음과 같은 침묵이 계속되었다. 세르게이 이바노비치가 그토록 애정을 가지고 완성한 6년간의 노작이 한 줌 먼지로 사라지게 된 것이다.

저작을 끝낸 그의 일상은 한층 따분해졌다. 그러나 다행히도 저서의 실패로 가장 침울해 있던 이때, 그가 오래전부터 제창한 슬라브 문제가 사회 전반에 걸쳐 떠올랐다. 이후로 그는 그 문제에 전면적으로 관여하게 되었다.

그는 슬라브 문제가 사람들 사이에서 흥밋거리의 하나로 전락하는 것을 보았다. 그러나 동시에 그는 이 전반적인 흥분이 점점 고조되면서 사회 모든 계층을 하나로 아우르는 것을 간파했다. 같은 교도이자 동포인 슬라브인의 학살이 박해자에 대한 분노를 일깨우고 사람들의 가슴속에 동포애를 불러일으켰다. 그들은 자신들의 희망을 명확하게 밝히기 시작했는데, 그것을 여론의 출현으로 보는 세르게이 이바노비치는 기뻐하지 않을 수 없었다.

이렇게 봄부터 초여름까지 일한 그는 7월이 되자 시골에 있는 동생을 찾아가기로 했다. 2주간 휴식을 취하면서 고조된 국민정신이 벽촌까지 뻗쳐 있는 현실을 직접 보려는 것이었다. 오래전부터 레빈의 집을 방문하기를 희망했던 카타바소프도 함께였다.

세르게이 이바노비치와 카타바소프가 쿠르스크 역에 닿았을 때, 한 무리의 의용군이 도착했다. 꽃다발을 손에 든 귀부인들이 그들을 맞이하며 쏟아져 들어오는 군중과 함께 역 안으로 들어갔다.

"당신도 전송하러 나오셨나요?"

한 귀부인이 대기실에서 나오면서 세르게이 이바노비치에게 물었다.

"아뇨, 전 동생에게 가는 길입니다, 공작부인. 부인께서는 늘 이렇게 전송하러 나오십니까?"

"그럼요. 그런데 러시아에서 벌써 의용군을 8백 명이나 보냈다는 게 사실인가요?"

"그 정도가 아닙니다. 모스크바 말고도 다른 곳에서 보낸 사람들까지 합치면 천 명이 넘을 겁니다."

"오늘 전보는 어떤가요? 또 투르크군을 격파한 모양이던데요."

"네, 저도 읽었습니다.

"참, 브론스키 백작을 아시죠? 그분도 이 기차로 출정하세요."

그녀는 미소를 띠고 말했다.

"그 얘긴 들었습니다만, 언제인지는 몰랐습니다."

"난 그분을 뵈었어요. 지금 여기에 와 계세요. 어머니 혼자 전송하러 나오셨더군요. 그분으로서는 이렇게 떠나는 게 가장 현명한 선택이겠지요."

"네, 그럴 겁니다."

그때 한 신사가 샴페인 잔을 들고 큰 소리로 의용군들에게 연설을 하고 있었다.

"신앙을 위해, 인류를 위해, 우리 동포를 위해 몸을 바치는 이 대사업에 대해 어머니 모스크바가 여러분을 축복합니다. 만세!"

자리에 있던 모든 사람이 만세를 외쳤다. 그때 군중 속에서 불쑥 오블론스키가 나타났다.

"공작부인, 안녕하십니까? 오, 세르게이 이바노비치! 당신도 한마디 하시지요. 당신이야말로 이런 일에 탁월하지 않으십니까."

그는 부드러운 미소를 머금고 세르게이 이바노비치의 손을 잡아끌면서 말했다.

"저는 바로 가야 합니다. 시골 동생에게 가는 길이거든요."

"그럼 제 아내도 만나시겠군요. 만나면 좀 전해주시겠습니까? 제가 상호신용대리위원회의 위원으로 임명되었다고요."

그러다 브론스키도 출정한다는 공작부인의 말을 듣고 오블론스키는 매우 놀랐다. 순간 그의 얼굴에 우수가 서렸지만 곧 경쾌한 표정을 짓고 그는 브론스키가 있는 홀로 들어갔다. 오블론스키는 이제 누이동생의 시체 위에 엎드려 절망의 눈물을 쏟아냈던 일은 깨끗이 잊은 채, 브론스키를 그저 한 용사이자 옛 친구로만 보고 있었다.

"저 사람은 결점이 많긴 하지만 좋은 점도 있는 사람이에요. 저것이 바로 러시아적인 슬라브 기질이라고 할 수 있지요!"

공작부인은 오블론스키의 뒷모습을 보며 말했다.

"사실 저는 브론스키가 맘에 들지 않았어요. 그러나 이번 일은 그에게 속죄가 될 거예요. 본인만 출정하는 게 아니라 자비로 기병 중대를 인솔해 가니까요. 아, 저기 오네요."

공작부인이 가리키는 곳에 어머니와 팔짱을 끼고 걸어가는 브론스키가 있었다. 그 옆에는 오블론스키가 바짝 붙어 서서 무언가를 열심히 이야기하고 있었다.

브론스키는 오블론스키의 이야기엔 관심 없는 듯 인상을 쓴 채 정면만 바라보고 있다가 공작부인과 세르게이 이바노비치와 눈이 마주치자 모자를 살짝 들어 인사했다. 갑자기 늙어버린 듯 고뇌가 어린 그의 얼굴이 마치 화석 같았다.

다음 역에서 기차는 「찬양받으소서」를 부르는 청년들의 아름다운 합창으로 환영받았다. 의용군들은 고개를 끄덕이거나 창밖으로 몸을 내밀며 환영에 답했다. 카타바소프는 그들의 모습을 흥미롭게 지켜보다가 자기 찻간으로 돌아왔다. 이어지는 다른 역에서도 노래와 함성이며 의연금 상자를 든 모금원들, 꽃다발을 들고 있는 지방 귀부인들이 의용군을 환영했지만 이 모든 것이 모스크바에 비하면 초라하기 짝이 없었다.

기차가 현청 소재지에 정차하는 동안 세르게이 이바노비치는 플랫폼으로 나가 이리저리 서성였다. 그는 브론스키가 있는 찻간을 지나다가 창문으로 노백작부인을 보았다. 그녀는 세르게이 이바노비치를 자기 쪽으로 불렀다.

"아드님께선 참으로 훌륭한 결심을 하셨습니다."

세르게이 이바노비치가 안을 들여다보며 말했다. 브론스키는 안에 없었다.

"그 애도 다른 도리가 없었지요."

"참으로 끔찍한 사건이었습니다."

"정말이지 내가 얼마나 괴로웠는지 모른답니다."

그녀는 세르게이 이바노비치가 열차 안으로 들어와 옆에 앉자 계속 말했다.

"정말 상상도 못 한 일이었지요. 그 애는 6주 동안 아무하고도 말하지 않고 내가 사정사정해야 겨우 한 술 뜨곤 했어요. 그 애가 자살이라도 할까 봐 위험한 물건은 죄다 치웠답니다. 예전에도 한 번 그 여자 때문에 권총 자살을 시도한 일이 있었잖아요."

노부인은 그때 일을 떠올리며 눈살을 찌푸렸다.

"그 여자는 결국 자기한테 꼭 어울리는 최후를 맞았지요. 그처럼 비천한 방법을 써서요."

"심판은 우리 몫이 아닙니다. 백작부인."

세르게이 이바노비치는 한숨을 쉬며 말했다.

"물론 부인께서 얼마나 괴로워하셨을지 이해는 갑니다."

"말씀도 마세요. 그때 난 아들과 함께 영지에 있었어요. 그런데 그 여자가 그리로 편지를 보냈더군요. 그 애는 곧 답장을 써서 보냈답니다. 우리는 그때 그 여자가 역에 와 있으리라고는 생각지도 못했어요. 그런데 우리 집 메리가 달려오더니 역에서 한 귀부인이 철로로 뛰어들었다지 뭐예요. 순간 가슴이 철렁하더군요. 그 여자라고 직감했죠. 그 애는 곧장 역으로 달려갔어요. 그러곤 거의 실성한 채로 돌아왔답니다."

백작부인은 한 손을 내저으며 말했다.

"정말 참혹한 사건이었어요. 세상에 어쩜 그렇게 끔찍한 열정도 다 있을까요! 자기 자신뿐만 아니라 훌륭한 두 남자를 파멸시켰으니 말이에요."

"그녀의 남편은 어떻게 되었습니까?"

"그는 그 여자의 딸아이를 데려갔어요. 알료샤도 처음에는 무슨 일에나 그러라고 동의했거든요. 그런데 이제 와서 자기 딸을 남에게 줘버렸다고 괴로워하고 있으니 어쩌겠어요. 그래도 그 여자 남편은 차라리 낫죠, 어쨌든 그 여자에게서 해방됐으니까요. 불쌍한 건 내 아들이에요. 출셋길도 어미도 몰라라 하고 모든 것을 바쳐 진심으로 사랑했는데 그 여자는 독하게도 그 애 숨통에 칼을 꽂아버렸으니 말이에요."

"그럼 아드님은 지금 어떻습니까?"

"세르비아 전쟁이야말로 하느님이 주신 기회예요. 물론 어미로서 두렵긴 하지만 이 전쟁 덕분에 그 애가 간신히 일어날 수 있게 되었거든요. 그 애는 지금 이 일에 열중해 있는 상태예요. 부탁이니 그 애와 얘기나 좀 나눠주세요. 아주 우울해하고 있거든요. 당신을 만나면 정말 반가워할 거예요. 지금 저쪽에서 산책하고 있어요."

세르게이 이바노비치는 기꺼이 그러겠다고 대답하고 기차의 반대편으로 내려갔다.

긴 외투에 모자를 눌러쓴 브론스키는 두 손을 호주머니에 넣은 채 플랫폼을 서성이고 있었다. 세르게이 이바노비치가 가까이 다가갔을 때, 브론스키는 그를 보고도 못 본 체하는 것 같았다. 세르게이 이바노비치는 개의치 않고 그의 손을 잡았다.

"당신은 나를 만나고 싶지 않겠지만 내가 도울 일이 없을까 해서요."

"지금은 누굴 만나든 불쾌하지만 당신이라면 괜찮습니다. 용서하십시오. 이제는 내게 유쾌한 일이 없어서요."

브론스키가 말했다.

"이해합니다. 그래서 당신에게 도움이 되고 싶었습니다. 리스티치나 밀란에게 소개장을 써드릴까요?"

"아뇨, 괜찮습니다. 죽으러 가는데 소개장이 무슨 필요가 있겠습니까? 투르크군에게 가져갈 소개장이라면 몰라도……."

입으로만 웃는 그의 얼굴에 고통스러운 표정이 떠올랐다.

"정 그러시다면 알겠습니다. 아무튼 난 당신의 결심을 전해 듣고 무척 기뻤습니다. 지금 의용군에 대한 비난 여론이 상당한데 당신 같은 분이 나가주시면 그들의 위상도 한층 높아지겠지요."

"내 삶은 이제 아무런 가치가 없습니다. 이런 목숨 따위라도 바칠 수 있는 대상이 생겨 기쁠 따름입니다."

"당신은 새롭게 태어날 겁니다. 동포를 압제에서 구하는 것은 목숨을 걸 만한 가치가 있는 일이지요. 부디 하느님께서 외적인 성공과 내적인 평안을 당신에게 주시길."

세르게이 이바노비치는 이렇게 말하고 한쪽 손을 내밀었다. 브론스키가 그 손을 꼭 쥐며 말했다.

"내 생명도 전쟁의 도구로서는 도움이 되겠죠. 그러나 인간으로서는 이미 폐인입니다."

그때 탄수차가 레일 위를 천천히 미끄러지듯 달려오고 있었다. 브론스키는 그것을 보고 갑자기 그녀의 참혹했던 마지막 모습이 떠올랐다. 그가 사고 소식을 듣고 미친 듯이 뛰어갔을 때, 그녀는 역의 사무실 탁자 위에 피투성이의 몸뚱이가 되어 축 늘어져 있었다. 헝클어진 머리카락과 뒤로 젖혀진 머리, 반쯤 벌어진 입술……. 차마 감지 못한 눈은 후회하게 될 거라고 소리치던 그때의 그녀 표정과 겹쳐졌다.

그는 겨우 마음을 다잡고 세르게이 이바노비치에게 말했다.

"어제 이후로 전보를 받으셨나요? 적을 세 차례 격파했고, 최후의 결전은 내일이라고 합니다."

그들은 몇 마디 말을 더 나눈 후, 두 번째 벨 소리를 듣고 각자의 찻간으로 돌아갔다.

세르게이 이바노비치와 카타바소프가 역에서 삯마차를 잡아타고 먼지를 뒤집어쓴 채 정오 무렵 포크로프스코예에 있는 레빈의 저택에 도착했을 때, 레빈은 집에 없었다. 아버지와 언니와 함께 발코니에 앉아 있던 키티가 그를 맞으러 아래층으로 뛰어 내려왔다.

"어머, 미리 연락을 주시지 그러셨어요."

"신경 쓰게 하고 싶지 않아서요. 또 너무 바빠서 언제 출발할지 알 수가 있어야지요. 오늘은 카타바소프도 끌고 왔습니다."

"지금은 온통 먼지를 써서 이렇지만 씻으면 인간처럼 보일 겁니다."

얼굴이 새카매진 카타바소프가 이를 드러내며 씩 웃었다.

"코스차가 굉장히 기뻐할 거예요. 농장에 가 있는데 사람을 보내 불러올게요. 지금 집에 아버지도 와 계세요."

키티는 레빈에게 사람을 보내고, 먼지투성이 손님들이 씻을 수 있도록 안내한 다음, 식사를 준비하도록 지시하고, 발코니로 올라가 아버지에게 손님들의 방문을 알렸다. 그리고 돌리에게 말했다.

"언니, 언니가 저분들에게 좀 가봐줘. 오시다가 역에서 형부를 만났대. 난 미차에게 갔다 올게. 지금쯤 잠이 깨서 울고 있을 거야."

키티는 젖이 불은 것을 느끼며 아기 방으로 갔다. 가보니 역시나 아기는 자지러지게 울고 있었다. 활기차고 건강한, 배가 고파 우는 소리였다. 키티는 서둘러 의자에 앉아 젖 먹일 준비를 했다. 아기는 숨넘어갈 듯이 울며 젖을 더듬어 찾다가 한참 만에야 겨우 제대로 물었다. 그러자 어머니도 아기도 동시에 안정을 찾았다.

"가엾어라. 땀에 흠뻑 젖었네."

유모는 커튼을 치고 창문을 연 뒤 자작나무 가지로 어머니와 아기에게 부채질을 해주었다.

"아이, 더워. 가랑비라도 내렸으면 좋겠어요."

"그러게. 쉬, 조용……. 잠들려나 봐."

키티는 미차가 눈을 감았다 떴다 하면서 가냘프게 흔드는 포동포동한 고사리손을 부드럽게 쥐며 말했다.

위층에서는 노공작의 우렁찬 목소리와 카타바소프의 웃음소리가 들려왔다.

'대화가 시작됐나 보네. 코스차가 없어서 유감이야. 분명히 또 양봉장에 갔을 테지. 그래도 거기 가면 기분이 나아지는 모양이니 다행이야.'

키티는 혼잣말을 하며 빙그레 웃었다. 그녀는 남편이 괴로운 것은 신앙이 없기 때문이라고 여겼다. 그녀는 신앙이 없는 자는 구원받지 못한다고 생각하면서도 남편의 영혼을 무엇보다 사랑했다.

'그래, 코스차는 신앙이 없어. 하지만 그러면 어때!'

그녀는 얼마 전 그가 보여준 선량한 행동을 떠올렸다. 2주 전 오블론스키는 돌리에게 영지를 팔아 자기의 부채를 갚아달라고 편지를 보내왔다. 돌리는 깊이 절망하여 이혼하는 한이 있더라도 절대 그럴 수 없다고 결심했다. 그러자 레빈이 키티의 영지 일부를 언니에게 주자고 제안한 것이다. 키티는 그때의 남편을 떠올리면 미소를 짓지 않을 수 없었다.

'그런 사람을 어떻게 무신론자라고 할 수 있겠어. 그 마음씨 착한 사람을 말이야. 그는 남을 위해서는 뭐든 하지만 자신을 위해서는 아무것도 하지 않는 사람이야. 세르게이 이바노비치는 코스차가 자신의 영지를 관리하는 걸 당연한 의무라고 생각하고 있어. 누님도 그렇고. 이젠 돌리까지 애들과 함께 그의 신세를 지고 있잖아. 농부들도 마치 그 사람이 자기들에게 봉사할 의무라도 있는 것처럼 생각하고 매일 찾아오지.'

"아가, 너도 아버지 같은 사람이 되어야 한다."

키티는 미차의 볼에 입을 맞추면서 말했다.

사랑하는 형이 죽어가는 모습을 본 뒤로 레빈은 처음으로 생사의 문제를 새로운 신념을 통해 보게 되었다. 그는 생명의 유래도 목적도 이유도 정체도 모른 채 살아가는 것을 두려워했다.

'만일 기독교에서 내 삶의 문제에 해답을 주지 못한다면, 난 어디서 해답을 찾아야 하는가?'

그는 그에 대한 견해와 해답이 씌어 있는 책을 열심히 연구했다. 그런 중에 종교를 시대에 뒤떨어진 존재 가치가 없는 것으로 생각했던 것이 잘못이었다는 것을 깨달았다. 선량한 생활을 하는 사람들은 대부분 신앙을 가지고 있었다. 노공작도, 그가 몹시 좋아하는 윗동서 리보프도, 키티도, 그리고 가장 존경하는 러시아 농민 대다수도 신앙이 있었다.

게다가 그는 아내가 아이를 낳을 때 신기한 체험을 했다. 무신론자인 그가 기도를 하고, 그 순간만큼은 신을 믿었던 것이다. 그러나 그 순간이 지나자 그때와 같은 기분은 다시 느낄 수 없었다.

이러한 상념들은 끊임없이 그를 괴롭혔다. 그는 플라톤, 스피노자, 칸트, 셸링, 헤겔, 쇼펜하우어의 저서를 읽기도 하고 호먀코프의 신학서를 들여다보기도 하면서 답을 구했지만 모두 허사였다.

'나는 무엇인가. 무엇 때문에 사는가.'

해답을 찾지 못한 레빈은 이것을 생각할 때마다 절망에 빠졌다. 하지만 이 문제에 대해 자문하기를 그치면 그는 자기가 무엇이고, 왜 사는지를 알 것 같았다. 왜냐하면 그는 씩씩하고 활발하게 생활하고 있었기 때문이다.

6월 초에 시골로 돌아온 그는 예전의 일을 찾았다. 농사일,

농부들과 이웃들의 교류, 집안일, 누이와 형의 일, 아내와 친척들과의 관계, 갓난아이에 관한 일, 올봄부터 열중해 있는 양봉일 등.

그가 이런 일에 열심인 건, 그것이 원래 자신이 하던 일이고 또 해야만 하는 일이었기 때문이다. 그리고 옛날 자신이 할아버지가 남겨준 모든 재산에 대해 감사했던 것처럼, 그의 아들도 그에게 감사할 수 있도록 토지를 잘 관리할 필요가 있었다. 그러자면 직접 농사를 짓고 가축을 치고 밭에 거름을 주고 숲을 가꿔야 했다. 또한 레빈은 자기가 무엇을 해야 할지 확실히 알고 있을 뿐만 아니라 그러한 모든 것을 어떻게 해야 할지, 또 어떤 일이 가장 중대한지도 잘 알고 있었다. 그는 노동자를 고용하고 돈을 빌려주는 일에 있어서도 최대한 합리적으로 처리하려고 애썼으며, 가정생활에도 충실하고자 노력했다.

그는 자기 마음속에 공정한 재판관이 존재한다는 것을 느꼈다. 그 재판관은 두 가지 행위 가운데 어느 것이 옳고 그른지를 판가름해주어, 그가 잘못된 선택을 했을 때 금방 그것을 일깨워 주었다.

이처럼 그는 자신이 무엇인지, 왜 사는지 알지 못해 자살을 두려워할 만큼 괴로워하면서도 자신만의 삶을 굳건하게 개척해 나가고 있었다.

세르게이 이바노비치가 도착한 날은 레빈에게 무척이나 바쁜 날이었다. 마침 농번기여서 모든 농부가 정신없이 일하고 있었다. 호밀과 귀리를 베어 다발로 묶고, 풀밭의 풀을 베고, 묵정밭을 갈아엎고, 탈곡을 하고 파종을 하는 일은 단순해 보이지만, 온 마을 사람이 3, 4주 동안 잠도 제대로 못 자고 매달려야 기한 내에 끝낼 수 있었다.

레빈은 얼마 남지 않은 농부들의 점심시간까지 계속 일하고 나서 한 일꾼과 함께 탈곡장에서 나왔다. 이 일꾼은 먼 마을에서 온 사람으로 전에 레빈이 조합의 형태로 마을의 토지를 빌려준 적이 있는 이였다.

레빈은 일꾼 표도르에게 내년에는 그 마을의 부유하고 선량한 농부인 플라톤이 그 땅을 빌리지 않을까 물었다. 지금은 여인숙 주인 키릴로프가 빌려 쓰고 있었다.

"지대가 비싸서 플라톤은 빌릴 수 없을 겁니다, 나리."

"키릴로프는 지대를 잘 내고 있잖은가?"

"미추하(그는 경멸 조로 여인숙 주인을 그렇게 불렀다) 녀석은 어떻게든 쥐어짜서 자기 몫은 틀림없이 챙기거든요. 하지만 포카니치 아저씨(그는 플라톤을 그렇게 불렀다)는 이 사람 저 사람의 사정을 너그럽게 봐주다 보니 수완이 좋지 못하죠."

"어떻게 그럴 수 있지?"

"그야 사람은 제각각이니까요. 그저 자기 이익만 차리는 미추하 같은 녀석이 있는가 하면, 정직하게 살아가는 포카니치 아저씨 같은 사람도 있지요. 그분은 영혼을 위해 살고, 하느님을 기억하며 삽니다."

"영혼을 위해 살고, 하느님을 기억하며 산다는 게 어떻게 사는 건가?"

"그야 하느님의 말씀대로 살아가는 거지요. 요컨대 나리께서도 남을 모욕하는 일은 안 하시잖습니까?"

"그렇군. 그럼 잘 있게!"

레빈은 흥분을 감추지 못하고 숨을 몰아쉬며 인사를 한 뒤 빠른 걸음으로 집을 향해 걷기 시작했다.

표도르가 한 말은 그의 마음속에서 전기의 섬광 같은 작용을 일으켜, 그의 무력하고 잡다한 상념들을 하나로 결합시켰다. 그는 영혼 속에서 새로운 무언가를 느꼈고, 아직 정체가 무엇인지도 모르면서 그것을 기쁜 마음으로 어루만졌다.

'우리는 모두 이성을 가진 존재로서 자기 이익을 챙기며 살아가고 있다. 그런데 표도르는 제 뱃속을 채우기 위해 사는 것은 옳지 않다고, 진리를 위해, 하느님을 위해 살아야 한다고 말했지. 그래, 그가 무슨 말을 하려는 건지 알겠어. 과거의 사람들이나 지금 사는 사람들이나, 정신적으로 궁핍한 농부나 현자나, 무엇이 선인가 하는 점에서는 모두 동의하고 있다. 나도 마찬가지고. 선이란 이성으로는 설명할 수 없어. 그것은 이성을 초월해 있고 어떤 원인이나 결과도 만들어낼 수 없지. 나는 그것을 알고 있었으면서도 나를 이해시킬 기적을 만나지 못한 것을 유감스럽게 여겨왔어. 그런데 기적은 항상 나를 둘러싸고 있었던 거야.'

레빈은 오랜 고통이 사라지는 것을 느끼며 기쁨을 만끽했다. 그는 흥분 때문에 숨이 가쁘고 더 이상 걸을 힘이 없어 숲으로 들어가 사시나무 그늘 밑에 한쪽 팔꿈치를 괴고 누웠다.

그는 최근 2년간 느꼈던 사색의 흐름을 되짚어보았다. 형이 죽어가는 모습을 보았을 때 떠오른 죽음에 대한 뚜렷하고 선명한 상념이 그 출발점이었다. 그는 모든 인간의 앞길에는 고뇌와 죽음과 영원한 망각만이 있다고 생각했다. 그리고 이렇게는 도저히 살아갈 수 없으니 삶이 악마의 조소가 아니라는 해석을 발견하든지, 그렇지 않으면 권총 자살을 하는 수밖에 없다고 결심했다. 그러나 그는 어느 것도 하지 않았다. 그런 중에도 생활을 하고 사색을 하고 결혼까지 해 행복을 느끼기도 했다.

'만약 내게 신앙이 없어서 하느님을 위해 살아야 한다는 것을 몰랐다면 나는 어떤 인간이 되었을까? 도둑질을 하고 거짓말을 하고 살인을 했을지도 몰라. 그리고 지금 내 삶의 주요한 기쁨이 되는 모든 것이 존재하지 않았을 거야. 나는 늘 해답을 구해왔지만 사색은 답을 찾아주지 못했지. 해답을 준 것은 생활이었어. 즉, 선악을 판별하는 나의 인식 속에 해답이 있었던 거지. 그 인식은 내가 얻은 게 아니야. 그냥 주어진 거야. 이웃을 사랑해야 하고 살인을 해서는 안 된다는 걸 알게 해준 건 이성이 아니야. 그것은 이미 내 마음속에 존재했던 거야. 이성은 자기 욕망을 실현하는 걸 방해하는 모든 것을 제거하라고 말하지. 이성은 남을 사랑하라는 결론에 이를 수 없어. 왜냐하면 그것은 불합리하니까.'

그는 배를 깔고 엎드린 채 풀줄기를 묶으면서 생각했다.

'이성은 오만할 뿐만 아니라 어리석지. 그리고 속임수이기

도 해.'

그는 똑바로 누워 구름 한 점 없는 드높은 하늘을 바라보았다.

'하늘은 무한한 공간이고 둥근 천장이 아니라는 것을 나는 알아. 하지만 아무리 눈에 힘을 주고 보아도 둥글고 유한한 것으로밖에 보이지 않아. 그렇다면 푸르고 둥근 천장이라고 해도 틀린 말은 아니야. 오히려 그 너머를 보려고 안간힘을 쓸 때보다 더 옳은 거지. 이런 게 신앙이 아닐까?'

그는 자신의 행복을 믿기를 두려워하며 생각했다.

'하느님, 감사합니다!'

그는 복받치는 흐느낌을 삼키며 두 눈에 넘쳐흐르는 눈물을 닦았다.

레빈은 눈앞의 가축 떼를 바라보며 생각에 잠겨 있었다. 그때 마부가 그에게 다가와 외쳤다.

"마님께서 찾으십니다. 형님과 손님 한 분이 오셨습니다."

레빈은 마차에 올라타 고삐를 잡으며 생각했다.

'형과 나 사이에 늘 존재하던 서먹함은 이제 없을 거야. 논쟁도 마찬가지야. 키티와도 다투지 않을 거고, 손님이 누구이든 그에게도 친절하게 대할 거야. 그리고 하인들을 대할 때도 달라질 거야.'

그는 옆에 있는 마부와 정다운 대화를 하고 싶었다. 그러나 딱히 떠오르는 말이 없었다.

"나리, 말을 오른쪽으로 모세요. 그루터기가 있습니다."

마부가 레빈의 고삐를 바로잡으면서 말했다.

"부탁이니 날 가르치려 들지 말게."

레빈은 마부의 간섭에 발끈 화를 냈다. 여느 때와 마찬가지로 그는 간섭을 받자 부아가 치밀었다. 그리고 곧 정신 상태의 변화가 현실에서의 그의 행동에 변화를 줄 것이라는 기대가 얼마나 터무니없었는지를 깨닫고는 서글퍼졌다.

집 근처에 다다랐을 때 레빈은 그를 맞으러 달려오는 그리샤와 타냐를 발견했다.

"코스차 이모부! 엄마랑 할아버지랑 세르게이 아저씨랑 어떤 손님이 이쪽으로 오고 계세요."

아이들이 마차에 오르면서 말했다.

"어떤 손님일까?"

"아주 무서운 분이에요! 두 손을 이렇게 하고요……."

타냐는 카타바소프의 몸짓을 흉내 내며 말했다. 그것을 보고 레빈은 이 사람 저 사람 짐작해보았다.

사람들이 길모퉁이를 돌아 이쪽으로 오는 게 보였다. 그는 곧 타냐가 흉내 낸 대로 팔을 휘저으며 걸어오는 카타바소프를 알아보았다.

카타바소프는 한 번도 철학을 공부한 적이 없는 자연과학자들로부터 얻은 관념을 가지고 철학에 대해서 토론하기를 좋아했다. 모스크바에서 레빈은 그와 논쟁을 벌인 적이 있었다. 레빈은 그를 보자 논쟁에서 이겼다고 생각한 카타바소프가 우쭐대던 모습이 떠올랐다.

'아니야, 이제 더 이상 논쟁은 하지 않겠어.'

레빈은 마차에서 내려 형과 카타바소프에게 인사한 뒤 키티는 어디에 갔느냐고 물었다.

"키티는 미차를 데리고 콜로크(집 근처의 숲-역주)로 갔어요. 집이 너무 더워서요. 우리는 지금 양봉장에 가는 길이었어요."

돌리의 대답에 레빈은 언짢아졌다. 아기를 숲으로 데려가는 것은 위험하다고 키티에게 늘 일러왔기 때문이었다.

"요즘 뭐 하고 지냈니?"

세르게이 이바노비치가 다른 사람들과 떨어져 동생과 나란히 걸으며 물었다.

"특별한 건 없어요. 형은 어떻게 지냈어요? 이번엔 오래 있을 거죠?"

"2주쯤 있을 거야. 모스크바에 일이 많아서."

그 순간 두 사람의 눈이 마주쳤다. 그러자 레빈은 형과 친근하게 지내고 싶다는 강렬한 바람에도 불구하고 그를 보는 것이 어쩐지 거북하게 느껴졌다. 그는 할 말을 찾다가 세르게이 이바노비치의 저서에 대해 물었다.

"그 책에 관심을 갖는 사람이 없어. 나부터도 그렇고."

그는 이렇게 대답하고 돌리에게 말했다.

"저기 보세요, 다리야 알렉산드로브나. 비가 올 것 같은데요."

그가 가리킨 곳에는 흰 비구름이 나타나 있었다. 이 말로 두 사람은 예전의 서먹한 관계를 재확인했다.

레빈은 카타바소프에게 다가갔다.

"잘 왔네."

"진작부터 오고 싶었어. 이제 실컷 이야기를 나눠보자고. 스펜서는 다 읽었나?"

"아니, 아직. 하지만 이제 스펜서는 필요 없다네."

"호, 그래? 흥미롭군. 어째서?"

"나는 내가 열중해 있는 문제의 해답을 스펜서와 같은 사람들에게서는 찾을 수 없다는 것을 확신했기 때문이네. 지금은······."

카타바소프의 즐거운 듯한 표정에 깜짝 놀라 정신을 차린 레빈은 아까의 결심의 되새기고 갑자기 말을 멈췄다.

"이런 얘긴 나중에 하기로 하지. 양봉장은 이쪽입니다."

그는 모두에게 말했다.

"코스차, 세르게이 이바노비치가 여기 올 때 기차에서 누굴 만나셨는지 아세요?"

돌리가 아이들에게 오이와 꿀을 나눠주며 말했다.

"브론스키래요. 그 사람도 세르비아에 간대요."

"그것도 혼자 가는 게 아니고 자비로 기병 중대를 편성해서 간다네."

카타바소프가 덧붙였다.

"그답군. 그런데 아직도 의용군이 나가고 있나?"

"아직도라니. 자네도 어제 역의 광경을 봤어야 하는 건데!"

카타바소프가 오이를 씹으며 말했다.

"그런데 대체 그 의용군들은 누구와 싸우는 거요?"

"투르크인입니다."

노공작이 묻고 세르게이 이바노비치가 대답했다.

"누가 투르크에 선전포고를 했소? 이반 이바니치 라고조프와 리디야 이바노브나 백작부인이 슈탈 부인과 함께했나?"

"선전포고를 한 사람은 없습니다. 단지 고통 속에 빠져 있는 동포를 돕고자 하는 마음에서 참전하는 거지요."

세르게이 이바노비치가 말했다.

"공작께서 말씀하시는 것은 개인이 정부의 허가 없이 어떻게 전쟁에 참가할 수 있느냐 하는 거예요. 전쟁이라는 건 개인의 문제가 아니라 국가의 문제이니까요."

레빈이 장인을 편들며 말하자 세르게이 이바노비치가 말을 받았다.

"이 경우에는 선전포고의 문제가 아니라 인간으로서, 기독교인으로서의 감정의 발로 문제야. 동포가 아니라도 좋아. 어린이와 여자, 노인들이 살육을 당하고 있다고 생각해봐. 가만히 있을 수 있겠어? 또 네가 거리에서 주정뱅이가 여자나 어린아이를 때리는 것을 봤다고 해봐. 아마 넌 선전포고고 뭐고 그 주정뱅이에게 달려들걸."

"그렇다고 죽이진 않아요."

레빈이 말했다.

"아니, 너라면 죽일 거야."

"그런 건 예단할 수 없어요. 슬라브인이 박해를 받고 있다는 것도 별다르게 생각되지 않고요."

"너는 그럴지 모르지만 다른 사람들은 그렇지 않아. 민중은 동포의 고통에 감응하고 있어."

세르게이 이바노비치가 인상을 쓰며 말했다.

"그런가요. 어쨌든 난 민중의 한 사람이지만 그런 것을 느끼지는 않아요."

"나도 그래. 어쩌다가 러시아인이 슬라브 동포를 사랑하게 되었는지 모르겠어. 난 전혀 그렇지 않은데 말이야. 그동안은 내가 비정상인가 걱정했는데, 나 같은 사람이 여기 또 있었군."

노공작이 말했다.

"여기에서 개인의 의견은 아무런 의미가 없습니다. 민중이 자기 의지를 표명했을 때 개인의 의견 따위는 문제가 되지 않으니까요."

세르게이 이바노비치가 말하자 노공작이 다시 나섰다.

"글쎄, 난 그렇게 생각하지 않소. 민중은 아무것도 모르거든."

"민중은 모르지 않습니다. 민중은 늘 자신들의 운명을 의식하고 있습니다."

"그럼 저 노인에게 한번 물어보죠. 이봐, 미하일리치. 자네도 전쟁 얘기를 들었지? 어떻게 생각하나? 우리는 기독교인을 위해 전쟁을 해야 할까?"

레빈이 일하고 있던 노인을 향해 말했다.

"우리 같은 놈이 뭘 알겠습니까? 알렉산드르 니콜라이치 폐하께서 알아서 잘 하시겠지요."

"더 물어볼 것도 없겠군. 하지만 수백 수천의 사람들이 러시아 전역에서 모여들어 자신의 의견을 표명하고 있어. 이건 어떻게 생각해야 하지?"

"그야 8천만 민중 속에는 사회적 지위를 잃어버린 갈 곳 없는 사람들이 수백 수천 있다는 뜻이겠지요."

"그럼 기부금은? 그거야말로 민중이 자기 의지를 표명하는 직접적인 증거잖아."

"그 '민중'이라는 말이 참 애매해요. 물론 민중 가운데서도 천 명에 한 사람 정도는 무슨 일이 일어나고 있는지 알 수도 있겠죠. 하지만 나머지는 저 미하일리치처럼 아무런 관심도 없고 생각도 없어요. 그걸 어떻게 민중의 의지라고 말할 수 있겠어요?"

"그렇게 수학적인 방법으로 민중의 생각을 알아내는 건 힘든 일이야. 러시아에는 투표 제도가 없으니까. 하지만 사회 분위기로 파악할 수 있지. 서로 적대시하던 당파가 하나로 뭉치고, 공공기관은 모두 한목소리를 내고 있어. 모든 사람이 자기들을 하나의 방향으로 이끄는 자연 발생적인 힘을 느끼고 있는 거야. 이건 상당한 전진이야."

"하지만 그건 자신을 희생하고 투르크인을 죽이는 행동 아닙니까. 민중이 희생하는 건 자기 영혼을 위해서지 살인을 위해서가 아닙니다."

레빈은 자기 마음을 차지하고 있던 상념을 결부시켰다.

"그리스도도 말했지. '나는 평화를 주러 온 것이 아니라 칼을 주러 왔다'고."

세르게이 이바노비치는 평소 레빈을 당혹스럽게 만들던 복음서의 한 구절을 인용하여 반박했다.

"이거 한 방 먹었군!"

카타바소프가 유쾌한 듯이 외쳤다.

레빈은 화가 나서 얼굴이 새빨개졌다. 한 방 먹었기 때문이 아니라 자제하지 못하고 또다시 논쟁에 말려들었기 때문이다.

그는 형과 카타바소프를 설득할 수도 없었지만 그들 의견에 동의하는 것은 더욱 불가능했다. 그들이 주장하는 것은 이성의 오만, 그것이었던 것이다.

레빈은 그에 대해서는 더 언급하지 않고, 먹구름이 몰려오고 있으니 비가 내리기 전에 돌아가자고 손님들에게 말했다.

그들이 현관 입구에 도착하자마자 굵은 빗방울이 후드득 떨어지기 시작했다.

"키티는?"

레빈이 수건과 담요를 가지고 나온 하녀에게 물었다.

"함께 계신 줄 알았는데요."

레빈은 하녀의 대답을 듣자마자 콜로크 쪽으로 달려갔다.

먹구름은 이미 태양을 덮어 주위는 일식 때처럼 캄캄했다. 바람이 거세게 불어 자작나무를 발가벗기고 아카시아니 꽃이니 풀이니 하는 것들을 모두 같은 방향으로 밀어내고 있었다. 안마당에서 일하던 여자들은 비명을 지르면서 하인 방의 처마 밑으로 달려갔다. 그때 갑자기 번쩍 하고 섬광이 일더니 주위가 환해지고 이어 하늘이 찢어지는 듯한 소리가 났다. 레빈은 숲 한가운데에 있는 떡갈나무의 푸른 우듬지의 위치가 바뀐 것을 발견하고 공포에 사로잡혔다.

'벼락을 맞은 걸까?'

이어서 떡갈나무는 우지끈 소리를 내며 다른 나무들 위로 쓰러졌다.

'아, 하느님! 그들 위로 쓰러진 것이 아니기를!'

레빈은 키티가 늘 다니던 곳까지 달려갔으나 그곳에는 아무도 없었다. 키티는 숲 반대쪽 가장자리의 보리수 밑에서 그를 부르고 있었다. 레빈이 뛰어서 가까이 다가갔을 때 키티와 유모는 온몸이 흠뻑 젖은 채 유모차 위로 몸을 구부리고 서 있었다. 어느새 비는 그치고 어둠이 걷히기 시작했다.

"괜찮소? 아무 일도 없었소? 다행이야!"

그는 웅덩이 속을 철벅거리며 그들 옆으로 갔다. 키티는 발그레한 얼굴로 모양이 망가진 모자 아래서 겸연쩍게 웃고 있었다.

"부끄럽지도 않소? 이렇게 부주의한 행동을 하다니!"

"내 잘못이 아니에요. 돌아가려고 하는데 아기가 떼를 쓰잖아요. 그래서 기저귀를 갈아주려다 그랬어요."

키티는 변명했다. 미차는 아무 일도 없었다는 듯 새근새근 자고 있었다.

"어쨌든 다행이오."

유모가 갓난아이를 안고 앞장섰다. 레빈은 화낸 것이 미안해 살며시 아내의 손을 잡고 그녀와 나란히 걸었다.

만찬이 끝난 뒤에는 즐거운 분위기가 이어졌다.

처음에는 카타바소프가 특유의 독창적인 농담으로 부인들을 즐겁게 했다. 세르게이 이바노비치도 기분이 좋아져서 동방의 장래에 대해, 모든 사람이 열심히 귀 기울여 들을 만큼 훌륭하게 자기 견해를 밝혔다.

키티는 이야기를 끝까지 듣지 못하고 미차를 목욕시키기 위해 자리에서 일어났다. 그리고 잠시 후 하인을 시켜 레빈을 불렀다. 키티는 중요한 일이 아니면 손님과 대화 중인 레빈을 부르는 일이 없었으므로 레빈은 걱정하며 아기 방으로 향했다.

그는 테라스를 지나면서 이미 어두워지기 시작한 하늘에 나타난 별 두 개를 발견하고 문득 생각했다.

'그래, 나는 내 눈에 비친 그대로 하늘을 보는 것은 거짓이 아니라고 생각했지. 하지만 그 순간에도 끝까지 생각하지 않고 나 자신에게마저 숨긴 게 있어.'

아기 방으로 들어서려는 순간, 그는 비로소 그것이 무엇인지 알게 되었다. 하느님이 존재한다는 가장 중요한 증거가 선이란 무엇인가에 대한 하느님의 계시라면, 어째서 기독교에만 국한되어 있는가, 기독교와 마찬가지로 선을 신봉하고 선을 행하는 불교나 마호메트교는 이 계시와 어떤 관계가 있는가 하는 것이었다. 그는 이미 자기 자신이 해답을 지니고 있는 것 같았으나 그것을 밝히기도 전에 아기 방에 들어와 있었다.

"이리 와서 좀 봐요. 우리 아기가 나를 알아봐요!"

아기를 목욕시키고 있던 키티는 레빈이 방에 들어오자 자기 옆으로 부르더니 말했다.

레빈은 곧바로 그 사실을 확인할 수 있었다. 아기는 낯이 선

하녀가 얼굴을 들이대자 인상을 쓰며 고개를 내젓더니, 키티가 얼굴을 들이대자 방긋방긋 웃으며 좋아했다. 이는 키티와 유모뿐 아니라 레빈까지도 황홀하게 했다.

"당신이 아기를 점점 예뻐해주는 것 같아 정말 기뻐요."

키티가 아기를 안고 의자에 앉으며 말했다.

"당신이 아기에게 아무런 감정도 느껴지지 않는다고 했을 때 얼마나 슬펐다고요."

"내가 그렇게 말했던가? 난 그저 실망했던 것뿐이오. 아기에게가 아니라 내 감정에 말이오. 나는 마치 뜻밖의 선물을 받은 것처럼 지금까지 알지 못했던 기쁨이 활짝 피어날 줄 알았는데, 어쩐지 혐오감과 연민이 들지 뭐요. 하지만 오늘 번개가 칠 때 그 공포를 경험하고서 내가 이 아일 얼마나 사랑하는지 비로소 알게 되었다오."

키티의 얼굴이 환해졌다.

"당신도 많이 놀랐군요? 나도 그랬어요. 그런데 그 일이 지나가 버린 지금이 더 두려워요. 그건 그렇고, 오늘은 정말 즐거웠어요. 이제 그만 가보세요. 여긴 목욕시키고 나면 너무 더워요."

아기 방을 나온 레빈은 이야기 소리가 들려오는 객실로 들어가지 않고 테라스 난간에 기대서 하늘을 바라보았다. 눈에 익은 삼각형의 별자리와 그 가운데를 가로지르는 은하수가 보였다. 번개가 칠 때마다 은하수와 별들은 모습을 감추었다가 다시 나타났다.

'내 마음을 어지럽히는 것의 정체는 뭘까?'

레빈은 해답이 자기 마음속에 이미 자리하고 있다는 것을 느끼면서 자문했다.

'하느님의 존재를 증명하는 전 세계에 계시되어 있는 선의 율법, 나는 그것을 내 안에서 인식함으로써 다른 사람들과 함께 신자의 무리에 속해 있어. 그렇다면 유대교도나 마호메트교도, 유교도, 불교도들은 어떻게 설명해야 하지?'

그는 위험하게 생각되는 의문을 자기 앞에 끄집어냈다.

'그 수많은 사람이 최고의 행복을 상실하고 살아가는 걸까? 모든 종류의 신앙과 하느님은 어떤 관계를 맺고 있는 걸까? 온갖 불분명한 점들을 안고 있는 온 세계에 하느님의 계시는 어떻게 발현되는 걸까? 내 마음속에는 이성으로는 도달할 수 없는 지혜가 있는데 나는 고집스럽게도 그것을 이성과 언어로 표현하려 하고 있구나.'

그는 자작나무 가지 위에서 재빨리 위치를 바꾼 행성을 바라보며 마음속으로 중얼거렸다.

'만약 천문학자들이 지구의 복잡하고 다양한 움직임을 모두 계산에 넣어 생각한다면 과연 무엇을 이해하고 산정할 수 있을까? 천체의 거리와 무게, 움직임에 관한 그들의 놀랄 만한 결론들은 모두 눈에 보이는 운동에 기초하고 하고 있어. 별이 운행하고 지구가 자전하는 이 모든 운동은 몇 세기에 걸쳐서 수많은 사람에게 존재했고, 앞으로도 똑같이 존재해 언제든 검증될 수 있을 테지. 눈에 보이는 하늘을 관찰한 것에 기초하지 않은 천문학자들의 결론이 공허하고 불확실한 것처럼, 과거부터 미래까지 모든 사람에게 늘 동일한 선의 해석에 기초하지 않는다면 나의 결론 또한 공허하고 불확실한 것이 될 거야. 다른 종교에 대한 의문을 해결할 권리도 능력도 내겐 없어.'

"어머, 아직 안 갔어요?"

객실로 향하던 키티가 그에게 다가왔다.

"무슨 일 있어요?"

그때 번갯불이 번쩍이며 그의 얼굴을 제대로 비췄다. 키티는 평온을 찾고 밝아진 그의 얼굴을 보며 방긋 웃었다.

'아내는 내가 무슨 생각을 하고 있는지 알 거야. 말해볼까?'

그가 입을 떼려는 순간 그녀가 먼저 말했다.

"코스차, 부탁이 있어요. 구석방에 가서 세르게이 이바노비치의 잠자리가 준비되었는지 봐줘요. 내가 가긴 좀 그래서요."

"그래, 내가 가서 보고 올게."

레빈은 그녀에게 입을 맞춘 뒤 그녀를 들여보내고 생각했다.

'아냐, 말할 필요 없어. 이건 나에게만 필요한 말로는 표현할 수 없는 중대한 비밀이니까. 이 새로운 감정은 나를 변화시키거나 행복을 주지는 못해. 이것이 신앙인지 아닌지는 알 수 없지만, 이 감정은 어느새 내 영혼 속에 스며들어 그곳에서 단단히 뿌리를 내렸어. 앞으로도 나는 마부에게 화를 내고, 논쟁을 하고, 아내를 비난하고 후회하기도 할 거야. 또 무엇 때문에 기도하는지 모르면서 계속 기도도 하겠지. 그래도 이제부터의 내 삶은 지난날처럼 무의미하지 않을 거야. 나는 선의 의미를 내 삶의 모든 순간에 불어넣을 수 있게 된 거야!'